Paul Maar



# KARTOFFEL KÄFER ZEITEN

Mit Vignetten vom Autor

Verlag Friedrich Oetinger · Hamburg

Klimaneutral
Druckprodukt
ClimatePartner.com/53248-2011-1002

Dieses Buch wurde klimaneutral produziert. Dadurch fördern wir anerkannte Nachhaltigkeitsprojekte auf der ganzen Welt. Erfahre mehr über die Projekte, die wir unterstützen, und begleite uns auf unserem Weg unter www.oetinger.de

FSC
www.fsc.org
MIX
Papier aus verantwortungsvollen Quellen
FSC® C014496

Überarbeitete Neuausgabe
1. Auflage

Umschlaggestaltung: Steffen Meier

Vignetten von Paul Maar
Druck und Bindung: GGP Media GmbH,
Karl-Marx-Straße 24, 07381 Pößneck, Deutschland
Printed 2022
ISBN 978-3-7512-0288-6

www.oetinger.de

Johanna lag schon eine ganze Weile wach in ihrer Doppelbetthälfte, hatte den Kopf aus dem Kissen gehoben, sich halb aufgerichtet und lauschte auf die Geräusche, die vom Erdgeschoss heraufdrangen.

Eben fiel unten eine Tür ins Schloss, die Tür zwischen der Gaststube und dem Nebenzimmer. Johanna erkannte sie am hellen, metallischen Klicken. In einem alten Haus hat jede Tür ihre unverwechselbare Stimme. Gleich darauf knarrte die Tür zwischen dem Nebenzimmer und der Küche. Jemand war aus der Gaststube gekommen und durchs Nebenzimmer in die Küche gegangen.

Johanna nickte, lächelte und ließ den Kopf ins Kissen zurücksinken. Oma Mariechen hatte also das Schankblech geholt, einen flachen Messingkasten mit gelochtem Deckel, der unter dem ständig tropfenden Bierhahn seinen Platz hatte. Johanna konnte sich genau vorstellen, wie Oma Mariechen nun vornübergeneigt in der Küche stand, das Blech schief hielt und das Bier, das sich über Nacht gesammelt hatte, in den Eimer mit Schweinefutter rinnen ließ.

Es ist schön, wenn eine Familie feste Gewohnheiten hat: Man kann im warmen Bett bleiben, die Zudecke bis ans Kinn hochgezogen, und weiß trotzdem haargenau, was einen Stock tiefer vor sich geht!

Johanna versuchte abzuschätzen, wie lange es wohl dauerte, bis sich Oma Mariechen auf den Weg zum Schweinestall machte. Erst stellte Oma Mariechen das Blech beiseite, an seinen Platz zwischen Küchenherd und Topfschrank.

Nun rührte sie mit einem Holzstab den dampfenden Brei um, der aus Gemüseabfällen, Kartoffelschalen, Kleie, heißem Wasser und abgestandenem Bier bestand. Sie nahm den Eimer am Henkel …

»Jetzt!«, sagte Johanna und hielt die Luft an, um besser lauschen zu können.

Wirklich ging keine zehn Sekunden später die Tür zwischen Küche und Hausflur.

Johanna nickte. »Jetzt!«, sagte sie noch einmal.

Fast gleichzeitig knarzte die hintere Haustür, die zum Hof und damit zum Schweinestall führte.

Johanna zählte im Geist zwölf Schritte ab. »Und jetzt!«, befahl sie. Gehorsam klapperte die Tür des Schweinestalls mit ihrem Holzriegel. So, das Tier war versorgt. Höchste Zeit, dass nun die Menschen an die Reihe kamen!

Da stieß auch schon die Kellertür dumpf an den Balken. Das war Johannas Mutter, sie holte die Milch fürs Frühstück.

Johanna schob das Federbett ein wenig zurück und setzte sich auf. Sie war unschlüssig, ob sie aufstehen sollte oder nicht. Gab es einen Grund, sich aus dem warmen Bett zu schälen? Sie musste nicht in die Schule, die Weihnachtsferien waren wegen Kohlenmangels bis Ende Januar verlängert worden. Andrerseits war der Zeitpunkt geradezu ideal fürs Aufstehen. Ihre Mutter stand jetzt unten am Herd, die Küche war wohlig warm, gleich würde das Frühstück fertig sein. Tante Fanni setzte gerade einen Topf voll Wasser aufs Feuer. Tante Fanni hatte einen Abscheu vor kaltem Wasser und wusch sich morgens immer warm. Vielleicht stand sie auch schon im Unterrock vor dem Küchentisch, den Oberkörper über die Waschschüssel gebeugt, wusch sich und betrachtete ihr feuchtes Gesicht im Spiegel. War sie gut gelaunt, gab sie Johanna die Hälfte des warmen Wassers ab, hatte sie schlechte Laune, bekam Johanna immerhin noch einen Schöpfbecher voll.

Oma Mariechen fütterte das Schwein. Sie stand nun neben

dem Trog und redete dem Tier gut zu, wie sie das jeden Morgen tat. Sie pries dabei sein Futter in den höchsten Tönen, lobte es so überzeugend, dass man meinen konnte, sie selbst habe Appetit auf die packpapierfarbene Brühe. Bevor das Schwein den Trog nicht bis auf den letzten Tropfen geleert hatte, wich sie nicht von seiner Seite.

Das würde noch eine Weile dauern.

In der Zwischenzeit könnte Johanna aufstehn, sich waschen, sogar warm waschen, und sie könnte sich in aller Ruhe anziehn. Oma Mariechen würde sich bestimmt freuen, wenn sie vom Schweinefüttern zurückkam und Johanna schon angezogen am Frühstückstisch sitzen sah.

Johanna schlug die Bettdecke ganz zurück, angelte mit den Füßen nach ihren Hausschuhen, nahm ihre Kleider unter den Arm und rannte durchs kalte Treppenhaus nach unten.

Sie öffnete die Küchentür – und blieb verblüfft im Türrahmen stehen: Nichts stimmte! Nichts war, wie es zu sein hatte!

Oma Mariechen saß im schwarzen Sonntagskleid vor dem schräg aufgestellten Spiegel, hatte ein Handtuch um die Schultern gelegt und kämmte sich. Tante Fanni, schon fertig angezogen, richtete das Frühstück. Mutter war gar nicht in der Küche. »Wo ist denn Mama?«, fragte Johanna.

»Mach doch die Tür endlich zu!«, rief Tante Fanni. »Die ganze Kälte kommt herein.«

»Deine Mutter füttert gerade das Schwein«, sagte Oma Mariechen. Sie sprach undeutlich, weil sie den Mund voller Haarklammern hatte. »Guten Morgen übrigens.«

»Guten Morgen«, sagte Johanna verdutzt, trat in die Küche und schloss die Tür hinter sich. »Warum hast du denn das schwarze Kleid an? Ist heute ein Feiertag?«

»Sie geht mal wieder zu einer Beerdigung«, antwortete Tante Fanni an Omas Stelle.

»Wer ist denn gestorben? Jemand, den ich kenne?«, fragte Johanna.
»Nein, nein«, sagte Tante Fanni gleichmütig, während sie die Pfanne mit den Kartoffeln vom Herd nahm. »Jemand aus dem Nachbardorf, aus Stessfeld. Irgendein Vetter von einem, den du auch nicht kennst.«
Oma Mariechen nahm die Haarklammern aus dem Mund, um energisch widersprechen zu können.
»Was erzählst du da dem Kind!«, sagte sie vorwurfsvoll zu ihrer Tochter. »Es ist Onkel Albin, ein Vetter zweiten Grades von deinem Onkel Ewald. Er ist immerhin ein Verwandter von uns.«
»Wenn er unser Onkel ist, warum hat er uns dann nie besucht?«, fragte Johanna.
»Er war nur ein entfernter Verwandter«, entschuldigte ihn Oma Mariechen.
Tante Fanni sagte: »So entfernt auch wieder nicht: knapp drei Kilometer!«
»Jedenfalls ist es Christenpflicht, einem Verstorbenen die letzte Ehre zu erweisen. Und das werden wir auch tun!« Oma Mariechen wurde heftig. »Wir, verstehst du! Was denkt denn die Verwandtschaft, wenn ich ganz allein ankomme.«
»Ich auch? Das ist nicht dein Ernst«, rief Tante Fanni. »Ich habe ihn doch kaum gekannt. Ich hab ihn nur einmal gesehn, bei meiner Erstkommunion vor fast zwanzig Jahren. Ich gehe jedenfalls nicht!«
Die Küchentür öffnete sich, und mit einem Schwall kalter Luft kam Johannas Mutter herein. »Guten Morgen, Schatz«, sagte sie und nickte ihrer Tochter zu. »Dass du schon auf bist, wo du doch gar nicht in die Schule musst!«
Oma Mariechen fragte besorgt: »Hat denn das Schwein schon alles aufgefressen? Ist der Trog wirklich leer?«

Johannas Mutter zuckte mit der Achsel. »Weiß ich nicht«, sagte sie. »Meinst du nicht, dass unser Schwein schon ganz alleine essen kann?«
Oma Mariechen steckte mit einer ärgerlichen Bewegung die letzte Haarklammer fest. »Alleine!«, wiederholte sie. »Ich gehe jedenfalls nicht alleine.« Und zu Johannas Mutter gewandt: »Wenn Fanni nicht will, begleitest du mich eben!«
Johannas Mutter, die ja beim Gespräch über die Beerdigung draußen gewesen war und den Gedankenwegen von Oma Mariechen nicht recht folgen konnte, blickte ihre Mutter überrascht an.
»Wohin begleite ich dich?«, fragte sie unsicher. »In den Schweinestall?«
»Schweinestall!«, sagte Oma Mariechen ärgerlich. »Zur Beerdigung von Onkel Albin.«
»Muss das sein?« Johannas Mutter verzog das Gesicht. »Ich habe ihn ja kaum gekannt.«
»Ja, es muss. Es ist Christenpflicht«, sagte Oma Mariechen.
»Dann werde ich halt mein schwarzes Kleid anziehen«, seufzte Johannas Mutter und setzte sich an den Frühstückstisch.
Johannas Mutter hätte es nie gewagt, Oma Mariechen einfach zu widersprechen. Schon gar nicht so heftig, wie ihre jüngere Schwester Fanni das häufig tat. Merkwürdigerweise ließ Oma Mariechen die vielen Widersprüche von Tante Fanni meist ungerügt durchgehen, während sie sich über die seltenen Widerreden von Johannas Mutter stundenlang erregen konnte.
Johanna kam ihrer Mutter zu Hilfe. »Warum kann ich denn nicht mitgehen zur Beerdigung?«, fragte sie. »Dann kann Mama mit Tante Fanni hier bleiben.«
»Willst du wirklich mit?«, fragte Johannas Mutter. »So eine Beerdigung ist eine traurige Sache. Außerdem musst du sechs Kilometer zu Fuß gehen, drei hin und drei zurück.«

»Ich bin gern bei Beerdigungen«, sagte Johanna. »Da gibt's meistens was zu essen. Und dabei werden auch immer Geschichten erzählt.«
Johannas Mutter und Tante Fanni schauten gespannt zu Oma Mariechen hinüber. An ihr lag nun die Entscheidung.
Oma Mariechen stand auf, nahm das Handtuch von der Schulter, setzte sich neben Johanna und legte den Arm um sie.
»Die Einzige hier, die weiß, was sich gehört, ist die Kleine«, sagte sie und streichelte Johanna übers Haar. »Wenn ihr beiden nur so widerwillig mitkommen wollt, dann geh ich eben mit Johanna allein.«

So kam es, dass Johanna – gerade hatte sie noch im warmen Bett gelegen, ohne jeden Plan für den Tag – sich wenig später mit Oma Mariechen auf dem Weg nach Stessfeld fand.
Johannas Mutter hatte die zwei bis zum Dorfende begleitet, verabschiedete sich dort und blieb neben dem Ortsschild stehen. Ein paar Krähen, die auf den feuchten, schneefreien Feldern am Dorfrand nach Nahrung gesucht hatten und beim Näherkommen der drei Menschen aufgeflattert waren, beruhigten sich wieder, ließen sich neben Johannas Mutter nieder und schauten mit ihr zusammen hinter den beiden her.
Oma Mariechen hatte ihren langen schwarzen Tuchmantel angezogen, der fast so alt war wie sie selbst.
Johanna trug einen Wollmantel, den Tante Fanni aus einer Militärdecke geschneidert und dann schwarz gefärbt hatte. Die neue Farbe war nicht sehr intensiv. Wenn das Licht von der Seite auf den Stoff fiel, konnte man deutlich zwei Worte rechts und links der Mittelnaht entziffern:
»UTSCH« und »ACH«.
Johanna hatte früher oft über die geheime Bedeutung der beiden Wörter nachgegrübelt, sich Geschichten dazu ausge-

dacht, die alle tragisch endeten. Der Stoßseufzer »ACH!« verführte einfach dazu. Schließlich war Tante Fanni mit der Wahrheit herausgerückt. Es handelte sich um die Reste einer Inschrift auf einer Decke, aus der sie den Mantel genäht hatte: »DEUTSCHE WEHRMACHT«.

Der Mantel war inzwischen ein bisschen kurz, unter dem Saum sah man noch eine gute Handbreit von Johannas dunkelblauem Kleid, darunter ihre mageren, schwarz bestrumpften Beine. Ihre Mutter hatte darauf bestanden, dass sie die dicken Wollstrümpfe anzog. Johanna konnte sie nicht leiden, weil die raue Wolle an den Beinen kratzte.

Großmutter und Enkelin hielten sich bei der Hand gefasst; und aus der Ferne, vom Dorfrand her, hätte man sie leicht für Zwillinge halten können, denn sie waren nahezu gleich groß. Oma Mariechen war eine kleine, zierliche Frau, Johanna für ihre zwölf Jahre hoch aufgeschossen.

Je weiter sich die zwei vom Dorf entfernten, desto mehr schienen sich ihre immer kleiner werdenden schwarzen Gestalten zu einer einzigen Figur zu vereinen. Ihre Körper wurden zu senkrechten Strichen, die Arme zu schrägen Linien, die sich im tiefsten Punkt bei den Händen trafen. Schließlich glichen die beiden so augenscheinlich einem großen »M«, dass man meinen konnte, ein riesiger schwarzer Buchstabe habe sich aus dem Alphabet davongestohlen, um eine Reise übers Land zu unternehmen.

Nach der Beerdigung versammelte sich die Verwandtschaft im Haus der Witwe, einer alten, weißhaarigen Frau, die von allen mit »Tante Rosa« angeredet wurde, seltsamerweise auch von ihren eigenen Töchtern.
Johanna wich nicht von Oma Mariechens Seite. Sie fühlte sich unbehaglich in Gesellschaft all dieser unbekannten, ernsten Frauen, die sich in ihren schwarzen Gewändern zum Verwechseln ähnlich sahen. Mehr als einmal blickte sie unsicher zu Oma Mariechen, wenn eine der Schwarzgekleideten vor sie hintrat und ihnen stumm die Hand reichte. Es schien ihr, als sei es dieselbe, die sie kurz zuvor schon begrüßt hatte.
Oma Mariechen, die Johannas Unbehagen spürte, griff nach ihrer Hand, tätschelte sie beruhigend und ließ sie auch dann nicht los, als sie längst nebeneinander in Tante Rosas guter Stube Platz genommen hatten.
Die Trauergäste saßen an zwei schmalen, weiß gedeckten Tischen; etwa fünfzehn Frauen unterschiedlichen Alters und vier alte Männer.
Eine der zahlreichen Töchter Tante Rosas sprach Johanna vom Nachbartisch aus an. »Du bist also das Enkelkind von unserer Tante Mariechen. Wo habt ihr denn die Paula gelassen, deine Mutter? Ist die gar nicht mitgekommen?«
»Sie muss daheim bleiben, falls Gäste kommen«, antwortete Johanna. »Wir können doch nicht einfach schließen.«
Oma Mariechen warf Johanna einen dankbaren Blick zu und drückte unter dem Tisch fest ihre Hand.
»Richtig, ihr habt ja die Gastwirtschaft drunten in Hesterhausen«, sagte Tante Rosas Tochter und nickte. »Und dein Vater?«

Jetzt antwortete Oma Mariechen für Johanna.
»Er ist in russischer Gefangenschaft«, sagte sie.
»Aber er hat uns schon zweimal geschrieben«, fügte Johanna hinzu.
»Ja, ja«, sagte Tante Rosas Tochter und seufzte. »Überall das Gleiche! Die Männer sind im Krieg geblieben oder in Gefangenschaft. Das ganze Dorf voller Frauen und kein einziger Mann!«
Alle umsitzenden Frauen nickten und seufzten auch tief auf. Einer der vier Alten, ein hageres Männlein mit krummem Rücken, versuchte zwar zu widersprechen und wies auf die Anwesenheit von immerhin vier Männern hin. Aber er fand kein rechtes Gehör.
Eine feierliche Stille trat ein, nur gelegentlich unterbrochen von einem klagenden »Ja, ja« oder »So ist es halt nun mal!«. Die meisten Frauen führten dabei ihr Taschentuch an die Augen, um ein paar Tränen abzuwischen. Alle machten betrübte Gesichter, und Johanna hatte fast ein schlechtes Gewissen, weil sie insgeheim Vermutungen anstellte, was Tante Rosa ihnen wohl zu essen anbieten würde. Denn vor jedem Platz stand unübersehbar ein Teller.
Zunächst wurden die Getränke aufgetragen. Tante Rosa und ihre Töchter trugen vier hohe Tonkrüge in die Stube, zwei für jeden Tisch. Die Enkelinnen, vier erwachsene Frauen, teilten Trinkgläser aus. Als sich herausstellte, dass die Gläser bei weitem nicht ausreichten, stellten sie Steingutbecher dazu, schließlich noch ein paar Kaffeetassen mit Goldrand.
»Bedient euch, es ist genug für alle da!«, forderte Tante Rosa ihre Gäste auf, goss sich die Tasse voll und reichte den Krug an ihre Nachbarin weiter. »Im Keller ist ein ganzes Fass voll. Das ist Apfelmost, den mein Albin noch selbst gekeltert hat.«
»Nicht für die Kleine! Das ist doch Alkohol!«, rief Oma Ma-

riechen, als Johannas Nachbar, ein Mann mit auffallend roter Nase, deren Becher füllen wollte.
Enttäuscht zog Johanna den leeren Becher zu sich heran. Das hatte zur Folge, dass eine allgemeine Fürbitte für sie einsetzte. Oma Mariechen wurde von allen Plätzen aus bestürmt, ihrem Herzen doch einen Stoß zu geben, an einem Tag wie diesem nicht so streng mit der armen Kleinen zu sein, sie nicht verdursten zu lassen, doch mal ein Auge zuzudrücken. Außerdem habe Apfelmost weit weniger Alkohol als zum Beispiel Bier oder gar Wein, von Zwetschgenschnaps ganz zu schweigen, das wisse sie als Wirtin doch am allerbesten.
Der hagere Mann mit dem krummen Rücken verstieg sich zu der Behauptung, Apfelmost sei im Gegensatz zu Birnenmost nahezu völlig alkoholfrei. Der Mann mit der roten Nase wies darauf hin, dass die »Kleine« ja gar nicht so klein sei und in Wirklichkeit schon ein junges Mädchen, mindestens genauso groß wie ihre Oma, wenn nicht sogar größer, und zweifellos hübscher.
Da blieb Oma Mariechen nicht viel übrig, und mit einem »Na gut, wenn es eine Ausnahme bleibt« schenkte sie unter dem Beifallsklatschen aller Anwesenden eigenhändig erst Johannas Becher voll, dann ihr Glas, worauf alle miteinander auf den Verstorbenen anstießen und einen tiefen Schluck nahmen.
Damit war das Eis gebrochen und das Gespräch begann zu fließen.
Jetzt enthüllte sich den Gästen auch der Zweck der vor ihnen stehenden Teller: Es wurde Brot aufgetragen, zwar genau abgezählt, aber immerhin eine ganze Scheibe für jeden, bestrichen mit Schweinefett und überstreut mit feinen Zwiebelwürfelchen. Dazu wurde auch noch auf einem Brett ein Hefezopf gereicht, ein richtig heller, fast milchweißer Kuchen, gesprenkelt mit Rosinenpünktchen.

»Das ist ja wie vor dem Krieg! Wie hast du das nur geschafft, Tante Rosa!«, rief Oma Mariechen.
»Kuchen! Und so viele Brote! Das ist ja die Zuteilung vom ganzen Januar!«, sagte gleichzeitig eine Frau am Nebentisch.
Tante Rosa und ihre Töchter wurden mit Fragen überhäuft: »Wo habt ihr nur das viele Brot her? Und die Weinbeeren? So ein gutes Fett! Sind das Zwiebeln aus eurem Garten? Woher nehmt ihr den weißen Pfeffer, man kriegt doch nur schwarzen! Wie hast du das alles nur gemacht? Das ist ja ein Gotteswunder – oder habt ihr gute Beziehungen? Ist das alles gekauft oder auch getauscht? Habt ihr am Ende eure ganzen Brotmarken geopfert und die Familie muss nun den Rest des Monats hungern?«
Eine stämmige, dunkelblonde Frau, die am Kopf des Tisches saß, schüttelte nur immer wieder den Kopf. »Es ist nicht zu glauben, nein, nein, es ist nicht zu glauben, wahrhaftig nicht«, behauptete sie. »Hat jemand von euch in den letzten drei Jahren so einen Berg aus Broten, solch einen Brotturm auf einem Tisch stehen sehn? Es ist nicht zu fassen.«
Der Mann mit der roten Nase äußerte die Vermutung, die alte Tante Rosa habe ein Liebesverhältnis mit einem jungen Bäckerburschen. Aber Tante Rosa konnte diesen Verdacht Gott sei Dank entkräften. »Albin hatte nämlich noch ein Kistchen von diesen guten Zigarren«, erzählte sie. »Und weil er sie doch jetzt nicht mehr rauchen kann, habe ich sie gestern gegen Brot und Fett getauscht. Lasst es euch schmecken!«
Daraufhin wurde es wieder sehr still, denn nun begannen alle zu essen.
Johanna nahm sich ein Stück Kuchen vom Brett und zerteilte es mit dem Messer in kleine Würfel, die sie auf ihrem Teller in Viererreihen aufmarschieren ließ.
Zuerst pickte sie sich alle Kuchenteilchen heraus, in denen sie

eine Rosine entdeckte, schob sie in den Mund und kaute sie andächtig. Dann ließ sie die restlichen folgen.
Als sie mit dem Kuchen fertig war, nahm sie sich eines der Brote, zerschnitt auch das in einzelne Häppchen und aß sie ebenso genüsslich.
Der Mann mit der roten Nase hatte seinen Anteil an Brot und Kuchen schon aufgegessen, während Johanna sich die letzten Kuchenteilchen in den Mund schob und noch gar nicht nach dem Brot gegriffen hatte. Jetzt stand er auf, hob sein Glas und sagte: »Dann wollen wir uns alle mal beim alten Albin für das gute Essen bedanken. Er hätte bestimmt seine Freude dran gehabt. Auf sein Wohl!«
»Auf sein Wohl!«, antworteten alle und tranken ihre Gläser, Becher und Tassen aus.
Die Töchter und Enkeltöchter von Tante Rosa füllten die Mostkrüge wieder und alle schenkten sich nach, auch Johanna. Oma Mariechen guckte mit besorgter Miene zu, sagte aber nichts.
»Ja, er hätte seine Freude dran gehabt, ganz gewiss hätte er das«, wiederholte eine der Frauen. »Schade, dass er das nicht mehr miterleben kann. Er war so ein geselliger Mensch.«
Der alte, kahlköpfige Mann, der zwei Stühle weiter saß, nickte. »Ein geselliger Mensch, das war er wirklich. Wahrhaftig, das war er!«, sagte er. »Man konnte in die Wirtschaft kommen, wann man wollte, werktags wie sonntags, morgens, mittags oder abends: Der Albin saß immer schon am Stammtisch.«
»Jaja, einen guten Tropfen hat er sehr geschätzt«, sagte Tante Rosa überzeugt. »Den hat er wirklich und wahrhaftig sehr geschätzt.«
»Einen guten Tropfen hat er ganz bestimmt nicht verachtet. Auf sein Angedenken!«, sagte der Mann mit der roten Nase, stand auf und hob schon wieder sein Glas.

»Auf sein Angedenken!«, antworteten alle und tranken ihre Gläser, Becher oder Tassen leer.
»Um Gottes willen, du kannst doch nicht den Most wie Wasser in dich hineintrinken! Das ist ein Teufelsgebräu, der ist stark!«, flüsterte Oma Mariechen ihrer Enkelin zu. »Ich seh's doch: Du hast schon einen feuerroten Kopf. Du bist ja schon beschwipst!«
»Beschwipst? Wieso beschwipst, ich bin überhaupt nicht beschwipst«, behauptete Johanna. Sie sprach sehr laut, die Umsitzenden unterbrachen ihr Gespräch und schauten lächelnd zu ihr hin. Johanna musste unwillkürlich kichern, als sie es merkte, und verbarg ihren Mund hinter der vorgehaltenen Hand.
»Na, da sieht man es doch schon!«, stellte Oma Mariechen fest, winkte eine von Tante Rosas Töchtern energisch zu sich heran, wisperte ihr etwas ins Ohr und deutete auf Johanna. Die Frau lachte, holte ein Kännchen mit Wasser aus der Küche und stellte es vor Johanna auf den Tisch.
Von nun an sorgte Oma Mariechen dafür, dass der Most in Johannas Becher ordentlich verdünnt wurde, indem sie von Zeit zu Zeit einen Schuss Wasser aus dem Kännchen zugoss. Die Frau am Kopf des Tisches nahm nach dieser Unterbrechung den Gesprächsfaden wieder auf.
»In seiner Jugend hatte Albin ja einen so schönen Bariton. Es gab im ganzen Gesangverein keinen, der so wie er ›Mamatschi, schenk mir ein Pferdchen‹ vortragen konnte«, erzählte sie. »Schade, dass seine Stimme durch das viele Rauchen ein bisschen gelitten hat.«
»Ein bisschen gelitten? Das ist ja wohl untertrieben!«, rief der Kahlköpfige. »In den letzten Jahren hat er nur noch gekrächzt wie eine alte Dohle.«
»Eine Dohle?«, wiederholte Johanna und versuchte vergeblich,

einen Lachanfall zu unterdrücken. Sie stellte sich vor, wie der unbekannte Onkel Albin rauchend am Stammtisch gesessen und dabei gekrächzt hatte wie ein alter Vogel.
Alle stimmten in ihr Lachen ein, auch Oma Mariechen.
Nur Tante Rosa war ein bisschen beleidigt. »Seine Stimme war glockenrein«, sagte sie spitz. »Er ging noch jeden Donnerstag zum Männerchor, bis zuletzt!«
»Als ob an den Gesangvereinsabenden nur gesungen würde!«, rief der Kahlköpfige, der sich offensichtlich auskannte.
Wieder lachten alle und der Mann mit der roten Nase stand auf, hob sein Glas und sagte: »Auf unseren alten Sänger, auf Onkel Albin!«
»Auf Onkel Albin!«, antworteten alle und hoben ebenfalls die Gläser, Becher und Tassen zum Mund.
Jetzt begannen einige, die ihn gut gekannt hatten, aus seinem Leben zu erzählen, kleine Vorfälle aus dem Dorf, bei denen der Verstorbene eine Rolle gespielt hatte.
Mit der Zeit wurden die Geschichten lustiger, die Erlebnisse um Onkel Albin zunehmend komischer. Schließlich kam es immer häufiger vor, dass einer der Gäste, von einer witzigen Geschichte mit Onkel Albin ausgehend, auf eine andere, noch witzigere kam, in der Albin überhaupt nicht mehr auftauchte.
Die Stimmung wurde ausgelassener, die Witze verwegener, immer schneller mussten die Mostkrüge nachgefüllt werden.
Besorgt schaute Oma Mariechen zu ihrer Kleinen hinüber, die mit hochroten Wangen und offenem Mund den Erzählungen lauschte. Jedes Mal, wenn Johanna laut auflachte, rutschte Oma Mariechen unruhig auf ihrem Stuhl hin und her, schüttelte den Kopf über eine allzu unpassende Geschichte und musste ab und zu ganz gegen ihren Willen mitlachen.
Schließlich setzte sie dem Ganzen ein Ende, stand auf und sagte unvermittelt in eine Gesprächspause hinein: »So, nun

wird es aber allerhöchste Zeit! Johanna, wir müssen jetzt leider gehn. Wir haben noch drei Kilometer Fußweg vor uns.«
»Schade, es war gerade so lustig«, sagte Johanna und stand auch auf.
Zum zweiten Mal an diesem Nachmittag setzte eine allgemeine Fürbitte für sie ein. Oma Mariechen wurde von allen Seiten herzlich gebeten, doch noch ein winzig kleines Stündchen anzuhängen, nicht immer nach der Uhr zu schielen, keine Spielverderberin zu sein und schon gar nicht die Strenge in Person. Sie möge ihrer hübschen Enkeltochter, dem jungen Fräulein, in dieser ernsten Zeit doch bitte schön ein kleines bisschen Spaß, noch ein Schlückchen aus dem Becher und ein paar lustige Geschichten gönnen.
Aber diesmal blieb Oma Mariechen standhaft.
»Lustige Geschichten gehören sich sowieso nicht auf einer Beerdigung«, sagte sie. »Außerdem wird es um diese Jahreszeit schon um vier dunkel. Wenn wir noch bei Licht daheim in Hesterhausen sein wollen, müssen wir jetzt aufbrechen.«
Das war ein Argument, dem die anderen Gäste nichts entgegensetzen konnten.
Tante Rosa sagte: »Du hast recht. Bei Dunkelheit möchte ich auch nicht draußen sein. Wo doch dieses wilde Tier umgeht.«
Die Frauen nickten und machten wieder ernste Gesichter.
»Was für ein wildes Tier?«, fragte Johanna.
»Manche behaupten, es sei ein Wolf«, sagte der kahlköpfige Mann. »Ich für meine Person bin dagegen hundertprozentig überzeugt, dass es ein Tiger ist.«
Oma Mariechen versuchte vergeblich, ihn durch Gesten zum Schweigen zu bringen, schüttelte den Kopf und deutete auf Johanna.
Damit weckte sie natürlich deren Neugier erst recht. Johanna setzte sich wieder auf ihren Platz.

»Macht ihr Witze mit mir?«, fragte sie. »Ihr wollt mir nur Angst einjagen! Hier in Deutschland gibt es doch keine Tiger.«
»Recht hast du!«, sagte der Mann mit der roten Nase und warf dem Kahlköpfigen einen herausfordernden Blick zu. »In Wirklichkeit handelt es sich nämlich um eine Löwin. Ein Waldarbeiter aus Kirchlauter ist ihr begegnet. Sie hatte gerade einen Rehbock gerissen, deswegen ist der Mann noch mal mit dem Leben davongekommen.«
Oma Mariechen setzte sich wieder. »Ich hab davon in der Zeitung gelesen«, sagte sie. »Aber das war doch nicht bei uns, nicht in Franken. Das war irgendwo in Norddeutschland …«
»Was war in Norddeutschland? Warum hast du mir das nicht erzählt?«, fragte Johanna.
»Aus einem Zoo, ich glaube, es war in Hannover, sind damals bei einem Bombenangriff die wilden Tiere entkommen. Und die machen jetzt die Gegend unsicher. Mehr als hundert Schafe haben sie schon gerissen …«
»Nicht nur Schafe!«, sagte eine von Tante Rosas Töchtern. »Auch Kälber und Kühe. Sogar einen ausgewachsenen Ochsen. Ich hab's selbst gelesen in der Zeitung.«
Der kleine, hagere Mann tat sich wichtig. »Das Schlimmste ist, dass keiner was dagegen tut«, behauptete er. »Wir dürfen sie ja nicht schießen, die Bestien. Kein Deutscher darf ein Gewehr in die Hand nehmen. Und die Amerikaner kümmert's nicht, dass jetzt wilde Tiere unsern Wald unsicher machen. Das sind die doch von daheim gewohnt.«
»Die Engländer«, verbesserte eine der Frauen sanft. »Die Engländer! Dort oben sind gar keine Amerikaner. Das ist die englische Zone.«
»So, Engländer? Umso schlimmer«, sagte das Männchen verbittert. »Die kümmern sich nämlich noch viel weniger!«
»Auf die Engländer!«, rief der Mann mit der roten Nase, er-

hob sich und dann sein Glas, stand schwankend und schaute in die Runde. Doch diesmal trank ihm keiner zu, er erntete nur ein paar missbilligende Blicke.

»Wie sollen die Tiere aus der englischen Zone denn zu uns kommen?«, fragte Johanna. »Das ist doch weit weg, mehr als hundert Kilometer.«

»Du hast ganz recht«, sagte Oma Mariechen und stand wieder auf. »Das sind alles nur wilde Gerüchte, Geschichten von Wichtigtuern. Hier bei uns gibt es keine wilden Tiere.«

»Gibt es nicht? Und was ist mit dem Nürnberger Tiergarten?!«, fragte der kahlköpfige Mann und schaute Oma Mariechen bedeutungsvoll an.

»Warum? Was soll damit sein?«, fragte Oma Mariechen und setzte sich wieder.

»Vor vier Jahren hatten sie noch dreihundert Tiere dort, Löwen, Tiger und Bären. Heute gibt es kein einziges mehr. Hast du nicht gehört, wie sie dort gehaust haben in den zwei Tagen nach Kriegsende? Sie haben alle geschlachtet und aufgegessen. Mit angespitzten Bohnenstangen haben sie auf die Zebras Jagd gemacht und sie aufgespießt ...«

»Warum tun die so was? Das ist doch scheußlich! Tiere aufspießen!« Johanna war empört.

Die anderen schwiegen. Schließlich sagte eine alte Frau: »Es war bestimmt nicht recht, bestimmt nicht. Aber die Menschen waren damals ja derart ausgehungert, manche fast verhungert.«

»Wo ist der Unterschied, ob jemand eine Kuh schlachtet oder ein Zebra?«, fragte eine der Frauen. »Es ist beides Fleisch, das man essen kann.«

»Aber Löwen und Tiger kann man nicht essen!«, sagte Johanna. Der Kahlköpfige nickte begeistert, tippte Johanna mit dem Zeigefinger auf die Schulter und sagte: »Genau das ist

es, worauf ich hinauswill! Löwen und Tiger kann man nicht essen, ganz richtig. Aber sie sind nicht mehr im Zoo. Wo sind sie also? Im Wald!«
»Kann es denn nicht sein, dass es die Bären aus dem Zoo sind, die all diese Rehe reißen?« Tante Rosa spann die Theorie des Kahlköpfigen weiter.
»Nein, die Bären sind es nicht, die haben sie mit einer Drahtschlinge erdrosselt«, sagte der Kahlköpfige. »Bären kann man nämlich essen.«
»Bärentatzen sollen eine Delikatesse sein«, sagte eine von Tante Rosas Töchtern.
»Und Bärenfett ist gut gegen Rheuma«, ergänzte der kleine, hagere Mann.
»Ihr wärt wohl auch gern dabei gewesen, als sie die armen Bären erwürgt haben?«, fragte Oma Mariechen. »Soll ich euch mal was sagen: Kein Wort glaube ich von euren Löwen und Tigern, kein Wort! Komm, Johanna, wir gehn jetzt!«
Sie stand endgültig auf und begann sich von allen zu verabschieden. Johanna tat es ihr nach.
Die ganze Trauergesellschaft gab den beiden das Geleit bis zur Hoftür. Das Gespräch über das wilde Tier hatte so lange gedauert, dass nun doch schon die Dämmerung hereinbrach.
»Ihr braucht eine gute halbe Stunde bis Hesterhausen, und in einer Viertelstunde ist es dunkel«, sagte Tante Rosa, während sie prüfend den Abendhimmel betrachtete. »Wollt ihr nicht hier übernachten? Vielleicht ist ja doch was dran an der Geschichte …«
»Nein, ich schlafe lieber in meinem Bett«, antwortete Oma Mariechen.
»Soll ich euch mein Fahrrad leihen?«, fragte eine junge Frau, wohl eine von Tante Rosas Enkelinnen. »Damit wärt ihr in zehn Minuten in Hesterhausen. Es geht ja fast nur bergab.«

Oma Mariechen schien nicht abgeneigt. »Und wie bekommst du dein Rad wieder?«, fragte sie.
Der Mann mit der roten Nase mischte sich ins Gespräch. »Kein Problem! Das könnt ihr dem Bierfahrer mitgeben. Der kommt jeden Freitag von Hesterhausen aus hier vorbei, bevor er zur Brauerei zurückfährt«, sagte er. »Der macht das gern, er ist ein Freund von mir, ein herzensguter Mensch, freigebig wie …«
»Ja, ja, schon recht«, unterbrach ihn die junge Frau, ging zum Scheunentor hinein und kam nach kurzer Zeit auf einem schwarzen Damenfahrrad herausgefahren.
»Da schau: Die Bremsen funktionieren, die Reifen haben auch genug Luft. Ihr könnt sofort starten!«, rief sie Oma Mariechen zu. »Wer fährt denn? Du, Tante Mariechen, oder Johanna?«
»Die Kleine? Das wäre ja noch schöner! Denkt ihr vielleicht, ich schiebe mir auf meine alten Tage noch die Röcke hoch und setze mich auf den Gepäckträger!«, sagte Oma Mariechen. »Ich lenke, die Kleine kann sich hintendrauf setzen. Steig auf, Johanna!«
Johanna hob Mantel und Kleid mit beiden Händen an und schwang sich auf den Gepäckträger. Mit ihren langen Beinen konnte sie links und rechts den Boden berühren und so das Rad abstützen, während sich Oma Mariechen auf den Sattel setzte. »Und du hast wirklich keine Angst?«, wollte eine der Frauen von Johanna wissen.
»Oma Mariechen ist ja dabei«, antwortete Johanna. »Uns passiert schon nichts.«
Eine andere Frau sagte: »Deine Oma Mariechen wird als Erste wegrennen, wenn der Tiger kommt.«
Alle lachten.
»Meine Oma ist mutiger, als ihr alle denkt!«, sagte Johanna. »Die hat nie Angst. Meine Oma hat sogar dafür gesorgt, dass der Krieg aufhört.«

»Was hat sie? Den Krieg beendet? Komisch, darüber hat gar nichts in der Zeitung gestanden!« Alle lachten noch mehr.
Johanna lachte mit. »Doch, es stimmt!«, rief sie. »Ihr braucht gar nicht zu lachen. Ich meine doch bei uns in Hesterhausen. Da hat sie wirklich gemacht, dass der Krieg gut ausgeht.«
»Wie denn? Kommt, das müsst ihr uns noch schnell erzählen, bevor ihr fahrt!«, forderten alle.
»Was die Kleine nur wieder redet!«, sagte Oma Mariechen unwillig. »Sie ist ein bisschen beschwipst, dafür hat euer Most gesorgt. Jetzt nimm die Beine hoch und halt dich gut an mir fest!«, befahl sie Johanna. Dann trat sie kräftig in die Pedale.
Johanna winkte allen noch einmal zu, hörte aber schnell damit auf, weil das Fahrrad gefährlich ins Schwanken geriet, und klammerte sich an Oma Mariechens schmalen Hüften fest.
Das Rad kam wieder ins Gleichgewicht, rollte die abschüssige Dorfstraße hinunter und zur Ortschaft hinaus.
»Auf gute Heimfahrt!«, rief der Rotnasige hinter den beiden her, prostete ihnen zu und nahm einen tiefen Schluck.
»Gute Heimfahrt!«, riefen auch die anderen. Darauf anstoßen konnten sie allerdings nicht, denn nur der Mann mit der roten Nase war auf die Idee gekommen, sein Glas mit nach draußen zu nehmen.

Die Straße führte in sanften Windungen bergab. Stessfeld lag oben am Rand der Waldberge, Hesterhausen unten im Maintal. Oma Mariechen musste die meiste Zeit gar nicht treten, das Rad fuhr im Freilauf.
Johanna hielt Oma Mariechen von hinten umschlungen und hatte den Kopf an ihren Rücken gelehnt.
Als sie durch ein kleines Waldstück fuhren, drehte sich Oma Mariechen nach ihr um und fragte: »Was machen wir, wenn jetzt wirklich ein Tiger kommt?«

»Dann musst du eben klingeln«, sagte Johanna.

»Klingeln?!« Oma Mariechen musste darüber so lachen, dass ihr Fahrrad in Schlangenlinien weiterfuhr. »Ich weiß nicht mal, ob die Fahrradklingel funktioniert.«

Sie probierte es gleich aus und hörte gar nicht mehr auf zu klingeln.

Johanna fing an, dazu »Tiger aus dem Weg, Tiger aus dem Weg!« zu schreien. Oma Mariechen stimmte fröhlich mit ein.

Jetzt, an der frischen Luft, wurde offenkundig, dass Oma Mariechen zwar den Most in Johannas Becher eifrig verdünnt, darüber aber ganz vergessen hatte, gelegentlich Wasser ins eigene Glas zu kippen.

»Komm, wir singen was!«, schlug Johanna vor.

»Singen? Meinetwegen«, sagte Oma Mariechen.

Ein gemeinsames Singen scheiterte zunächst daran, dass Johanna »Wenn bei Capri die rote Sonne ...« vorschlug, Oma Mariechen aber eher zu »Abendstille überall« neigte und beide nur den Text ihres eigenen Liedes kannten.

Das Einzige, was beide auswendig konnten, war ein Kirchenlied, das sonntags in der Messe gesungen wurde.

So fuhren die beiden den Berg hinunter, sangen aus vollem Hals »Droben in des Himmels Höhen, wo die Engel betend stehn«, und Oma Mariechen klingelte den Takt dazu.

Als die Straße das Maintal erreichte, machte sie eine enge Kurve nach rechts. Oma Mariechen musste wohl die Geschwindigkeit falsch eingeschätzt haben oder die Bremsen funktionierten doch schlechter, als Tante Rosas Enkelin behauptet hatte. Jedenfalls beschrieb das Fahrrad einen weiten Bogen, fuhr ohne viel Umstände eine grasbewachsene Böschung hinauf, verlor da oben schnell an Fahrt, stand einen winzigen Augenblick unbewegt wie ein Denkmal und kippte dann mitsamt den beiden Sängerinnen ins dünne, ausgebleichte Wintergras.

»Hast du dir wehgetan?«, fragte Oma Mariechen.
»Nein«, sagte Johanna. »Und du?«
»Ich auch nicht!«
»Und das Rad?«
»Ist noch ganz!«
»Nur mein Strumpf hat ein Loch«, sagte Johanna.
Beide erhoben sich wieder, rutschten den Hang hinunter, lachten und schoben das Fahrrad auf die Straße zurück.
»Wenn uns einer so sehen würde!«, sagte Oma Mariechen. »Und das nach einer Beerdigung.«
Johanna wischte ihre lehmverschmierten Hände an einem Grasbüschel ab.
»Du, Oma, warum hab ich den anderen droben in Stessfeld eigentlich nicht erzählen dürfen, wie du es geschafft hast, dass der Krieg schnell zu Ende ist?«, fragte sie dabei.
Oma Mariechen runzelte die Augenbrauen. »Fängst du schon wieder damit an!« Sie setzte sich aufs Fahrrad. »Komm, steig auf, sonst wird es wirklich stockdunkel. Und wenn wir ins Dorf kommen, hörst du auf zu singen, verstanden?«
Sie fuhren wieder los und kamen ohne weitere Zwischenfälle, Unfälle oder Stürze kurz vor fünf beim Gasthaus zum Elefanten in Hesterhausen an.
Johannas Mutter, die schon eine Weile am Fenster des Nebenzimmers gestanden und auf die dunkle Straße gestarrt hatte, traute ihren Augen nicht, als sie die zwei in den Hof einbiegen sah.
Zu Fuß, mit ernsten Gesichtern, waren sie in ihren feierlich schwarzen Gewändern am Vormittag nach Stessfeld aufgebrochen.
Nun kamen sie auf einem Rad zurückgefahren, fröhlich, mit zerrissenen Strümpfen, die Mäntel voller Lehmflecken.

Je länger es in den Januar hineinging, desto ungeduldiger wartete Johanna auf Schnee. Im Dezember hatte es nicht geschneit. Das war nicht ungewöhnlich, in manchen Jahren setzte der Winter erst im Januar ein.

Aber dieser Januar glich eher einem November. Es war nasskalt, fast jeden Tag regnete es und jeden Abend sagte der Sprecher im Radio das gleiche Wetter voraus: »Bedeckt, mit einzelnen Regenfällen, für die Jahreszeit zu warm.«

Jeden Morgen, wenn Johanna gleich nach dem Aufstehn aus dem Fenster schaute, stellte sie missmutig fest, dass die Voraussage eingetroffen war: Kein Schnee! Keine Schneeballschlachten, keine Schneehöhlen, keine Fahrten auf dem fünfsitzigen Schlitten von Erna Thürmer den alten Hohlweg hinunter!

Da hatte sie fünf Wochen Winterferien, drei mehr als sonst, und war gezwungen, den ganzen Tag im Haus zuzubringen. Ihre Freundin Erna hatte erst abends nach sechs für sie Zeit, wenn die Kühe gefüttert und gemolken waren. Die Thürmers waren Bauern, da mussten die Kinder viel mehr mithelfen als in einer Gastwirtschaft, wo erst am Abend der Betrieb so richtig losging, wenn Johanna schon von Oma Mariechen nach oben ins Bett geschickt worden war. Wenn sie es recht bedachte, hatte sie von ihrer Freundin während der Schulzeit mehr als jetzt in den Ferien. In der Pause und auf dem Heimweg konnten sie wenigstens miteinander reden. Aber so?!

Johanna langweilte sich.

Nach dem Frühstück hatte sie das Geschirr abgespült, abgetrocknet, die Teller und Tassen in den Küchenschrank gestellt. Jetzt gab es nichts mehr zu tun.

Draußen regnete es in Strömen. Im Haus war es kalt, viel kälter als im Freien. Johanna fröstelte trotz der beiden Pullover, die sie übereinander angezogen hatte.
Von der Küche aus unternahm sie manchmal kleine Abstecher ins Nebenzimmer oder in die Gaststube, wo sie mit dem Zeigefinger über den glatten, grünen Linoleumbelag der Tische fuhr und die Fingerspitze in den braunen Vertiefungen ruhen ließ, die unvorsichtige Wirtshausgäste mit ihren Zigarren in die Tischplatte gebrannt hatten.
Oder sie stand am Fenster, hauchte gegen die Scheibe, rieb ein Loch in die Wolke, die ihr Atem auf dem Glas entstehen ließ, und blickte durch dieses Guckloch auf die leere, regennasse Dorfstraße hinaus, bis die Kälte sie wieder zurücktrieb in die Küche, den einzigen warmen Raum im Haus.
Dann setzte sie sich vor den Herd, legte ab und zu ein Stück Holz nach, damit das Feuer nicht ausging, und schaute den Wasserspielen vor dem Fenster zu. Die Dachrinne oben am Haus war durchgerostet, es gab niemanden, der sie hätte reparieren können. Über dem Küchenfenster war ein besonders breiter Riss, aus dem sich bei Regen ein kleiner Niagarafall auf die steinerne Fensterbank ergoss. Jeder Windstoß drückte das herabstürzende Wasser gegen die Scheiben, die dann wegzurinnen schienen, genau wie die Scheune gegenüber, deren Umrisse sich auflösten und verschwammen.
Johannas Mutter hängte zusammen mit Tante Fanni oben auf dem Dachboden die Wäsche auf. Vielleicht könnte sie den beiden helfen, ihnen die Wäschestücke oder die Klammern zureichen. Das war weniger langweilig, als allein in der Küche zu sitzen und den Regen zu betrachten!
Johanna war schon dabei, die schmale Treppe vom ersten zum zweiten Stock hochzusteigen, als ein Geräusch sie wieder hinablockte. Ganz unten wurden Fässer gerollt. Oma Mariechen

war offensichtlich im Keller und stapelte leere Bierfässer auf. Johanna stieg die sieben Balkenstufen zum Keller hinunter, stieß die angelehnte Tür auf und schaute hinein.
In der Mitte des Raumes stand eine Karbidlampe auf dem Steinboden. Hinter dem hellen, blendenden Lichtpunkt tauchte Oma Mariechens gigantischer Schatten auf, schleppte zuckend und wackelnd ein Fass über die rückwärtige Wand und verschwand rechts hinter dem Türausschnitt.
»Da unten bist du!«, sagte Johanna und trat ein. »Ich hab dich schon überall gesucht.«
Oma Mariechen fuhr zusammen, als sie so unerwartet angesprochen wurde, und sagte unwillig: »Was fällt dir ein! Mich so zu erschrecken!«
Dann, nachdem sie tief Atem geholt und seufzend ausgeatmet hatte, fügte sie sehr viel ruhiger hinzu: »Wenn du schon da bist, kannst du mir auch helfen. Ich muss ein neues Fass hochtragen und anzapfen. Das unter der Theke ist gestern Abend leer geworden. Halt doch mal bitte die Tür auf!«
Oma Mariechen ging zur Wand, wo drei Holzfässer nebeneinanderstanden, packte den oberen Rand des vordersten und zog mit einem heftigen Ruck daran, um es zu kippen. Geschickt rollte sie es dann über die Steinplatten, vorbei an Johanna, die eng an die Tür gepresst stand, bis das Fass gegen die unterste Kellerstufe stieß und erst einmal zum Stillstand kam.
»Soll ich dir helfen?«, fragte Johanna.
»Du kannst mir am besten helfen, indem du aus dem Weg gehst«, antwortete Oma Mariechen. »Los, geh nach oben, das Fass ist schwer! Es kann dich erschlagen, wenn es mir aus der Hand rollt.«
Johanna stieg die Kellertreppe hinauf und schaute von oben zu, wie Oma Mariechen das Fass an beiden Enden packte, es mit einem heftigen Ruck auf die erste Stufe wuchtete, die

zweite, die dritte und schließlich auf die vierte. Die war breiter als die andern, bildete einen kleinen Absatz. Hier konnte das Fass erst einmal liegen bleiben, ohne dass sie sich mit aller Kraft dagegenstemmen musste.
Oma Mariechen verschnaufte. Heftig atmend stützte sie die Unterarme auf dem Fass ab. Sie musste sich dazu auf die zweite Stufe stellen, Oma Mariechen war wirklich nicht sehr groß.
Johanna kauerte sich auf die fünfte Stufe und hielt das Fass mit beiden Händen am schmalen Holzrand fest.
Oma Mariechen lächelte ein bisschen, mehr mit den Augen als mit dem Mund. »Das ist gar nicht nötig. Du darfst das Fass loslassen«, sagte sie. »Es bleibt von ganz alleine liegen. Du kannst es sowieso nicht halten, wenn es ins Rollen kommt. Mit deinen mageren Ärmchen.«
Johanna stemmte die Füße rechts und links gegen die seitliche Begrenzung der Treppe, beugte den Oberkörper weit zurück und zog mit aller Kraft. Ihre ausgestreckten Arme zitterten vor Anspannung. Das Fass bewegte sich, rollte träge ein paar Zentimeter auf sie zu und stieß mit einem sanften »Tock« an die Holzkante der Stufe.
»Siehst du, ich kann es doch!«, sagte Johanna, ließ das Fass los und schlang die Arme um die Knie. »Wie schwer ist das wohl?«
»Dreißig Liter Bier wiegen sechzig Pfund«, rechnete Oma Mariechen. »Dazu kommt noch das Gewicht vom Fass ...«
»Und von den eisernen Reifen«, ergänzte Johanna. »Es ist bestimmt zentnerschwer.«
»Wenn du meinst!« Die Fältchen um Oma Mariechens Augen schoben sich ein zweites Mal zu einem Lächeln zusammen.
»Eigentlich ist so was Männerarbeit«, sagte Johanna. Und noch einmal, ganz entschieden: »Einen Zentner die Kellertreppe hochschleppen, das ist Männerarbeit!«
»Was redest du für einen Unsinn!« Oma Mariechens Lächeln

erlosch. »Du siehst doch, dass ich es kann. Bin ich vielleicht ein Mann? Und deine Mama und Tante Fanni können es auch. Sind die vielleicht Männer?«
Johanna war noch nicht überzeugt. »Tante Fanni?«, wiederholte sie. »Tante Fanni hat noch nie ein Fass aus dem Keller geholt. Die weiß gar nicht, wie man ein Bierfass anzapft.«
»Aber sie könnte es, wenn sie es wollte. Warum soll sie's auch, ich kann es doch noch! Alles Unsinn, was du da sagst. Außerdem haben wir keinen Mann im Haus, damit musst du dich abfinden.«
»Muss ich nicht«, sagte Johanna. »Muss ich eben nicht!«
»Was soll denn das schon wieder heißen?«
»Findest du das vielleicht richtig? Du, Mama, Tante Fanni und ich: vier Frauen in einem Haushalt und kein einziger Mann!«
»Vier Frauen?« Oma Mariechen konnte nur den Kopf schütteln über diese anmaßende Rechnung. »Immer noch *drei* Frauen; drei Frauen und ein Kind!«
Johanna verspürte wenig Lust, jetzt mit Oma Mariechen darüber zu streiten, ob sie noch ein Kind sei. Wahrscheinlich war das sowieso wieder nur so ein Trick ihrer Großmutter. Ein Versuch, das heikle Gespräch unauffällig auf ein Nebengleis zu lenken. Deshalb sagte sie versöhnlich: »Drei Frauen und ein Mädchen, meinetwegen.«
Sie konnte es sich aber nicht verkneifen, schnell noch hinzuzufügen: »Jedenfalls vier weibliche Menschen und kein Mann.«
»Bestimmt kommt dein Vater bald aus der Gefangenschaft zurück«, tröstete Oma Mariechen sie. »Wir müssen Gott dankbar sein, dass wir wenigstens Post von ihm haben.«
»Der Vater von Erna ist schon seit letztem Sommer zurück!«
»Von Erna Thürmer? Ja, der Hans, der hat Glück gehabt, der war in englischer Gefangenschaft. Die sind alle wieder da, die von den Engländern. Dein Vater ist leider in Russland.«

»Der von Ludwig war auch in Russland und ist schon daheim. Vorgestern ist er gekommen. Ludwig hat's mir gestern beim Milchholen erzählt.«
»Ludwig? Was denn für ein Ludwig?«
»Ludwig Juskowiak!«
»Das muss eines von den Flüchtlingskindern sein. Den kenne ich nicht.«
»Ist doch ganz egal. Jedenfalls ist sein Vater da!«
»Denk mal daran, wie viele Väter gefallen sind! Die kommen nie mehr zurück. Oder denk an unsre Fanni: Nichts weiß sie von ihrem Verlobten, nichts! Er ist ja vermisst.«
»Ich glaube nicht, dass der noch zurückkommt ...«
Oma Mariechen schaute erschrocken nach oben, zur offenen Tür. »So was darfst du nie zu Tante Fanni sagen, hörst du, nie!«, flüsterte sie eindringlich.
Johanna, die ihrem Blick gefolgt war, sagte: »Keine Angst, Tante Fanni ist mit Mama oben auf dem Dachboden. Sie kann uns nicht hören. Außerdem glaubt sie es schon selber.«
»Was glaubt sie?«
»Dass er tot ist!«
»Wie kommst du denn darauf?«
»Weil sie es gependelt haben, Tante Fanni und ihre Freundin, die Verena.«
»Verena? Wie oft habe ich Fanni gesagt, dass sie mit der nicht verkehren soll! Sag bloß, diese ... dieses Mensch war bei uns im Haus?«
Johanna schwieg und zuckte mit den Schultern.
»Du weißt es genau, du willst nur deine Tante nicht verraten! Wann war diese Verena bei uns?«
»Gestern Abend, als du in der Kirche warst. Sie ist in die Wirtschaft gekommen und hat bei Tante Fanni ein kleines Bier bestellt. Das darf sie doch!«

»Sie soll ihr Bier woanders trinken, nicht bei uns. Wenn man ihr woanders überhaupt eins ausschenkt!« Oma Mariechen war unerbittlich in ihrer Abneigung. »Und wie war das mit dem Pendeln?«
»Verena hat Tante Fanni gezeigt, wie man es richtig macht.«
»Das Pendeln?«
»Ja!«
»Und? Wie macht man es?«
»Erst reißt man sich ein langes Haar aus und bindet den Verlobungsring daran fest ...«
»Und?«, drängte Oma Mariechen.
»Man hält das Haar mit dem Ring über ein Foto. Zuerst muss der Ring ganz still hängen, er darf sich überhaupt nicht bewegen ...«
»Und dann?«
»Fängt er mit der Zeit von ganz allein an, hin- und herzupendeln. Oder rauf und runter. Manchmal auch im Kreis. Darauf kommt es ja an. Pendelt es rauf und runter, wie wenn man nickt, dann bedeutet das ›ja‹. Pendelt es hin und her, wie wenn jemand den Kopf schüttelt, heißt das ›nein‹. Und wenn es im Kreis pendelt, dann will es sagen ›Ich bin mir nicht sicher, ich weiß es nicht ganz genau‹ ...«
»Was weiß das Pendel nicht genau?«, fragte Oma Mariechen. »Und warum ›nein‹ und ›ja‹? Ich versteh dich nicht!«
»Ach so, ich hab was vergessen. Vorher muss man sagen:

Mein Schatz, der ist im Krieg,
mein Schatz, der ist vermisst.
Sein Ring, der sagt mir jetzt,
ob er am Leben ist!

Tante Fanni hat das Foto von ihrem Richard geholt, es auf den Tisch gelegt und den Verlobungsring pendeln lassen. Sie hat Verena gefragt, ob sie wirklich den Spruch aufsagen muss, das wäre doch kindisch. Verena hat gemeint: Es genügt, wenn man ihn innerlich spricht, in seinem Herzen …«

»In seinem Herzen!«, wiederholte Oma Mariechen aufgebracht. »Sie sollte lieber mal in ihr eigenes, schwarzes Herz schauen! Das ist ja Götzendienst, zu dem sie unsere Fanni da verführt. Und dann? Erzähl weiter!«

»Erst hing der Ring nur so am Haar, ganz still. Mit einem Mal hat er angefangen zu wackeln, kann ich dir sagen! Immer hin und her, immer ›nein … nein … nein … nein …‹. Verena hat gesehen, wie sehr Fanni erschrocken war. Sie hat gleich behauptet, das wäre doch ein ganz deutlicher Kreis. Aber jede hat gesehn, dass es keiner war. Er ging immer nur hin und her. Verena hat Tante Fanni das Haar einfach aus den Fingern genommen und gesagt: ›Und nun die Gegenprobe!‹ Sie hat das Haar auch über Richards Foto gehalten. Bei ihr ist der Ring im Kreis gependelt. Ich habe aber genau gesehn, dass sie die Hand immer so bewegt hat, dass er gar nicht anders konnte. Tante Fanni muss das auch bemerkt haben. Sie ist aus der Gaststube gerannt und hat geweint.«

»Das arme Ding! Deswegen war sie heute beim Frühstück so still. Was gibt sie sich aber auch mit dieser Verena ab! Und überhaupt: Da stehn wir auf der Kellertreppe und verplaudern den halben Vormittag, als ob es nichts zu tun gäbe. Jetzt geh mir aus dem Weg! Los, nach oben, das Fass zerquetscht dir sonst die Füße!«

Johanna erhob sich, stieg rückwärts die restlichen zwei Kellerstufen hoch und schaute zu, wie Oma Mariechen das Fass an beiden Seiten packte und es energisch auf die nächste, die fünfte Stufe bugsierte. Halb hob, halb schob sie es über die hölzerne Kante, half auch dadurch nach, dass sie sich mit dem ganzen Körper dagegenstemmte. Dann die sechste Stufe und schließlich die oberste.

Diesmal verschnaufte sie nicht, sondern rollte das Fass sogleich weiter. Sie stieß es mit dem Fuß voran. Ab und zu musste sie mit einem kurzen Handstoß seinen Lauf regulieren, wenn ein Fußtritt es nicht genau in der Mitte, am höchsten Punkt der Wölbung, getroffen hatte und das Fass mit einer unbeholfenen Wackelbewegung von seinem vorgeschriebenen Weg abweichen wollte. So trieb sie es vor sich her, über den schmalen Flur, durch die Küchentür, quer über den schwarzweiß gesprenkelten Steinboden der Küche, durch die gegenüberliegende Tür, dort weiter durch das Nebenzimmer mit den breiten Holzdielen, schließlich mit einer scharfen Wendung nach rechts durch die nächste Tür in die Gaststube.
Johannas Aufgabe dabei war es, vorauszurennen und die drei Türen aufzureißen.
Dann stand sie neben dem Schanktisch und freute sich über die Geschicklichkeit, mit der es Oma Mariechen immer wieder verstand, das Fass so ausrollen zu lassen, dass es genau an seinem vorbestimmten Platz zum Stillstand kam.
»Und außerdem ...« Oma Mariechen kam mit einem Mal auf das erste Gesprächsthema zurück, während sie die kleine Tür unten in der Theke öffnete. »Und außerdem sind wir hier vielleicht schon bald fünf ›weibliche Menschen‹ ohne Mann!«
»Fünf?« Johanna schaute sie erstaunt an. »Aber warum denn fünf?«
Oma Mariechen ließ sich mit der Antwort Zeit. Sie rollte erst mal das Fass unter die Theke und zapfte es an, indem sie den langstieligen Zapfhahn durch zwei wuchtige Schläge mit einem Holzhammer in die Fassöffnung trieb.
»So, das wäre geschafft!«, sagte sie dann und hängte den Hammer an den Nagel unten am Gläserregal.
»Warum denn fünf? Jetzt sag doch endlich!«
»Deine Mama und ich haben uns überlegt, dass wir Oma

Elsbeth zu uns holen sollten. Sie wohnt ganz allein in dieser Kellerwohnung. Wenn es erst mal richtig kalt wird, erfriert sie uns noch! Die in der Stadt kriegen viel weniger Holz und Kohlen als wir. Die Kohlenwaggons kommen manchmal völlig leer an in Nürnberg, ich hab's gestern erst in der Zeitung gelesen. Das wird alles gestohlen unterwegs.«

Oma Elsbeth also! Johanna hatte sie zuletzt vor zwei Jahren gesehen, als sie mit Mama in Nürnberg war, um sie nach Hesterhausen zu holen.

Oma Elsbeth war die Mutter von Johannas Vater. Wie Oma Mariechen war sie Witwe, Johanna hatte ihren Großvater nie kennengelernt. Sie nannte sich »Geschäftsfrau«, denn nach dem Tod ihres Mannes hatte sie einen kleinen Kurzwarenladen im Erdgeschoss ihres Hauses allein weitergeführt. Dann waren Haus und Laden bei einem Bombenangriff zerstört worden. Nur der Keller war erhalten geblieben, dort hatte sie sich mit den Resten ihrer Habe eingenistet.

Johanna und ihre Mutter waren fast eine halbe Stunde umhergeirrt, ohne Oma Elsbeths Wohnung zu finden. Die Adresse lautete »Tucherstraße«, aber von einer Straße konnte keine Rede sein. Das ganze Viertel war eine Schutthalde, eine schier endlose Anhäufung von Mauertrümmern, Backsteinen und Mörtelbrocken, manchmal zu einem kleinen Hügel getürmt, aus dem ein stehen gebliebener Kamin ragte. Wenn man genau hinsah, erkannte man die Trampelpfade zwischen den Steinen, kleine improvisierte Wege, sogar Andeutungen von Treppen, aus Ziegelsteinen unbeholfen aufgeschichtet: alles Zeichen für die unfassbare Tatsache, dass in diesem Trümmerhaufen Menschen wohnten.

Vom ursprünglichen Verlauf der Straßen war in dieser Steinwüste nichts mehr zu erkennen.

Schließlich hatten sie diese magere junge Frau im Soldatenmantel getroffen, die ihnen weiterhalf. Sie war mit einem Kind auf dem Rücken aus einer Eisentür am Grund eines Bombentrichters gekommen. Wie sich schnell herausstellte, kannte sie Oma Elsbeth und führte die beiden Verirrten bereitwillig zu einer schmalen Steinschlucht, dem Eingang zu Oma Elsbeths Kellerwohnung.

Oma Elsbeth hatte sich sehr über den Besuch gefreut, auch über das mitgebrachte Schwarzbrot und die fünf Eier. Sie kam gar nicht mehr aus dem Staunen heraus, wie groß ihre Enkelin in der Zwischenzeit geworden war, lobte ihre gesunde Gesichtsfarbe und stellte fest, sie ähnle so sehr ihrem Vater, dass sie Johanna am liebsten ständig um sich hätte.

Das wäre gut möglich gewesen, sie hätte nur mitkommen müssen nach Hesterhausen. Aber sie wollte ja nicht. Sie gehöre hierher in ihre Wohnung, in die Großstadt und nicht auf ein kleines Bauerndorf, hatte sie gesagt und sich strikt geweigert mitzukommen.

So war Johannas Mutter mit Johanna alleine zum Bahnhof zurückgegangen und heimgefahren.

Es war also recht unwahrscheinlich, dass Oma Elsbeth diesmal bereit sein sollte, nach Hesterhausen umzuziehen.

»Meinst du, Oma Elsbeth kommt wirklich?«, fragte Johanna. »Ich glaube, sie will in Nürnberg bleiben wie damals auch.«

»Es kann schon sein, dass sie kommt. Schließlich wird sie nicht jünger. Und noch so ein Winter in den Trümmern? Ich glaube, sie wird zusagen. Jedenfalls haben wir ihr einen langen Brief geschrieben und sie herzlich eingeladen«, sagte Oma Mariechen.

»Für immer?«

»Wenn sie kommt, wird es wohl für immer sein.«

»Haben wir denn genügend zu essen für sie?«

Oma Mariechen hatte sich darüber wohl auch schon Gedan-

ken gemacht. Jedenfalls kam ihre Antwort schnell und ohne Nachdenken.
»Unsere Gastwirtschaft und der Garten haben uns bis jetzt schlecht und recht ernährt. Ich denke, wir werden auch Elsbeth mit durchschleppen können. Wir haben den kleinen Kartoffelacker, ein Schwein und unsere Hühner, was wollen wir mehr! Außerdem bringt sie ja ihre Lebensmittelkarten mit. Alte Frauen essen sowieso nicht mehr so viel. Sie brauchen weniger Essen und weniger Schlaf, das siehst du doch an mir.«
»Du bist doch noch nicht alt!«, sagte Johanna. »Lange nicht so alt wie Oma Elsbeth.«
»Umso wichtiger, dass wir sie zu uns holen!«
»Ich glaube nicht, dass sie kommt«, sagte Johanna.
»Und ich glaube, diesmal wird sie kommen!«, antwortete Oma Mariechen. »Wir werden ja sehen.«

Der Antwortbrief von Oma Elsbeth kam in der letzten Januarwoche.

Sie bedanke sich für die Einladung und werde sich die ganze Sache gründlich durch den Kopf gehen lassen, schrieb Oma Elsbeth. Im Augenblick müsse sie sich mit dem Umzug ja nicht beeilen, schließlich sei es zurzeit warm wie sonst im Mai. Zwei Briketts genügten, um ihr Zimmer den ganzen Tag zu heizen, sie müsse sie vor dem Verfeuern nur in mehrere Lagen Zeitungspapier einwickeln. In den »Nürnberger Nachrichten« habe übrigens gestanden, der Januar 1948 sei der wärmste des Jahrhunderts. Falls es aber doch noch Frost geben sollte, ließe sie wieder von sich hören. Bis dahin herzliche Grüße …

Auch Oma Mariechen konnte sich nicht erinnern, jemals einen so warmen Winter erlebt zu haben.

Die Kirschbäume standen in voller Blüte, selbst im Hochgebirge schmolz der Schnee, der Main führte Hochwasser. Letzte Woche hatten bereits die Uferwiesen unter Wasser gestanden, jetzt reichte der Fluss bis zu den Häusern am Dorfrand. Die flache Mainebene hatte sich in einen kilometerbreiten See verwandelt, in ein sonnenglitzerndes Meer, aus dem weit, weit drüben der lang gestreckte graue Hügelkamm des Steigerwaldes ragte, wie der Rücken eines gestrandeten Walfischs.

Letzten Sonntag hatte der Pfarrer eigens einen Bittgottesdienst angesetzt und die vierzehn heiligen Nothelfer um Schutz vor Überschwemmung und Wasserschaden angerufen. Die Kirche war bis auf den letzten Platz besetzt gewesen, wie sonst nur an Weihnachten. Viele, die man gewöhnlich nie beim Gottesdienst sah, waren diesmal gekommen, besonders die Anwoh-

ner der Ufergasse, deren Häuser am dichtesten beim Wasser standen.
Aber noch waren die Gebete nicht erhört worden, der Fluss stieg weiter.
Bei Thürmers, der Familie von Johannas Freundin, stand bereits der Keller unter Wasser.
Eigentlich war Johanna ja mit Erna zu einem Spaziergang verabredet. Sie hatten vor, am Ufer des sonderbaren neuen Sees entlangzugehen und die Dinge anzugucken, die aus dem Wasser ragten: Spitzen von Telegrafenmasten, Baumwipfel, die wie zu groß geratene Büsche aussahen, das Dach einer Feldscheune.
Aber an einen gemütlichen Spaziergang war nicht mehr zu denken, denn Familie Thürmer versuchte in höchster Aufregung, ihre Wintervorräte zu retten.
Erna erschien gerade unten in der offenen Kellertür, hatte einen Korb voller Kartoffeln mit beiden Händen links und rechts am Henkel gefasst und schleppte ihn nun keuchend die Steinstufen hoch, in den Hof. Korb und Kartoffeln waren triefend nass, schmutziges Wasser floss über Ernas Rock und färbte ihn dunkel. Beim Gehen zog sie eine feuchte Spur hinter sich her wie eine Wassernixe.
»Hilf doch mit!«, rief Erna, kaum dass sie Johanna sah. »Fass mit an! In die Scheune!«
So kurze Befehle hatte Johanna von ihrer Freundin noch nie gehört, Erna redete sonst eher vorsichtig um eine Sache herum. Es schien wirklich sehr dringend zu sein.
Johanna nahm Erna, ohne lange zu fragen, einen Henkel aus der Hand und rannte neben ihr her zur Scheune.
Dort übergaben sie den Korb Frau Thürmer, die ihn umkippte und die Kartoffeln gleichmäßig über den Lehmboden verteilte.
»Hoffentlich werden sie schnell wieder trocken, sonst fangen

sie an zu faulen«, sagte sie dabei. »Schön, dass du uns hilfst, Johanna. Was sagst du zu dem Wasser? Nach all dem Elend jetzt auch noch das! Hört denn das nie mehr auf!«

Johanna ging neben Erna zum Haus zurück. Als sie die Kellertreppe hinunterstiegen, kamen ihnen die beiden jüngeren Brüder von Erna entgegen, auch sie trugen einen tropfnassen Korb Kartoffeln nach oben.

Im Keller stand das Wasser bestimmt einen Meter hoch. In der schmutzig braunen Brühe schwammen Kartoffeln, Kohlköpfe, Äpfel, Nüsse und ein paar Holzkisten.

Herr Thürmer balancierte über eine Holzbohle, die auf dem Krautfass und einem Absatz der Kellertreppe aufgelegt war. Er hatte einen Korb in der Hand, zog ihn wie ein großes, grobes Sieb durchs trübe Wasser und schöpfte damit Kartoffeln heraus, die er in einen zweiten, größeren Korb schüttete. Den trugen Johanna und Erna nach oben, in die Scheune.

Nachdem die Kartoffeln und dann die Äpfel herausgefischt waren, kamen die Kohlköpfe an die Reihe. Zuletzt ging es an die Rettung des Eingemachten. Dazu musste Herr Thürmer bis an den Hals ins kalte Wasser eintauchen. Er holte Glas für Glas unten aus dem Regal und reichte es an Erna und Johanna weiter.

Schließlich war auch das geschafft und der Keller leer – wenn man vom Mainwasser absah, das ihn nun zur Hälfte ausfüllte.

»So, nun zieht euch alle schnell um, sonst erkältet ihr euch!«, befahl Frau Thürmer. »Du bist ja auch ganz nass, Johanna! Lass dir von Erna trockene Wäsche geben und einen Rock. Du kannst mir deinen ruhig dalassen, ich muss ja sowieso waschen. Erna bringt ihn dir vorbei, wenn er trocken ist.«

Die beiden Freundinnen verschwanden in Ernas Zimmer, um sich dort umzuziehen. Das war nicht einfach, denn die beiden Brüder von Erna versuchten immer wieder, kreischend in das Zimmer einzudringen und einen Blick auf die zwei vermeintlich nackten Mädchen zu erhaschen. Ernas Tür hatte kein Schloss, man konnte sie zwar einklinken, aber nicht abschließen. So war jeweils eine von ihnen gezwungen, sich mit aller Kraft gegen die Tür zu stemmen, während die andere sich schnell aus- und wieder anzog. Die Jungen trommelten gegen die Tür und schrien durch den Türspalt, Johanna und Erna schimpften von drinnen zurück, kündigten ihnen halb lachend, halb im Ernst Prügel an, wenn sie nicht gleich verschwänden. Der Lärm steigerte sich, bis endlich Ernas Mutter aufmerksam wurde und die beiden Jungen energisch in ihr Zimmer verwies. Nun war es still im Haus, Johanna und Erna saßen nebeneinander auf Ernas Bett und unterhielten sich.

»Meinst du, das Wasser steigt noch höher?«, fragte Erna.

»Ich glaube nicht. Irgendwann muss ja mal Schluss sein«, sagte Johanna.

»Die Alten im Dorf behaupten aber, es gibt eine neue Sündflut, und alle müssen ertrinken!«

»Alle bestimmt nicht! Damals gab's ja nur die Arche, jetzt gibt's Tausende von Schiffen.«

»Stimmt. Sogar Unterseeboote!« Erna war beruhigt. »Ein bisschen wird's aber vielleicht noch steigen. Wenn unsere Küche unten auch noch überschwemmt ist, flüchten wir einfach zu euch!«

»Dann seid ihr Flüchtlinge!«

»Flüchtlinge? Dann müssen wir aber ins Schloss ziehn, da wohnen die doch alle.«

»Ich besuch dich da, ich muss ja nur bei uns über die Gartenmauer klettern, dann bin ich schon im Schlosspark.«

»Mach das lieber nicht, sonst erwischt dich der Rote Baron!«

»Na und? Meinst du, der tut mir was? Meine Mutter sagt, er wäre ein freundlicher Mensch. Außerdem gehört ihm das

Schloss gar nicht mehr, der wohnt jetzt im Stallmeisterzimmer, über den Pferden …«
»Woher weißt du das?«
»In der Wirtschaft haben sie's erzählt.«
»Warum er wohl der ›Rote Baron‹ heißt? Als ich jünger war, hab ich gedacht, er wäre vielleicht ein Indianer!«
»Als du jünger warst?«, fragte Johanna und lachte. »So viel jünger kannst du gar nicht gewesen sein. Er ist ja erst seit einem Vierteljahr aus der Gefangenschaft zurück. Ich hab gehört, wie der Limbachers Jörg zum alten Schellenberger gesagt hat: ›Als Deutscher ist er in den Krieg gezogen und als Kommunist ist er zurückgekommen, als Roter. Den haben sie umgedreht in der Gefangenschaft, unseren Herrn Baron!‹ Das meinen sie, glaube ich, wenn sie ›Roter Baron‹ sagen.«
»Ist er jetzt ein Russe?«
»Nein, das glaub ich nicht. Ich kann ihn ja mal fragen …«
»Das würdest du dich nie trauen, nie!«
»Warum nicht? Denkst du, er frisst mich auf?!«
»Der nicht. Aber das wilde Tier vielleicht, der Tiger oben im Wald!«
Vom wilden Tiger kamen sie auf Onkel Albins Beerdigung zu sprechen, von der Beerdigung aufs Essen, erst ganz allgemein, dann speziell auf das Pausenbrot, das Erwin Schellenberger kurz vor Weihnachten dabeigehabt hatte und von dem sowohl Erna als auch Johanna abbeißen durften. Damit waren sie schon mal bei Erwin angekommen, also konnten sie sich auch gleich über die anderen Jungen unterhalten, die wie sie beim Hauptlehrer Schopper Unterricht hatten.
Es gab in der Schule zwei Klassenzimmer. In dem einen unterrichtete Fräulein Amberger die Kleinen, die waren uninteressant. Im zweiten herrschte Herr Schopper mit strenger Hand über die Großen, die Klassen fünf bis acht. Erna und Johanna

gingen mit Irene, Magda und Marianne, mit Erwin, Ludwig und Emanuel in die siebte Klasse. Manche Klassen waren noch kleiner, die achte zum Beispiel bestand nur aus fünf Schülern. Wenn niemand krank war und keiner dringend zu Hause mithelfen musste, saßen vierundzwanzig Schülerinnen und Schüler im Klassenzimmer.

Am interessantesten, darüber waren sich Erna und Johanna schnell einig, waren die Schüler aus der Achten, die in diesem Sommer von der Schule abgehen würden.

Schließlich war auch dieses Thema erschöpft und Johanna musste langsam ans Heimgehen denken. Sie stand auf, um sich zu verabschieden.

»Mein Rock steht dir wirklich gut«, sagte Erna, während sie Johanna zur Haustür brachte. Beim Abschied fragte sie unvermittelt: »Und du fragst ihn wirklich?«

»Wen denn?«

»Na, den Roten Baron. Hast du doch versprochen!«

»Hab ich das wirklich? Ich kann ja mal darüber nachdenken!«, sagte Johanna und ging nach Hause.

Am nächsten Morgen, Johanna saß mit den drei Frauen im Nebenzimmer beim Frühstück, klopfte Erna ans Fenster.

Johanna öffnete es. »Komm doch rein!«, sagte sie. »Ich geb dir was von meiner Portion ab.«

»Danke, nicht nötig«, sagte Erna. Mehr neugierig als hungrig fragte sie: »Was gibt's denn bei euch immer zum Frühstück?«

»Bratkartoffeln und Kaffee.«

»Echte Bratkartoffeln?«, fragte Erna. Sie schien zu überlegen, ob sie Johannas Angebot nicht doch annehmen solle.

Johanna lachte. »So echt wie der Kaffee: Eicheln und Gerste, frisch geröstet von Tante Fanni! Nein, es sind natürlich Milchkartoffeln, wir sagen nur Bratkartoffeln dazu.«

»Die gibt es bei uns auch, wenn wir kein Brot haben«, sagte Erna. »Sie schmecken immer nach angebrannter Milch. Und dann noch die dicke Milchhaut dazwischen!« Erna schüttelte sich angewidert.

»Bist du eigentlich nur gekommen, um unser Frühstück schlechtzumachen?«, erkundigte sich Oma Mariechen. »Oder gibt's was Besonderes? Du schaust doch sonst nie so früh vorbei.«

»Stimmt. Die Hauptsache hätte ich beinahe vergessen«, sagte Erna. »Das Hochwasser geht zurück. Heute Nacht ist es fast einen Meter gefallen.«

»Gefallen?« Oma Mariechen war sichtlich erleichtert. »Dafür müssen wir Gott danken.«

»Gott sei Dank«, sagte auch Johannas Mutter. »Im Geist hab ich schon die Fässer bei uns im Keller herumschwimmen sehn. Noch einen Meter höher, und es hätte auch unser Haus erreicht.«

»Das wollte ich nur erzählen«, sagte Erna und verabschiedete sich. Bevor Johanna das Fenster schloss, flüsterte ihr Erna schnell noch zu: »Du sprichst also heute mit dem Roten Baron, ja?«

Diese Frage war wohl schuld daran, dass Johanna den ganzen Vormittag schlecht gelaunt war.

»Warum bist du nur so muffig? Ist was?«, fragte Tante Fanni, als Johanna beim Mittagessen auf eine Frage nur mit einem Brummeln antwortete.

Johannas Mutter sagte: »Du gehst uns allen auf die Nerven mit deiner schlechten Laune. Was haben wir dir getan?«

Johanna gab keine Antwort. Schlechte Laune! Sollte sie sich etwa auch noch freuen, wenn ihr von Erna Dinge in den Mund gelegt wurden, die sie so nie gesagt hatte?! Hatte sie eigentlich versprochen, mit dem Baron zu reden? Hatte sie nicht! Das

drehte Erna nur so hin. Sie behauptete immer, sie wäre ihre beste Freundin, aber es schien ihr Spaß zu machen, Johanna in Verlegenheit zu bringen. Das war ein ganz fieser Zug an ihr. Typisch Erna, wenn sie es genau bedachte. Die hatte damals ja auch nichts Besseres gewusst, als schnurstracks zu Erwin Schellenberger zu laufen und ihm zu erzählen, was Johanna angeblich alles über ihn gesagt hatte. Und jetzt also das.
Nein, sie würde sich überhaupt nicht zwingen lassen, Dinge zu tun, die sie nicht vorhatte. Keiner konnte ihr befehlen, mit dem Baron zu sprechen, Erna schon gar nicht! Sie würde nichts dergleichen tun, und damit basta!
Johanna fühlte sich nach diesem Entschluss erleichtert. Laut pfeifend ging sie aus dem Haus, in den Garten, kletterte an den Latten fürs Spalierobst hoch, kauerte oben auf der Steinmauer und guckte hinüber in den Schlosspark.
Aus einem plötzlichen Einfall heraus griff sie nach den tief hängenden Zweigen einer Buche auf der anderen Seite, hielt sich daran fest und ließ sich auf den Laubteppich hinuntergleiten. Johanna ließ die Zweige los, sie schnellten nach oben und wackelten einige Male auf und ab, unerreichbar jetzt für sie. Johanna stand im braunen, modrig riechenden Laub, auf der anderen Seite der Steinmauer, im Schlosspark.

Der Park, vor mehr als zweihundert Jahren auf einer sanft geneigten Flussterrasse angelegt, verband das Unterdorf mit dem Oberdorf. Auf drei Seiten war er von einer hohen Steinmauer eingefasst, die vierte Seite oben auf dem Hügel wurde vom Schloss selbst begrenzt.

Johanna stapfte über den Blätterteppich nach oben. Bald tauchte zwischen den kahlen Bäumen die Rückfront des Schlosses auf. Aus allen Kaminen stieg dunkler Rauch. Die Flüchtlingsfamilien, die man dort einquartiert hatte, verfeuerten wohl feuchtes Holz, wahrscheinlich Zweige, die sie im Park gesammelt hatten.

Johanna kletterte auf den Steinsockel, der sich um das Gebäude herumzog, hielt sich am geschwungenen Fenstergitter fest und schaute durch die Scheibe nach innen in einen riesigen Saal. Noch nie hatte sie einen so großen Innenraum gesehen, alle sechs Erdgeschossfenster auf ihrer Seite gehörten zu ihm. Er nahm wohl auch die ganze Breite des Gebäudes ein, denn in der gegenüberliegenden Wand, auf der anderen Seite des Saals, sah sie ebenfalls Fenster.

Sie erschrak, weil sie plötzlich entdeckte, dass sie beobachtet wurde: Ein junges Mädchen mit kurzen, dunklen Haaren hielt sich drüben auf der anderen Seite am Gitter fest, guckte von außen ins Fenster und starrte ihr über den ganzen Saal hinweg direkt ins Gesicht. Johanna duckte sich.

Erst als sich das Mädchen auf der anderen Seite gleichzeitig mit ihr bewegte, erkannte sie in einer Mischung aus Verblüffung und Ärger, dass sie sich vor ihrem Spiegelbild versteckt hatte. Die Fensterscheiben drüben waren aus Spiegelglas, die

aufgesetzten Leisten und Rahmen waren nur dazu da, den Betrachter kunstvoll zu täuschen.
Unter den Spiegelfenstern standen in zwei Reihen mehr als zwanzig Feldbetten, über die graue Wolldecken gebreitet waren. Nachts mussten offensichtlich viele Familien zusammen in diesem Saal schlafen, jetzt war er menschenleer.
»Gibt's da was Interessantes zu sehen?«
Johanna fuhr zusammen, als sie so plötzlich angesprochen wurde. Ein Mann ergriff einen der Gitterstäbe, zog sich hoch, stand nun neben ihr auf dem schmalen Steinsockel und starrte mit ihr durchs Fenster.
»Schaust du dir das Deckengemälde an?«, fragte er. Er schien es für selbstverständlich zu halten, dass man in anderer Leute Fenster guckte. »Das sind die vier Jahreszeiten«, erklärte er ihr. »Die dicke Frau dort drüben mit dem nackten Busen, die Blätter streut, ist der Frühling. Der graue Mann mit dem Bart aus Eis soll den Winter darstellen. In diesem Jahr stimmt das Bild nicht so ganz. Viel zu warm. Ungesund!«
Johanna nickte.
Der Mann neben ihr erklärte weiter das Deckengemälde. Er tat es mit so viel Begeisterung, dass man meinen konnte, er habe es eigenhändig gemalt.
Johanna betrachtete ihn dabei von der Seite. Er war sehr groß, mager, trug eine umgearbeitete Uniformjacke wie die meisten Männer jetzt, die Hosenbeine hatte er in derbe, kniehohe Stiefel gesteckt. Am auffallendsten waren seine Haare: Er hatte ein junges Gesicht und weißgraue Haare wie ein alter Mann. Ob er einer von den Flüchtlingen war?
»Du hörst ja gar nicht zu! Interessiert dich wohl nicht sehr«, sagte der Mann mehr erstaunt als unwillig. »Bist du eins von den Flüchtlingsmädchen?«
Johanna schüttelte den Kopf.

»Aus dem Oberdorf? – Nein? Du bist ganz schön maulfaul, das muss man dir lassen! Dem Unterdorf?« Er betrachtete sie mit halber Aufmerksamkeit, mehr nebenher, sein Augenmerk galt immer noch dem Bild mit den Jahreszeiten. Dann, plötzlich, schien ihm eine Erkenntnis zu kommen. Er guckte sie an, sprang vom Sockel, schaute zu ihr hoch, die Hände auf die Hüften gestützt, und sagte mit gar nicht mehr gleichgültiger Stimme: »Du bist die Tochter von Paula!«

Er ging um sie herum, schaute sie von der anderen Seite an, schüttelte ein paar Mal den Kopf und sagte noch einmal: »Du musst Paulas Tochter sein! Komm doch mal endlich da runter, ich will sehen, wie du von vorne aussiehst!«

Johanna sprang vom Sockel und stand nun vor ihm. »Stimmt, meine Mutter heißt Paula«, sagte sie. »Kennen Sie sie?«

»Wie du deiner Mutter ähnlich siehst, nicht zu fassen! Warum hab ich das nicht gleich gesehen, merkwürdig!«

»Woher kennen Sie meine Mutter?«, fragte sie.

»Wir sind zusammen in die Schule gegangen. Wir sind beide Jahrgang 1914. Geht's deiner Mutter gut? Ist dein Vater bei ihr?«

»Mein Vater ist noch in Gefangenschaft. Wer sind Sie denn eigentlich?«, fragte Johanna.

»Sag deiner Mutter einen schönen Gruß von Benno!«

»Sind Sie der … der Baron?« Beinahe hätte sie gesagt: der Rote Baron.

»Jaja«, sagte er nebenhin, steckte die Hände in die Hosentaschen und begann unter den Fenstern entlangzustapfen. »Allerdings ein Baron ohne Schloss. Ich wohne jetzt im Stall. Über dem Stall, genau gesagt. Da oben, wo das Ofenrohr aus dem Fensterchen kommt. Wenn es noch Pferde gäbe, hätte ich's ein bisschen wärmer. Ist trotzdem feudaler als im Gefangenenlager, ich will mich nicht beschweren, nein …«

Johanna ging neben ihm her, schaute ihn von der Seite an und hörte ihm zu. Da er offensichtlich mit ihr redete, konnte sie ja schlecht stehen bleiben und ihn alleine weiterziehen lassen. Auch wenn sie nicht wusste, wohin es eigentlich gehen sollte.
»Haben Sie denn keine Pferde mehr?«, fragte sie. Ihre Mutter hatte ihr mal von den Reitpferden im Schloss erzählt.
»Die hat die Deutsche Wehrmacht noch im letzten Kriegsjahr eingezogen«, sagte er. »Von denen ist keines zurückgekommen. Die wurden für Volk und Vaterland gebraucht. Verbraucht, sollte man vielleicht besser sagen ...«
Johanna hatte Mühe, ihn zu verstehen. Er hatte die Eigenart, bei seinen Antworten immer leiser zu werden, bis der letzte Halbsatz in einem Nuscheln endete, dessen Sinn sie mehr erahnen als verstehen konnte.
»Warum? Sind die auch gegessen worden?«, fragte sie.
»Gegessen? Kann schon sein.« Er lächelte und blieb stehen. »Warum ›auch‹?«
»Wie die Zebras im Nürnberger Zoo.«
Er nickte verstehend und nahm seine Wanderung wieder auf. Johanna versuchte an seiner Seite zu bleiben.
»Hat dir deine Mutter davon erzählt?«, fragte er. »Wie sieht sie eigentlich aus? Na ja, was sollst du da sagen. Ich meine: Hat sie auch schon graue Haare? Jetzt bin ich fast drei Monate zurück und hab sie noch nie gesehn. Merkwürdig. – Wie bist du eigentlich in den Park gekommen? Übers Tor geklettert?«
»Ich bin bei uns über die Mauer gestiegen.«
Er lachte. »Natürlich, die Mauer! Ganz die Mutter. Wie geht's deiner Oma? Ist sie immer noch so streng?«
»Streng?« Johanna überlegte. »Zu mir nicht.«
Sie waren inzwischen bei den Stallgebäuden angekommen. Der Rote Baron öffnete eine kleine Tür, die in ein großes, zweiflügeliges Holztor eingeschnitten war.

»Geh mal lieber hier durch den Stall! Dann kommst du drüben beim Haupttor heraus, bist im Oberdorf und kannst über die Schlossbergsteige nach unten gehn, zu euch. Von eurem Garten aus klettert man nämlich leichter auf die Mauer als von mir aus. Der Park liegt einen halben Meter tiefer ...«
Sie durchquerten den Stall, kamen an den leeren Boxen vorbei und traten auf der anderen Seite durch eine zweite Tür in den gepflasterten Schlosshof.
Der Rote Baron blieb stehen. »Von hier aus findest du ja wohl den Weg«, sagte er. »Vergiss nicht, deiner Mutter die Grüße auszurichten!«
»Auf Wiedersehn«, sagte Johanna und streckte ihm die Hand hin.
Er übersah es, nahm die Hände nicht aus den Taschen, antwortete auch nicht, sondern guckte nach oben aufs Dach oder einfach nur in die Wolken.
Sie drehte sich um und ging.
Als sie schon fast das große Gittertor mit den beiden Steinlöwen auf den Torpfeilern erreicht hatte, rief er ihr nach: »Du! Wie heißt du eigentlich?«
Sie blieb stehen. »Johanna.«
»Kannst mich ruhig wieder mal besuchen. Würde mich freuen. Wiedersehn!« Er wandte sich um und verschwand in der Stalltür.
Aus dem Hauptgebäude kam ein Mädchen, das ein Einkaufsnetz vor sich im Kreis herumschwenkte wie einen Propeller und dazu die Motorengeräusche eines Flugzeugs nachahmte. Es war Heidemarie Bülow, die seit einem halben Jahr mit Johanna beim Hauptlehrer Schopper Unterricht hatte. Sie war eine der Kleinsten, gehörte zur fünften Klasse.
»Johanna!«, rief sie, rannte zu ihr hin und hängte sich bei ihr ein. »Was machst du hier oben bei uns?«

»Ach, nur so ...«, antwortete Johanna. Sie konnte Heidemarie gut leiden, unwillkürlich nahm sie ihren Schrittrhythmus auf, zusammen gingen sie über die Holzbohlen der Schlossbrücke.
»Musst du eigentlich auch in dem großen Saal mit den Spiegelfenstern schlafen?«, fragte Johanna.
»Klar, da schlafen doch alle«, antwortete Heidemarie. »Kennst du ihn denn?«
»Ich hab durchs Fenster geschaut«, gestand Johanna. »Das möchte ich ja nicht, mit so vielen in einem Zimmer. Die gucken ja alle zu, wenn du dich ausziehst.«
»Da schlafen doch nur die Frauen und die Mädchen«, erzählte Heidemarie. »Die Familien mit Männern wohnen oben in den Zimmern.«
Am Ende der Parkmauer trennten sie sich.
Heidemarie ging die Obere Gasse weiter, sie musste einkaufen. Johanna nahm den kleinen Treppenweg, der an der Mauer entlang steil nach unten führte. Sie hüpfte mehr als sie ging, übersprang immer eine der breiten Steinstufen. Ihre schlechte Laune war nun restlos verflogen, fast hatte sie Lust, wie damals mit Oma Mariechen laut zu singen.
Auf halbem Weg stellte sich ihr ein unerwartetes Hindernis in den Weg. Sie verlangsamte ihr Tempo und blieb schließlich stehen.
Ein großer, graubrauner, struppiger Hund versperrte den schmalen Durchgang. Er bellte wie von Sinnen, Geifer tropfte aus seinem Maul, die Rückenhaare waren gefährlich aufgerichtet. Von seinem Halsband hing das ausgefranste Ende eines Stricks, offenbar hatte er sich losgerissen.
Johanna wollte sich schon vorsichtig zurückziehen, da sah sie, was den Zorn des Hundes derart erregte. Über ihm auf der Schlossmauer saß eine kupferfarbene Katze und guckte gleichmütig zu ihm hinunter. Die Katze wusste ganz genau,

dass sie sich da oben außerhalb der Reichweite ihres Feindes befand, und genoss seine Wut.
Als Johanna begriffen hatte, dass der Hund nicht sie, sondern die Katze anbellte, wurde sie mutiger. Schritt für Schritt ging sie auf das wütende Tier zu, redete beruhigend auf es ein. Der Hund kümmerte sich nicht um sie, er versuchte gerade vergeblich, an der Mauer hochzuspringen. Johanna schlich an ihm vorbei und dann langsam weiter. Das Bellen hinter ihr wurde leiser, der Hund verfolgte sie also nicht.
Sie wollte schon wieder anfangen zu hüpfen, als sie noch einmal stehen bleiben musste. Eine Frau kam ihr in höchster Aufregung entgegen. Ihre langen weißblonden Haare standen wirr vom Kopf ab. Völlig außer sich rannte sie die Stufen hoch, rang keuchend nach Atem, rief immer wieder ihren Hund, »Sultan! Sultan, hierher! Hörst du nicht! Sultan, komm sofort her!«, und hätte Johanna in ihrer Panik bestimmt umgerempelt und zu Boden gestoßen, wenn die sich nicht eng an die Mauer gedrückt hätte.
Johanna erkannte sie sofort, obwohl sie die Frau erst ein Mal vorher gesehen hatte. Es war die »Dolle Kuni«, alle Kinder im Dorf nannten sie »die Hexe« und hatten Angst vor ihr.
Die Dolle Kuni lebte allein, ihr Mann war im ersten Kriegsjahr gefallen. Selten sah man sie außerhalb ihres Hofes, manche behaupteten, sie ginge nur nachts auf die Straße, um am Dorfbrunnen Wasser zu holen. Ihr Haus lag hinter einer hohen Sandsteinmauer an der Schlossbergsteige.
Kam ein Kind nur in die Nähe, scheuchte sie es weg, schimpfte mit ihm durch den Torspalt und drohte mit der Faust.
Jeder, der es wagte, in ihren Hof einzudringen, wurde mit solcher Wut vertrieben, dass er es in Zukunft unterließ. Das galt für Erwachsene wie für Kinder. Sie band den Hund los, hetzte ihn auf den Eindringling und schrie dabei so gellend, als hätte

man ihr ein Messer an die Kehle gesetzt und wolle sie umbringen.
Noch nie hatte jemand ihr Haus betreten, und nur wenige hatten es geschafft, auch nur zwei oder drei Schritte durchs Hoftor zu tun, bevor sie von der Dollen Kuni hinausgetrieben wurden.
Natürlich fragte man sich im Dorf, was sie wohl in ihrem Haus verberge, welchen Schatz sie dort wie der Drache aus der Sage hütete. Im Krieg war das Gerücht aufgekommen, sie verstecke einen feindlichen Bomberpiloten, der mit dem Fallschirm abgesprungen sei. Aber nun war der Krieg schon fast drei Jahre vorbei, der Pilot hätte ihr Haus unbesorgt verlassen können, und noch immer bewachte sie es mit der gleichen unerbittlichen Wut.
Und jetzt rannte sie gut fünfzig Meter von ihrem Anwesen entfernt die Schlossbergsteige hoch und versuchte ihren Hund einzufangen! Johanna blieb vor der Hoftür der Dollen Kuni stehen, zögerte ein wenig, schaute noch einmal zurück, drückte vorsichtig gegen die Tür und stellte fest, dass sie nur angelehnt war. Sie öffnete sie und schaute hinein. Vor ihr lag ein schmaler Hof, auffallend sauber gekehrt, dahinter ein ganz normales Fachwerkhaus, mit einer dunkelgrün gestrichenen Tür und dunkelgrünen Fensterläden, von denen die Farbe abblätterte.
Johanna trat durchs Tor, machte ein paar Schritte in den Hof hinein, ging neugierig aufs Haus zu. Eigentlich konnte ihr nichts passieren: Der wilde Hund war mit der Katze beschäftigt, die Dolle Kuni mit ihrem Hund. Schon war Johanna bei der Haustür, drückte langsam die Klinke nach unten und versuchte die Tür aufzumachen. Aber sie war abgeschlossen.
Gerade wollte sie zu einem der Fenster gehen und hineingucken, da kam Emanuel in den Hof gestürzt, Emanuel aus

ihrer Klasse, und schrie mit sich überschlagender Stimme: »Johanna! Johanna, schnell raus hier! Sie kommt!«
Johanna rannte los, aufs Hoftor zu. Emanuel packte sie bei der Hand, als sie neben ihm war, schrie: »Mach doch schneller! Los, los!«, und lief mit ihr nach draußen.
Johanna hatte keine Zeit, sich zu wundern, warum Emanuel so plötzlich im Hof erschienen war, wo er überhaupt herkam und warum er wusste, dass er sie dort finden würde, denn die Dolle Kuni hatte sie entdeckt. Die Frau war wie von Sinnen, als sie die beiden aus ihrem Hof kommen sah. »Ihr Teufel! Weg da, geht weg! Weg, ihr Teufel!«, schrie sie, klaubte Steine vom Boden auf und schleuderte sie hinter ihnen her, während sie gleichzeitig ihren Hund auf die beiden hetzte: »Fass, Sultan, fass! Reiß ihnen die Strümpfe runter! Pack sie! Fass!«
Der Hund kam schnell näher. Emanuel stieß eine Gartentür auf, zerrte Johanna hindurch und schlug die Tür so heftig zu, dass der Hund von ihr getroffen wurde und aufjaulend zurückwich.
Sie rannten durch einen schmalen Vorgarten ins Haus, schlossen die Haustür hinter sich und waren in Sicherheit.
»Wo sind wir hier eigentlich?«, fragte Johanna, als sie endlich wieder zu Atem gekommen war.
»Wo? Na, bei uns natürlich«, sagte Emanuel. »Oder denkst du, ich renne mit dir in irgendein fremdes Haus?«
Natürlich, das hier war das Haus von Verena, der Mutter von Emanuel. Tante Fanni hatte es ihr mal erklärt, hatte sogar gesagt: »Verena wohnt gleich unterhalb von der Dollen Kuni.« Tante Fanni war bestimmt schon hier gewesen, sie war ja mit Verena befreundet.
»Woher hast du eigentlich gewusst, dass ich im Hof von der Dollen Kuni bin?«, fragte Johanna.
»Komm, ich zeig's dir!« Emanuel ging voran, die Treppe zum

ersten Stock hinauf. Oben öffnete er eine Tür. »Das hier ist mein Zimmer.«
Johanna blieb im Flur stehen.
»Du musst schon reinkommen, da draußen kann ich's dir nicht zeigen«, sagte er. »Schau mal aus dem Fenster!«
Johanna kam zu ihm ins Zimmer und guckte hinaus. Von Emanuels Fenster aus konnte man in den Hof der Dollen Kuni sehen. Gerade band sie unten ihren Hund an einem langen Seil fest, redete auf ihn ein, holte dann einen Schlüssel aus ihrer Schürzentasche, schloss auf und verschwand im Haus.
»Ihr Hund hat so laut gebellt, dass ich wissen wollte, was draußen los ist«, erzählte Emanuel, während sie nebeneinander am Fenster standen. »Da hab ich dich plötzlich in ihrem Hof gesehn. Ich bin gleich hinuntergelaufen, um dir zu sagen, dass du das lieber nicht tun sollst, das ist gefährlich. Da ist auch schon die Hexe mit ihrem Hund zurückgekommen ...«
»Danke, dass du das gemacht hast«, sagte Johanna. »Jetzt muss ich aber heimgehen. Jetzt kann ich's ja wieder, der Hund ist angebunden und die Dolle Kuni ist im Haus ...«
Emanuels Mutter kam ins Zimmer. Sie trug einen rosaroten Morgenrock, den sie aber nicht zugeknöpft hatte, man konnte darunter ihren grauen, gewirkten Unterrock sehen.
»Mit wem redest du eigentlich?«, fragte sie ihren Sohn. »Und was ist das für ein Lärm im Haus, ich wollte doch ein bisschen schlafen!«
Jetzt erst sah sie Johanna. »Ach, du bist hier, Johanna! Hat dich Fanni vorbeigeschickt? Du sollst wohl die Seife abholen?«
Johanna schüttelte den Kopf.
»Hast du Emanuel besucht?«, fragte sie erstaunt und guckte dabei ihren Sohn an. Der zuckte mit den Achseln.
Verena wandte sich wieder Johanna zu. »Deswegen kannst du die Seife aber trotzdem mitnehmen, oder nicht? Du musst sie

nur an deiner Oma vorbeischmuggeln. Du weißt ja, sie hat was gegen mich. Sonst kriegt Fanni wieder Ärger mit ihr. Versprichst du mir das?«
Johanna nickte.
»Ihr seid beide nicht sehr gesprächig heute«, sagte Verena, ging aus dem Zimmer und kam mit einem Stück Seife zurück. Es war rund und gelb und roch viel besser als die normale weiße Kernseife, die es auf Marken gab. Johanna schnupperte daran. »Ja, riech nur mal!«, sagte Verena. »Na?«
»Wie Rosen«, sagte Johanna. »Genau wie Rosen!«
»Stimmt: Teerose!« Verena riss ein Stück von einem Zeitungsblatt ab, wickelte die Seife hinein und drückte sie Johanna in die Hand. »Hast du keine Tasche in deinem Rock?«, fragte sie. »Steck die Seife vorn in deinen Pullover, wenn du zu Hause ankommst. Und gib sie gleich an Fanni weiter. Das Geld soll sie mir irgendwann später bringen, das eilt nicht.«

Als Johanna zu Hause eintraf, saß Tante Fanni allein am Küchentisch und las Zeitung.
»Woher kommst du so spät? Wo warst du?«
»Wo ist denn Oma Mariechen?«, fragte Johanna zurück.
»Oben auf dem Dachboden, Wäsche abnehmen. Jetzt sag endlich, wo du herkommst!«
»Daher!«, sagte Johanna, zog die Seife vorn aus ihrem Pullover, wickelte sie aus dem Papier und legte sie vor Tante Fanni auf den Küchentisch.
»Von Verena?«, fragte Tante Fanni gleich, nahm die Seife und roch daran. »Mmmm!«, machte sie. »Rosenseife!«
»Teerose«, verbesserte Johanna. »Riecht wirklich sehr gut. Darf ich mich auch mal damit waschen?«
»Vielleicht. Die ist nur für besondere Gelegenheiten«, sagte Tante Fanni und steckte die Seife in ihre Schürzentasche.

»Woher kriegt Verena so eine schöne Seife?«, fragte Johanna.
»Von einem Freund …«
»Was für ein Freund?«
»Von *ihrem* Freund halt. Er ist Amerikaner«, sagte Tante Fanni zögernd. »Du darfst die Seife auch mal benutzen, wenn du deiner Oma nichts davon sagst.«
»Ich weiß gar nicht, warum ihr solche Angst vor Oma Mariechen habt, du und Verena«, sagte Johanna. »Die ist gar nicht so, wie ihr tut. Aber keine Angst, ich verrate trotzdem nichts.«

Dann kam der Februar und mit ihm der Schulbeginn, der starke Frost, das Telegramm und Oma Elsbeth.
»Es ist wirklich ein Witz, aber ein schlechter!«, beklagte sich Johanna bei Oma Mariechen. »Jetzt haben wir so lange Kälteferien gehabt, wegen Kohlenmangel, und dabei war es warm wie im Frühjahr. Und nun, wo es kalt ist mit zwanzig Grad Kälte …«
»Zehn. Höchstens zehn Grad«, verbesserte Oma Mariechen.
»Dann eben zehn Grad. Ist ja auch kalt genug. Jedenfalls müssen wir jetzt im schlecht geheizten Klassenzimmer sitzen und frieren. Kann ich nicht ein paar Kohlen von uns mitnehmen in die Schule?« Hauptlehrer Schopper forderte seine Schüler täglich auf, sich von ihren Eltern Briketts und Eierkohlen mitgeben zu lassen. Aber nachdem durchgesickert war, dass er von den kostbaren Schülerkohlen immer heimlich den größten Teil abzweigte, um damit seine eigene kleine Bude neben dem Klassenzimmer zu heizen, wurden die Kohlenspenden spärlicher.
Johannas Mutter sagte: »Der Schopper hat mich vier Jahre lang gequält, der Griesgram. Ich hab keine Lust, ihm zum Dank dafür mit unseren Kohlen sein Zimmer zu heizen. Soll er doch erfrieren, der alte Kinderschinder!«
»Und ich, soll ich vielleicht auch erfrieren, nur weil du ihn damals schon als Lehrer gehabt hast?«, fragte Johanna.
»Du kannst dich ja warm anziehn«, schlug Tante Fanni vor, die im Wintermantel in der Küche dicht neben dem Herd saß und Zeitung las. »Außerdem bekommt er sowieso eine Extrazuteilung Kohle nur für die Schule.«

»Was nützt uns das, wenn er die in seinem Zimmer verheizt und nur die Tür zu unserem Klassenzimmer auflässt. Damit die Wärme reinzieht, wie er sagt. Ich friere trotzdem«, beklagte sich Johanna.

Auch Oma Elsbeth fror wohl in ihrem Keller in Nürnberg. Jedenfalls brachte Frau Schumm von der Poststelle, die das einzige Telefon im Dorf besaß, am Donnerstag nach dem Abendessen einen Telegrammzettel vorbei und las ihn auch gleich vor: »Ankomme Freitag, 14 Uhr 28, eure Elsbeth!«
»Welchen Freitag meint sie wohl?«, fragte Oma Mariechen.
»Davon steht nichts im Telegramm«, sagte Frau Schumm. »Ich denke, sie meint morgen.«
»Sie kann uns doch nicht heute Abend erst mitteilen, dass sie morgen kommen will«, sagte Oma Mariechen. »Ich denke, sie meint Freitag in einer Woche.«
»Das mit dem Abend ist nicht ganz so …«, sagte Frau Schumm zögernd. »Genau genommen haben sie das Telegramm schon heute Mittag durchgegeben. Aber ich hatte so viel zu tun, erst der Abwasch, dann die Kinder, versteht ihr. Ich bin erst nach dem Abendessen dazu gekommen, es euch vorbeizubringen.«
»Trotzdem!«, sagte Oma Mariechen. »Das ist doch ein richtiger Umzug, wir müssen erst ein Zimmer einrichten für sie. Das weiß sie doch.«
»Am besten, wir gehen morgen alle mal zum Bahnhof«, schlug Johannas Mutter vor. »Kommt sie, ist's gut. Kommt sie nicht, dann haben wir eben einen Spaziergang gemacht.«
So warteten Johanna, ihre Mutter, Tante Fanni und Oma Mariechen am nächsten Nachmittag auf dem kleinen Bahnsteig, als der Zug aus Nürnberg einfuhr. Oma Elsbeth stieg aus dem vordersten Wagen und blieb erst mal vor der offenen Zugtür stehen, halb vom weißen Dampf verhüllt, der von der Loko-

motive hergeweht wurde und sich am Boden als dunkler Fleck niederschlug.
Sie ließ sich von den Mitreisenden so viele Koffer, Schachteln und Kartons herausreichen, dass man sich wundern musste, wie zwischen all den Gepäckstücken auch noch einige Fahrgäste Platz im Wagen gefunden hatten. Johanna, ihre Mutter und Tante Fanni rannten zu Oma Elsbeth, Oma Mariechen folgte ihnen etwas gemessener.
Nach der Begrüßung beschlossen sie, das ganze Gepäck vorerst bei Herrn Rüger, dem Bahnhofsvorsteher, zu lassen, es später mit einem Handwagen abzuholen und nun gemeinsam den Heimweg anzutreten.
Oma Mariechen schritt mit Tante Fanni voran, die anderen drei folgten langsamer. Oma Elsbeth stützte sich auf den Arm ihrer Schwiegertochter, sie hatte ein steifes Bein und konnte nicht schnell gehen. Johanna hängte sich auf der anderen Seite bei ihr ein.
Wie Oma Elsbeth wohl ihre neue Heimat fand? Johanna stellte sich vor, sie selbst würde wie die Oma das Dorf zum ersten Mal sehen. Unten den Fluss, drüben die weite Mainebene und dahinter den Walfischrücken des Steigerwaldes. Diesseits die reifglänzenden Mainwiesen, die steile Böschung mit den Eisenbahnschienen, durch eine Hecke von der Straße getrennt. Hinter dem Ortsschild dann das Unterdorf mit seinen zweistöckigen Fachwerkhäusern, die schmalen Giebel der Straße zugewandt, die Längsseite dem Hof. Alles ein bisschen schmutzig und klein. Die Kühe standen den Winter über im Stall, ab und zu hörte man eine muhen. Auf den in der Kälte dampfenden Misthaufen pickten die Hühner. Da und dort kam eine Frau aus einer Scheune oder einem Stall, blieb im Hof stehen, grüßte durchs Tor und betrachtete mit unverhohlener Neugier die kleine Prozession, die da aufs Wirtshaus zuschritt.

Das Gasthaus zum Elefanten fiel schon von weitem auf. Es war das einzige dreistöckige Haus im Unterdorf, außerdem war es nicht verputzt, sondern hatte die gleiche gelbgraue Sandsteinfassade wie das Schloss, das durch den winterkahlen Park schimmerte. Links und rechts vom Park sah man die Häuser des Oberdorfs, dahinter die Felder und darüber einen dunklen Waldstreifen. Dort begannen die Haßberge.
Oma Mariechen und Tante Fanni standen in der vorderen Tür und warteten auf Oma Elsbeth.
Die blieb erst mal auf der Straße stehen und betrachtete das Haus mit weit zurückgelegtem Kopf.
»Das ist ja überhaupt kein Bauernhaus!«, stellte sie fest.
»Früher hat es mal zum Schloss gehört. Der Urgroßvater des Herrn von Dithmar, das ist der Baron hier, hat es meinem Großvater verkauft«, erklärte ihr Oma Mariechen.
»Hm«, machte Oma Elsbeth und guckte weiter nach oben. »Und was ist das für ein merkwürdiges Tier über der Tür?«, erkundigte sie sich.
»Na, der Elefant. Unser Elefant«, sagte Oma Mariechen.
»Elefant? So sieht kein Elefant aus!«, behauptete Oma Elsbeth.
»Doch, das tut er«, sagte Oma Mariechen und ging ins Haus.
»Das ist ein Fabeltier«, sagte Oma Elsbeth und ging hinterher.
Bevor sich Johanna ihren beiden Großmüttern anschloss, blieb sie noch einmal stehen und betrachtete das steinerne Tier. Es war ein bisschen merkwürdig, zugegeben. Sein langer, dünner Rüssel sah eher wie ein Staubsaugerschlauch aus und endete vorn in einer Art Suppenschüssel mit zwei Nasenlöchern. Unten an den Säulenbeinen hatte der Dickhäuter Krallen wie ein Löwe, und sein Schwanz erinnerte an einen Pferdeschweif. Trotzdem war es eindeutig ein Elefant.
Oma Mariechen hatte Oma Elsbeths Frage bestimmt genauso merkwürdig gefunden wie die das Tier. Möglicherweise war

sie sogar ein bisschen beleidigt, schließlich hatte der Elefant ihrem Gasthaus den Namen gegeben.
Falls Oma Mariechen wirklich gekränkt war, ließ sie sich das jedenfalls nicht anmerken. Freundlich fasste sie Oma Elsbeth am Arm, geleitete sie durch die Gaststube und das Nebenzimmer in die Küche.
»Habt ihr es schön warm hier!«, sagte Oma Elsbeth und ließ sich wohlig seufzend auf dem Stuhl mit dem karierten, durchgesessenen Polster nieder, der zwischen Küchentisch und Küchenschrank stand.
»Das ist genau der richtige Platz für mich«, stellte sie fest und streckte ihr steifes Bein unter den Tisch. »Das wird jetzt mein Stuhl, ja? Oder gehört er schon einer von euch? Ich will niemandem den Platz wegnehmen!«
»Bleib da ruhig sitzen, der Stuhl gehört keiner von uns«, sagte Johannas Mutter.
Das stimmte und stimmte auch wieder nicht. Zwar gehörte er keiner bestimmten Person, aber da er der einzige Stuhl in der Küche war, gehörte er eigentlich allen. Jede, die dort gerade zu tun hatte, pflegte auf ihm zu sitzen, und das war in den allermeisten Fällen Oma Mariechen.
Sie machte eine Geste, als wolle sie ihrer Tochter widersprechen, den Stuhl nicht hergeben, ließ es dann aber bleiben.
Hätte sie gleich etwas dagegen gesagt, den Stuhl für sich beansprucht, hätte sie vielleicht die Herrschaft im Haus behalten. Sie tat es nicht, und das war der Anfang vom Ende ihrer Macht.

Die Küche ist das Herz des Hauses. Alle Wege, Beschäftigungen und Besorgungen enden früher oder später in der Küche. Hier ist es warm, hier wird das Essen vorbereitet und gekocht, ohne Küche kann ein Haus nicht leben. Wer hier das Sagen hat, regiert bald den ganzen Haushalt.

Vom Tag des Einzugs an saß Oma Elsbeth jetzt auf *ihrem* Stuhl zwischen Tisch und Küchenschrank, vom Frühstück bis zum gemeinsamen Abendbrot, das man Oma Elsbeth zuliebe nicht mehr im Nebenzimmer einnahm, sondern am Küchentisch. Dazu wurden vier Stühle aus dem Nebenzimmer geholt, an den Küchentisch gestellt und nach dem Essen wieder hinübergetragen. Nur Oma Elsbeths Stuhl blieb unverrückbar an seinem Platz.

Anfangs stand er den anderen nur zu oft im Weg. Früher hätten sie ihn in solchen Fällen einfach beiseitegerückt. Nun war das nicht mehr möglich. Oma Elsbeth saß ja darauf.

»Oma Elsbeth, kannst du bitte mal kurz aufstehn, ich will die Schüssel in den Schrank stellen«, bat etwa Johanna nach dem Geschirrspülen. Aber Oma Elsbeth dachte nicht daran.

»Warum musst du die Schüssel da unten in den Schrank stellen?«, fragte sie. »Das ist doch unpraktisch.«

»Die Schüsseln stehen schon immer rechts unten im Schrank«, sagte Johanna.

»Dann wird es Zeit, dass wir das ändern«, sagte Oma Elsbeth und blieb ungerührt sitzen. »Schüsseln stellt man oben in den Schrank, dann muss man sich nicht ständig nach ihnen bücken, denn Schüsseln braucht man täglich. Nach unten stellt man die Dinge, die man selten benötigt.«

Das klang einleuchtend und so stellte Johanna die Schüssel links oben in den Schrank, zwischen die Eierbecher und die Mokkatassen. Aber als kurz darauf Oma Mariechen die Kaffeemühle aus dem linken Schrank holte und dabei die Schüssel im obersten Fach entdeckte, schimpfte sie mit Johanna, nahm die Schüssel heraus und stellte sie zu den anderen ins rechte untere Fach. Das war nicht einfach, denn Oma Elsbeth weigerte sich starrköpfig aufzustehen, verwies auf ihr steifes Bein und rückte gerade so weit zur Seite, dass Oma Mariechen die Tür halb öffnen und die Schüssel durch den schmalen Spalt schieben konnte.

Schon nach wenigen Tagen nahm die Familie Oma Elsbeths ständige Gegenwart zwischen Tisch und Schrank wie ein Naturereignis hin, in das man sich schicken muss wie in ein Gewitter oder einen plötzlichen Kälteeinbruch. Die Schüsseln und Saucieren wurden wirklich in den linken oberen Schrank geräumt und im rechten unteren Fach die Sachen verwahrt, die nur selten jemand benutzte, wie etwa die Ausstechformen für die Weihnachtsplätzchen oder kleine Tüten mit Ostereierfarben.

Niemand konnte Oma Elsbeth ernsthaft böse sein. Sie war zwar dickschädelig und schaffte es immer wieder, ihren Kopf durchzusetzen. Andererseits zeigte sie aber viel guten Willen und half, wo sie nur konnte. Sie schnitt Zwiebeln oder Kartoffeln, schöpfte vorsichtig den Rahm von der Milch oder entgrätete Heringe, die es als Sonderzuteilung auf dem Abschnitt F der Lebensmittelmarken gegeben hatte.

Am liebsten waren ihr die Arbeiten, die sie vor sich auf ihrer Schürze erledigen konnte, wie Kartoffelschälen, Salatputzen oder Linsenverlesen. Dabei half ihr Johanna gern. Es war gemütlich, neben der Oma zu sitzen, dafür zu sorgen, dass der kleine Berg aus Kartoffelschalen in ihrer Schürze immer stei-

ler in die Höhe wuchs, und die kleinen, bleichen Kartoffeln in die Schüssel mit kaltem Wasser plumpsen zu lassen.
Sonst hatte sie solche Arbeiten zusammen mit Oma Mariechen getan. Aber die zog sich immer mehr aus der Küche in die Gaststube zurück, sortierte dort die Wein- und Schnapsgläser und polierte die Deckel der Bierkrüge mit getrocknetem Zinnkraut.
Manchmal, wenn Oma Elsbeth gerade nichts zu tun hatte, weil es keine Arbeit gab, die sie sitzend verrichten konnte, dachte sie sich Verbesserungsvorschläge für den Haushalt aus. Sie sagte: »Fanni, warum stehen eigentlich die Trinkgläser im linken Fach bei den Schüsseln und die Tassen bei den Suppentellern? Findet ihr das richtig? Das ist doch unpraktisch, ist euch das noch nie aufgefallen? Wir stellen jetzt alles, woraus man trinken kann, in ein Fach. Also die Gläser, die Tassen und die Becher. Und die Teller kommen zu den Schüsseln, dort gehören sie auch hin.«
Tante Fanni sagte vorsichtig: »Da müssen wir aber erst die Mama fragen, ich hol sie mal aus der Gaststube, ja?«
Oma Mariechen kam, wurde von dem Vorschlag unterrichtet und meinte brummig: »Die Tassen stehen jetzt schon vierundfünfzig Jahre im zweiten Fach von oben!«
»Vierundfünfzig Jahre?«, wiederholte Oma Elsbeth ungerührt. »Dann ist es höchste Zeit, dass hier mal was Neues eingeführt wird. Die ganze Küchenordnung ist einfach unmodern!«
Das Wort »modern« verwendete sie häufig, es war eines ihrer Lieblingswörter. Modern war bei ihr gleichbedeutend mit gut. Unmodern galt bei ihr als übles Schimpfwort.
Da Tante Fanni nicht unmodern sein wollte, fing sie auf der Stelle an, die Gläser und Tassen umzuräumen, während Oma Mariechen umgehend die Küche verließ, in den Schweinestall ging, das Tier fütterte und stundenlang mit ihm redete.

Ein paar Tage später gab Oma Elsbeth ein neues Kochrezept bekannt, nach dem in Zukunft die Kartoffelklöße anzurühren seien.
Oma Mariechen brauste gleich auf: »Was soll denn das schon wieder! Die Kartoffelklöße haben wir seit 1910 schon so gekocht!«
»Das ist es ja«, antwortete Oma Elsbeth. »Das Rezept ist von Grund auf veraltet. Schließlich schreiben wir das Jahr 1948, inzwischen hat man neue Erkenntnisse gewonnen. In Nürnberg haben wir das Salz immer erst ganz zuletzt in den Kartoffelteig gegeben, damit er kein Wasser zieht. Das ist wirklich besser. Glaub einer alten, erfahrenen Köchin!«
Johannas Mutter, die weder ihrer Mutter noch ihrer Schwiegermutter wehtun wollte, versuchte zu vermitteln und Oma Mariechen mit dem Vorschlag zu beruhigen, dass man das neue Rezept lediglich einmal ausprobieren wolle. Wenn sich herausstellte, dass es nicht deutlich besser sei, werde man natürlich sofort und ohne zu zögern zum alten zurückkehren.
Aber Oma Mariechen wollte sich nicht beruhigen lassen und ging in die Gaststube, wo sie Biergläser mit lautem, protestierendem Klirren abspülte. So heftig, dass sie zum ersten Mal in ihrem Leben ein Glas zerbrach.
Johanna rannte hinüber in die Gaststube, tröstete Oma Mariechen und half ihr die Scherben einzusammeln. Danach blieb sie bei ihr und trocknete die Biergläser ab, obwohl Oma Mariechen ihr versicherte, das sei nicht nötig, sie würden auch von alleine trocken.
Oma Mariechen tat ihr leid. Sie konnte gut verstehn, dass sie von Tag zu Tag schlechter gelaunt war.
Andererseits musste sich Oma Mariechen nicht wundern, dass Mama und Tante Fanni lieber mit der anderen Oma Kartoffeln schälten oder einen Kopf Wirsing putzten, wenn Oma

Mariechen immer nur mit verkniffenem Gesicht und leise schimpfend in die Küche kam. Wenn sie ihr dann vorschlugen, doch lieber das Schwein zu füttern oder die Wäsche auf dem Dachboden abzunehmen, verfinsterte sich die Miene von Oma Mariechen noch mehr, und sie knallte beim Hinausgehen mit der Küchentür.

Oma Elsbeth war einfach besser gelaunt, lachte rotbäckiger, sprach lauter und überzeugender, erzählte während der Arbeit Witze wie ein Mann und konnte stundenlang von der großen Welt im Allgemeinen und von der Großstadt Nürnberg im Besonderen berichten.

Vor allen Dingen hatte sie fest umrissene Vorstellungen davon, was bäurisch oder altmodisch und was schick oder modern war, von der Wohnungseinrichtung bis hin zur Kleidung. Auf das Äußere legte Oma Elsbeth allergrößten Wert.

Oma Mariechen besaß nur eine Sorte von Schürzen. Sie hatte sich vor Jahren sechzehn davon anfertigen lassen, alle waren gleich geschnitten, gleich groß, aus demselben grau-weiß gestreiften Stoff. Genauso verhielt es sich mit ihren Röcken. Sie waren alle gleich, alle schwarz. Obwohl sie ihre Schürze täglich und den Rock wöchentlich wechselte, sah es so aus, als trage sie jahraus, jahrein dieselbe Schürze über dem immer gleichen schwarzen Rock.

Oma Elsbeth besaß nicht mehr Röcke als Oma Mariechen und eher weniger Schürzen. Aber alle hatten eine andere Farbe und unterschiedliche Muster.

Oma Elsbeth wechselte ihre Schürze nur jeden zweiten oder dritten Tag. Aber wenn sie mit einem neuen Blüten-, Schlangen- oder Karomuster in der Küchentür erschien, sagte Johannas Mutter bestimmt: »Eine hübsche Schürze hast du da an!« Oder Tante Fanni sagte: »Was ist das wieder für ein ausgefallenes Muster!«

Das hatten sie bei Oma Mariechen noch nie gesagt, wenn sie sich morgens vor dem Schweinefüttern eine frische Schürze umband.

Johanna fand das ungerecht. Und da sie an Oma Mariechens Schürzen mit dem besten Willen nichts Rühmenswertes finden konnte, lobte sie wenigstens ab und zu ihre Kopftücher.

Johanna musste sich erst daran gewöhnen, dass sie nun zwei Omas hatte, dass gleich zwei antworteten, wenn sie nur einfach »Oma!« rief.

Bei sich selbst nannte sie Oma Mariechen jetzt ihre »kleine Oma«, Oma Elsbeth aber, die eine große Frau war und aus Mangel an Bewegung immer fülliger wurde, hieß bei ihr die »große Oma«.

Den ersten heftigen Streit zwischen der großen und der kleinen Oma gab es nach drei Wochen, an einem Samstag kurz vor dem Frühstück. Die große Oma saß auf ihrem Stuhl zwischen Schrank und Tisch und schnitt Kartoffelwürfel für die morgendlichen Milchkartoffeln. Das war eine Neuerung, die sie vor einer Woche eingeführt hatte. Würfel werden nämlich schneller weich als Scheiben.

Tante Fanni holte gerade die Stühle aus dem Nebenzimmer, Johanna mahlte mit ihrer Mutter geröstete Gerste in der Kaffeemühle. Sie drehte oben die Kurbel, während ihre Mutter die Mühle festhielt.

Johanna freute sich heute ganz besonders aufs gemütliche Frühstück mit der Familie, denn sie hatte schulfrei. Hauptlehrer Schopper war erkältet und litt an Ohrenschmerzen.

Die kleine Oma kam vom Schweinefüttern herein, stellte den Eimer an seinen Platz neben dem Herd und wärmte sich die Hände über der Ofenplatte. »Ganz schön frisch draußen!«, sagte sie.

Die große Oma antwortete nicht, hörte aber auf Kartoffeln zu

schneiden und schaute zum Herd hinüber. Nach einer Weile fragte sie: »Findet ihr das eigentlich schön?«
»Schön? Was denn?«, fragte Johanna.
»Na, diesen schmutzverkrusteten Schweineeimer in der Küche!«, sagte Oma Elsbeth.
Die kleine Oma fuhr hoch und sagte sofort: »Der Eimer bleibt, wo er ist!«
Oma Elsbeth schaute erst Tante Fanni und dann Johannas Mutter an und fragte: »Ist das nicht unappetitlich? Ein Schweineeimer direkt neben dem Herd, auf dem jetzt das Frühstück gekocht wird? Ich frage ja nur.«
»Der Eimer bleibt, wo er ist!«, sagte Oma Mariechen noch einmal.
»Aber er ist wirklich sehr, sehr schmutzig. Schau ihn dir doch mal an, Mama!«, sagte Tante Fanni zur kleinen Oma.
»Es ist praktisch. Es ist praktisch, dass er hier steht«, sagte Oma Mariechen. »Man kann die Küchenabfälle gleich hineinwerfen. Außerdem ist es kein Schweineeimer, sondern ein Futtereimer.«
»Dann eben ein Schweinefuttereimer«, schlug die große Oma vor. »Ich meine nur …«
Die kleine Oma unterbrach sie wütend. »Du meinst, du meinst, du meinst!«, rief sie. »Wenn du dich mit Schweinen besser auskennst als ich, na bitte, dann kannst du ja in Zukunft das Schwein füttern!«
Das war natürlich ungerecht von Oma Mariechen, denn Oma Elsbeth hatte nie behauptet, sie würde sich mit Schweinen auskennen. Johannas Mutter sagte das auch so.
Das machte die kleine Oma noch viel zorniger. »Meine Töchter hast du schon auf deine Seite gebracht, und die Kleine sicher auch bald«, rief sie. »Ich kann ja gehen, wenn ich hier nichts mehr zu sagen habe. Bitte, bitte befiehl du ruhig, wo

der Eimer zu stehen hat! Willst du nicht gleich auch den Herd umstellen, das ist doch sicher modern? Ich muss sowieso heute nach Haßfurt, um Saatgut zu bestellen. Dann geh ich lieber gleich, ihr braucht mich ja hier nicht, hier in der Küche ...«
Sie holte ihr Kopftuch vom Haken an der Küchentür und band es sich mit eckigen Bewegungen unter dem Kinn fest.
»Also, Mariechen, ich verstehe deine Aufregung ganz und gar nicht. Alles nur wegen so einem Eimer. Von mir aus soll er stehen, wo er will!«, sagte die große Oma. »Es war nur ein Vorschlag.«
»Aber Mama, was hast du nur! Warum bist du derart wütend? So war doch alles nicht gemeint«, sagte Johannas Mutter aufgeregt. »Du kannst doch nicht ohne Frühstück weggehen! Jetzt setz dich doch erst mal an den Tisch!«
»Ich kann sehr gut nüchtern weggehen«, sagte Oma Mariechen und schlüpfte in ihren Tuchmantel.
Johanna stand von ihrem Platz auf, fasste sie am Arm und fragte: »Nimmst du mich mit, Oma Mariechen? Gehn wir zusammen nach Haßfurt?«
Oma Mariechen zögerte. »Das sind mehr als vier Kilometer!«
»Wir waren auch zusammen in Stessfeld«, sagte Johanna und nahm ihren UTSCH-ACH-Mantel vom Haken. »Das ist fast genauso weit.«
»Du kannst nicht nüchtern weggehen«, sagte Oma Mariechen. »Du hast noch nicht gefrühstückt.«
»Ich kann sehr gut nüchtern weggehen«, sagte Johanna und zog den Mantel an.
Oma Mariechen musste fast lächeln, als sie ihre Worte aus Johannas Mund hörte.
»Also gut, dann frühstücken wir eben noch«, sagte sie. Und zur großen Oma gewandt: »Gleich nach dem Frühstück bist du mich los. Dann gehört die Küche dir ganz allein!«

Als sie zusammen losgingen, war Oma Mariechen auffallend schweigsam. Bis zum Dorfrand sprach sie kein einziges Wort, selbst auf Fragen von Johanna gab sie keine Antwort.
Beim Ortsschild blieb sie stehen und fing doch an zu reden. »Du kannst noch umkehren«, sagte sie. »Du weißt, bis nach Haßfurt ist es weit, und es ist kalt. Du musst dir nicht aus Mitleid mit einer alten Oma die Ohren abfrieren. Wenn du lieber zu Hause in der warmen Küche sitzt, darfst du gerne umkehren, ohne dass ich dir böse bin. Ich bin nicht beleidigt, wirklich nicht«, sagte sie. »Du möchtest lieber daheim bleiben bei deiner Mama und bei Tante Fanni … und bei deiner neuen Oma, stimmt's?«
»Was du für einen Quatsch redest, Oma Mariechen«, sagte Johanna, hängte sich fest bei ihr ein und ging mit großen Schritten neben ihr her. »So ein Unsinn!« Sie drückte Oma Mariechens Arm.
Wie konnte Oma Mariechen nur so etwas denken! Als ob sie ihre kleine Oma jemals alleinlassen würde! Waren sie nicht bei Dunkelheit zusammen auf einem Rad durch den Wald gefahren, wo es von wilden Tieren nur so wimmelte! Zusammen hatten sie einen gefährlichen Sturz überlebt, hatten auf Onkel Albins Beerdigung zusammen angestoßen, zusammen Most getrunken. Und hatten sie nicht damals zusammen dafür gesorgt, dass der Krieg endlich aus war, zumindest in Hesterhausen?
Merkwürdig, dass Oma Mariechen gerade davon nichts hören wollte und jedes Mal ablenkte, wenn Johanna darauf zu sprechen kam. Immer tat sie so, als sei alles lediglich Johannas lebhafter Phantasie entsprungen. Dabei erinnerte sich Johanna noch an jede Einzelheit, obwohl es fast drei Jahre her war.
Damals, im April 1945, in den letzten Kriegswochen, war sie gerade zehn Jahre alt geworden. Seit einem Monat durfte sie

mit Mama im Ehebett schlafen. Genau gesagt seit dem Abend des 18. März, ihrem Geburtstag.
Da hatten sie Johannas Kinderbett, das im Wohnzimmer gestanden hatte, kurzerhand einen Stock höher getragen, es auf den Dachboden geschafft.
»Bis Papa wiederkommt, darfst du in seinem Bett neben mir schlafen. Dann fühlen wir uns beide nicht mehr so einsam«, hatte Mama gesagt und ein bisschen geweint dabei, denn eine Woche vorher hatten sie die Nachricht bekommen, dass Johannas Vater in russischer Kriegsgefangenschaft sei.
Sie hatten also im Ehebett gelegen, damals im April.
Im Halbschlaf hatte sie draußen Männerstimmen gehört, Motorengeräusche und das polternde Fallen schwerer Gegenstände, all das noch in einen letzten morgendlichen Traum verwoben. Richtig wach wurde sie erst, als Oma Mariechen ins Zimmer kam. Ihre leisen, behutsamen Schritte waren mehr zu spüren als zu hören. Johanna dachte erst, ihre Mutter sei schon aufgestanden, drehte sich um und schaute hinüber zum Nebenbett. Aber Mama schlief mit offenem Mund, die Nase tief ins Kissen gedrückt.
Am Fenster stand Oma Mariechen. Sie war schon völlig angezogen, hatte gerade die Scheibengardine zur Seite geschoben und spähte hinaus.
»Warum bist du hier bei uns im Zimmer? Was ist da draußen?«, fragte Johanna halblaut.
»Pssst! Lass Paula ruhig noch schlafen, es ist erst fünf Uhr!«, flüsterte Oma Mariechen. Dass sie Johannas Mutter beim Vornamen nannte, war recht ungewöhnlich. Sie tat das nur, wenn sie aufgeregt oder sehr abgelenkt war. Gewöhnlich sagte sie »deine Mama«.
Johanna schlüpfte aus dem Bett, schlich auf nackten Füßen zu Oma Mariechen und schaute mit ihr durch den Gardinenspalt.

In einiger Entfernung stand ein Militärlastwagen mitten auf der Straße, daneben eine Zugmaschine mit einem Anhänger, auf dem Baumstämme geladen waren.
Eine Gruppe von Männern, Soldaten und Zivilisten, lud die Baumstämme ab, andere hoben mit Pickel und Schaufel zwei tiefe Löcher neben Glöckners Hofmauer aus.
»Soldaten!«, flüsterte Johanna.
»Soldaten und die Männer vom Volkssturm«, flüsterte Oma Mariechen. »Alle Alten aus unserem Dorf. Die lassen sie eine so schwere Arbeit machen. Es ist ein Jammer!«
»Was machen die da?«
»Sie bauen eine Panzersperre.«
»Panzersperre? Wie denn?«
»Schau, da drüben haben sie schon zwei dicke Baumstämme in den Boden gesteckt ...«
»Neben dem Haus vom alten Nöth. Ja, ich seh's!«
»Gegenüber, auf der anderen Straßenseite, stecken sie jetzt auch zwei Baumstämme in die Löcher und verkeilen sie, damit sie nicht wackeln. Zwischen den beiden senkrechten Stämmen ist ein Abstand, so breit wie ein Bierfass, siehst du das? Dazwischen klemmen sie dann die langen Stämme, die noch auf dem Anhänger liegen. Quer über die Dorfstraße, verstehst du? Einen Stamm über den anderen, mindestens zwei Meter hoch, eine dicke Mauer aus Holz ...«
»Woher weißt du das alles?!«
»Der alte Mattenheimer hat es gestern Abend erzählt, unten in der Wirtschaft.«
»Da kann ja niemand mehr raus aus dem Dorf, wenn die Straße versperrt ist«, flüsterte Johanna. »Kein Fuhrwerk, nichts!«
»Vor allen Dingen kann niemand reinfahren. Nicht mal ein Panzer kommt da durch. Ausweichen kann er nicht, denn links steht das Haus vom alten Nöth, rechts das von Glöckners.«

»Und gegen wen bauen sie die Sperre? Ich meine, die wollen doch nicht unsere Panzer aufhalten.«
Oma Mariechen schüttelte den Kopf.
»Kommen jetzt die Amerikaner?«, fragte Johanna. In ihrer Aufregung sprach sie so laut, dass nun auch Mama aufwachte.
»Was sagst du? Die Amerikaner kommen?«, fragte Mama, war mit einem Mal hellwach, sprang aus dem Bett und rannte zu den beiden ans Fenster.
»Es sieht so aus«, sagte Oma Mariechen und wies mit einer Kopfbewegung zur Panzersperre hinüber. »Es sieht wirklich ganz so aus!«
Schon tagelang hatte es Gerüchte gegeben, geflüsterte Botschaften: Die amerikanische Armee hatte Würzburg erobert, dann Schweinfurt. Jetzt kamen sie langsam näher, mainaufwärts. Morgen oder übermorgen würden sie Hesterhausen erreicht haben.
Natürlich war es verboten, darüber zu sprechen. Letzte Woche hatten sie in Haßfurt eine vierzigjährige Frau abgeholt, die öffentlich gesagt hatte, der Krieg sei längst verloren. »Wehrkraftzersetzung« nannte man so etwas, darauf stand die Todesstrafe.
Trotzdem tauschte man mit Freunden, Verwandten oder guten Nachbarn flüsternd die neuesten Nachrichten aus, stellte Vermutungen an, was geschehen würde, wenn die Amerikaner tatsächlich in Hesterhausen einmarschierten.
Die Gerüchte waren höchst widersprüchlich.
Die einen erzählten, alle würden aus ihren Häusern vertrieben. Die Bewohner ganzer Ortschaften in der Würzburger Gegend hausten angeblich schon im Wald.
Andere wussten aus ebenso sicherer Quelle, die Amerikaner verteilten Weißbrot und Schokolade an die hungernde Bevölkerung.

Weißbrot, erzählten sich dann die Dorfkinder, sei so ähnlich wie Kuchen, nur viel besser. Sie stellten absonderliche Vermutungen an, wie Schokolade schmecken könnte.

Zwar verstummten die Flüstergespräche der Erwachsenen sofort, wenn ein Kind in die Nähe kam, aber keiner konnte verhindern, dass die Kinder Gesprächsfetzen aufschnappten und sie untereinander weiterverbreiteten.

»Morgen kommen die Amerikaner!«, hatte Erwin Schellenberger schon letzte Woche den anderen nach der Schule zugeflüstert und den Zeigefinger bedeutungsvoll an die Lippen gelegt. Eine Geste, die er seinem Großvater abgeguckt hatte. »Sie erschießen alle!«

»Alle? Wirklich alle?«, hatten die anderen schaudernd gefragt. »Uns auch?«

»Alle!«, hatte Erwin gesagt. »Die Menschen und die Tiere.«

Johanna war geneigt, ihm zu glauben. Erst wenige Tage zuvor hatte sie zitternd im feuchten Straßengraben gelegen, ihre Mutter halb neben, halb über sich, während eine Maschinengewehrgarbe so dicht neben ihnen Erdfontänen in die Luft fetzte, dass ganze Grasbüschel und kleine Steinchen auf ihren Rücken prasselten. Die amerikanischen Tiefflieger machten Jagd auf alles, was sich bewegte. Firschings einzige Milchkuh hatten sie draußen auf der Weide abgeschossen.

In der Woche vorher hatte man den kleinen Robert Eberstein aus dem Oberdorf beerdigt. Er war einfach auf der Wiese stehen geblieben, als das Flugzeug auf ihn zukam. Er wollte sich den Piloten in der Glaskanzel angucken, sein Bruder hatte behauptet, den könne man ganz deutlich erkennen.

Kein Wunder, dass Johanna nach Erwins Ankündigung angstvoll heimgerannt war, um Oma Mariechen, ihre Mutter und Tante Fanni zur sofortigen Flucht in die Wälder zu überreden. Mama hatte den Arm um sie gelegt und sie erst einmal beru-

higt, Oma Mariechen war in eine ihrer erbitterten Schimpfereien ausgebrochen, die in der Feststellung gipfelte, dass sie schon immer was gegen die Schellenbergers gehabt habe und dass Erwin noch unverschämter lüge als sein Großvater, dem sie schon seit vierzig Jahren nicht mehr traue. Tante Fanni hatte nur gesagt: »Wer weiß denn, ob die Amerikaner überhaupt kommen!«
Jetzt, an diesem grauen Aprilmorgen, während Johanna, Oma Mariechen und Mama stumm aus dem Fenster sahen, schien es Wirklichkeit zu werden: Die Amerikaner waren im Anmarsch. Unten fuhr ein Militärwagen vorbei, wendete vor der Panzersperre und hielt. Ein deutscher Offizier stieg aus, man erkannte ihn an der Mütze. Er rief den Soldaten etwas zu und stieg gleich wieder ein. Die Soldaten sprachen laut mit den Volkssturmmännern, kletterten auf den LKW und fuhren los, hinter dem Militärwagen her.
Oma Mariechen stellte sich auf Zehenspitzen, um ihnen nachsehen zu können, öffnete dann sogar das Fenster und beugte sich hinaus.
»Die sind weg. Ich schätze, für immer. Sie sind in Richtung Bamberg davongefahren«, berichtete sie und schloss das Fenster wieder.
Die alten Männer vom Volkssturm arbeiteten jetzt viel langsamer, es war niemand mehr da, der sie antrieb. Sie stießen einen der langen Stämme vom Anhänger, rollten ihn gemächlich weiter, klemmten erst das eine Ende zwischen die aufrecht stehenden Stämme auf der linken Seite, hoben dann mit lautem »Hau ruck!« das andere Ende hoch. Mindestens zehn Männer mussten da mithelfen, bis es endlich zwischen den beiden Stämmen auf der rechten Seite steckte. Auf einen Zuruf ließen alle gleichzeitig los und sprangen zurück. Der Stamm polterte zu Boden, sprang noch einmal eine gute

Handbreit hoch, bevor er auf dem Straßenpflaster liegen blieb. Nun holten sie den nächsten Stamm vom Anhänger.
»Wenn die amerikanischen Panzer kommen und hier ist eine Sperre: Warum fahren die nicht einfach ums Dorf herum?«, fragte Johanna.
»Weil sie da im Morast stecken bleiben. So ein Panzer ist schwer, der sinkt ein, wenn er nicht auf der Straße fährt«, erklärte Mama.
Johanna überlegte. »Wenn ich ein Amerikaner wäre, würde ich die Sperre einfach wegschießen«, sagte sie. »Die haben doch so eine Kanone oben an ihrem Panzer.«
Oma Mariechen schaute sie erschrocken an.
»Sie spricht das aus, was ich die ganze Zeit schon denke«, sagte sie zu Johannas Mutter. »Was soll so eine lächerliche Panzersperre! Die hält sie doch nicht einmal eine Viertelstunde auf. Sie fahren einfach zwanzig Meter zurück und schießen so lange drauf, bis nichts mehr davon übrig ist!«
»Um Himmels willen«, sagte Mama. »Dann ist aber von Glöckners Haus auch nichts mehr übrig. Und das vom alten Nöth fällt ja schon um, wenn man sich dagegenlehnt, das ist ja jetzt schon baufällig!«
»Und unseres?!« Oma Mariechen malte ihre Schreckensphantasie weiter aus. »Unser Haus liegt genau in der Schusslinie. Die ärgern sich doch so über diese dumme Sperre, dass sie das halbe Dorf in die Luft jagen. Denk nur nicht, da guck ich einfach zu! Das mach ich nicht, wahrhaftig nicht!«
»Was willst du denn tun?!«
»Die sollen die Panzersperre erst gar nicht aufbauen. Ich rede mit ihnen.«
»Tu das nicht!« Johannas Mutter war entsetzt. »Das ist doch Sabotage für die, das ist Wehrkraftzersetzung. Die hängen dich noch auf!«

»Eine alte Frau werden sie schon nicht hängen ...«
»Denk doch an den Soldaten, der immer noch drüben an Vollerts Birnbaum hängt, mit diesem Schild auf der Brust! Der arme junge Kerl, er wollte nur heim. Er war aus Schweinfurt, sagen sie. Bring dich um Gottes willen nicht jetzt noch in Gefahr! In ein paar Tagen ist sowieso alles vorbei. Dann kommen die Amerikaner ...«
»... und schießen unser Haus in die Luft«, ergänzte Oma Mariechen. »Ich geh mal runter. Die kennen mich doch alle seit mehr als fünfzig Jahren, das sind doch Leute aus dem Dorf. Ich rede mit dem alten Mattenheimer, der ist der Vernünftigste von allen.«
»Gut, dann gehe ich aber mit!«, sagte Johannas Mutter.
»Das hätte mir gerade noch gefehlt! Du bist wohl nicht ganz bei Trost!«, schimpfte Oma Mariechen. »Bleib du mal bei deinem Kind. Es genügt, wenn sie eine aus der Familie aufhängen. Wer füttert denn sonst das Schwein? Fanni vielleicht?«
Als hätte sie nur auf dieses Stichwort gewartet, kam in diesem Augenblick Tante Fanni im Nachthemd durch die Tür.
»Was ist denn da draußen los?«, fragte sie. »Was ist das für ein Lärm?«
»Lass es dir von Paula erklären«, sagte Oma Mariechen und nützte die Gelegenheit, um aus dem Zimmer zu schlüpfen.
Tante Fanni wurde hastig über den Stand der Dinge unterrichtet. »Mein Gott! Hoffentlich passiert Mama nichts!«, sagte sie erschrocken und starrte mit den beiden durch den Gardinenspalt.
Es dauerte eine Weile, bis Oma Mariechen unten aus der Vordertür kam. Sie trug vier Bierkrüge, zwei in jeder Hand. Als sie bei den Männern ankam, rief sie ihnen etwas zu und schwenkte die Krüge am Henkel. Die Männer lachten, unterbrachen ihre Arbeit und bildeten einen Kreis um Oma Marie-

chen. Die Bierkrüge wurden herumgereicht, jeder nahm einen Schluck. Dann redete Oma Mariechen heftig auf sie ein. Die Männer schüttelten abwehrend den Kopf, sie waren offenbar anderer Ansicht als Oma Mariechen. Man konnte vom Schlafzimmer aus nicht hören, was sie sagten, man sah nur ihre Gesten und ihre Mienen.

Die Unterhaltung wurde lebhafter, es bildeten sich Grüppchen von drei, vier Männern, die heftig miteinander diskutierten. Oma Mariechen zeigte auf ihr Haus, auf den Giebel, wie es schien, und alle blickten in die angegebene Richtung. Johanna und die beiden Frauen wichen unwillkürlich vom Fenster zurück, obwohl man sie durch die Gardine bestimmt nicht sehen konnte.

»Wenn wir nur wüssten, was die da unten reden!«, sagte Johannas Mutter. »Hoffentlich geht alles gut aus!«

»Hoffentlich!« Tante Fanni biss sich vor Anspannung auf die Unterlippe, dass die ganz weiß wurde.

Johanna holte ihre Kleider vom Stuhl, setzte sich auf den Bettrand und zog sich schnell an. Sie würde einfach hinausgehen zu Oma Mariechen, sich weder von Mama noch von Tante Fanni aufhalten lassen! Einem Kind würden die da draußen bestimmt nichts tun.

Sie war noch nicht mit dem Anziehen fertig und wollte soeben die langen Wollstrümpfe an die Strumpfhalter knöpfen, da rief Mama: »Sie kommt! Ich glaube, sie kommt!«

Johanna rannte mit rutschenden Strümpfen zum Fenster.

Oma Mariechen löste sich gerade aus der Männergruppe und machte ein paar Schritte auf das Haus zu. Dann fiel ihr offensichtlich noch etwas ein, sie blieb stehen, überlegte kurz und ging zurück zu den Männern.

»Jetzt fängt sie noch einmal an zu reden!« Tante Fanni war unruhig. »Warum kommt sie denn nicht!«

Oma Mariechen wollte aber gar nicht mehr reden, sie sammelte lediglich die leeren Bierkrüge ein, die zu Füßen der Männer auf dem Straßenpflaster standen. Dann erst ging sie zum Haus zurück.
Nun hielt es die drei nicht länger oben am Fenster, sie rannten die Treppe zum Erdgeschoss hinunter.
Oma Mariechen kam ihnen im Nebenzimmer entgegen, die Krüge hatte sie in der Gaststube auf der Theke abgestellt.
»Was ist?«, fragte Johanna. »Was haben sie denn gesagt?«
»Sie waren vernünftig«, sagte Oma Mariechen lakonisch. »Sie bauen die Sperre wieder ab. Der Schellenberger war natürlich erst dagegen, der bildet sich Wunder was ein, seitdem er hier der Ortsbauernführer ist. Aber die allermeisten sind dafür. Vor den Amerikanern haben sie weniger Angst. Mehr vor den Unsrigen. Sie sagen: Wenn die deutschen Soldaten noch mal zurückkommen, werden wir alle erschossen, als Verräter. Ich glaube, ich hab sie beruhigt. Ich hab gesagt: Die sind alle weggefahren, raus aus dem Dorf, in Richtung Bamberg, die retten ihre eigene Haut, die haben doch selber die Hosen voll! Jetzt haben wir ausgemacht, dass ich alles beobachte und Zeichen gebe, von unserm Dachfenster aus. Von da oben sehe ich meilenweit, die Straße nach Bamberg und die nach Schweinfurt auch.
Wenn sie die Sperre erst mal abgebaut haben, ist alles gut. Dann verziehn sie sich nämlich und verstecken sich im Oberdorf, bis der Amerikaner da ist.
Gefährlich ist es nur jetzt, solange sie noch arbeiten. Kommen unsere Soldaten zurück, müssen sie die Sperre schnell wieder aufbauen, sonst kostet's sie womöglich das Leben. Wenn der Offizier sie fragt, warum sie immer noch nicht fertig sind, sagen sie einfach, einem von ihnen ist ein Baumstamm auf den Fuß gefallen, den hätten sie erst versorgen und wegbrin-

gen müssen. Das hat sich der Mattenheimer ausgedacht, der schlaue Fuchs.
Kommen aber die Amerikaner, müssen sie rennen wie die Hasen. Die fangen doch bestimmt gleich an zu schießen, wenn man vor ihrer Nase die Straße sperren will.
Ich geh jetzt auf den Dachboden und gucke.
Kommen Autos von links auf das Dorf zu, sind es unsere Soldaten. Dann soll ich schreien und mit dem Taschentuch winken. Kommen welche von rechts, sind es die Amerikaner. Dann winke ich nur mit der Hand. So wissen sie, was zu tun ist: aufbauen oder wegrennen.«
»Ich darf mit, ja?«, bettelte Johanna. »Ich bin auch schon angezogen.«
»Gut, meinetwegen. Zwei sehen mehr als eine, und du hast scharfe Augen«, sagte Oma Mariechen.
Johanna schaute mit Oma Mariechen oben aus dem schmalen Giebelfenster. Johanna beobachtete die Straße von Schweinfurt her, ihre Oma schaute nach links, in Richtung Bamberg. Kein Auto näherte sich, kein LKW, kein Personenwagen, nicht einmal ein Motorrad.
Die Panzersperre war abgebaut, die Stämme lagen rechts und links der Straße, die Männer waren weggegangen, so schnell sie das mit ihren alten Beinen noch konnten. Nur Herr Mattenheimer hatte den beiden oben im Fenster hastig noch einmal zugewinkt.
Langsam wurde es langweilig.
»Wir können genauso gut unten auf die Amerikaner warten«, sagte Oma Mariechen schließlich. »Ob wir sie nun von Weitem kommen sehen oder nicht, das ist gehupft wie gesprungen. Wenn sie da sind, sind sie da. Aufhalten kann sie sowieso keiner mehr. Komm, wir gehen zu deiner Mama und zu Fanni!«
Es wurde noch ein sehr langer Vormittag.

Das Wetter war angenehm, es klarte auf, sogar die Sonne kam ein bisschen heraus. Der Tau vom frühen Morgen war verdunstet, die Straße wurde einen Farbton heller. Eine Schar Spatzen saß so selbstverständlich in der Straßenmitte, als würde nie mehr ein Mensch da entlanggehen.
In allen Häusern wartete man. Niemand traute sich vor die Tür, kein einziges Fuhrwerk war unterwegs. Dabei hätte man jetzt gut pflügen können, das Wetter war günstig.
Johanna und die Frauen standen im Nebenzimmer und schauten nach draußen. Selbst Oma Mariechen, die eigentlich nie ohne Arbeit sein konnte, stand bei ihnen. Vorher hatte sie die vier Bierkrüge schnell noch ausgespült, abgetrocknet und in das Gläserregal gestellt.
Es war merkwürdig still im Dorf, man hörte nur das Klirren der Kuhketten aus den Ställen ringsum. Hinter den Fenstern der Nachbarhäuser bewegte sich ab und zu eine Gardine, auch dort wartete man auf das Kommende.
Gegen Mittag, die Kirchturmuhr hatte schon zwölfmal geschlagen, jaulte plötzlich irgendwo ein Automotor auf.
Wenig später kam ein offener amerikanischer Jeep in rasender Fahrt die Gasse vom Oberdorf herab, bog mit quietschenden Reifen nach rechts in die Hauptstraße ein und fuhr in Richtung Schweinfurt aus dem Ort. Deutlich konnte man die vier sitzenden Soldaten sehen, mit ihren merkwürdig hohen Helmen, und den fünften, der zwischen ihnen am Maschinengewehrkranz stand.
Kaum war das Motorengeräusch verklungen, raste ein zweiter Jeep aus dem Oberdorf heran, bog nach links ab und fuhr in der entgegengesetzten Richtung bis zum Ortsrand.
Nach wenigen Minuten kamen die beiden Jeeps zurück, hielten nebeneinander an der Straßeneinmündung und gaben Zeichen nach oben.

Vom Oberdorf rollte langsam ein kleiner Konvoi mit neun oder zehn Mannschaftswagen herab. Links und rechts von den Autos gingen amerikanische Soldaten, sicherten nach allen Seiten, das Gewehr schussbereit in die Armbeuge gelegt.
Oma Mariechen begann hysterisch zu lachen. »So ein Witz!«, rief sie. »So ein schlechter Witz!«
Paula und Fanni schauten sie erschrocken an. »Warum lachst du? Was ist denn?«, fragte Johannas Mutter unsicher. Ob Oma Mariechen am Ende doch noch die Nerven verlor?
»Ja, seht ihr es denn nicht?«, fragte Oma Mariechen. »Da wollen sie hier unten eine Panzersperre baun und machen uns so viel Sorgen damit – und jetzt sind die Amerikaner gar nicht den Main entlanggekommen. Sie sind über die Berge gefahren, von Stessfeld her. Die Panzersperre hätte gar nichts genützt! Komm, Johanna, wir haben oben noch was zu tun! Wir hängen jetzt die weiße Fahne raus.«
»Weiße Fahne? Was denn für eine weiße Fahne?«, fragte Johanna.
»Die weiße Fahne bedeutet: Wir kämpfen nicht, wir ergeben uns!«, erklärte ihr Oma Mariechen, während sie nebeneinander die Treppe hochgingen.
»Warum denn kämpfen? Es sind doch sowieso nur Frauen und alte Männer im Dorf«, sagte Johanna.
»Das wissen die aber nicht, deswegen muss man's ihnen zeigen.«
Oma Mariechen öffnete ein Fenster im ersten Stock, streckte einen Besenstiel hinaus und klemmte ihn am Fensterflügel fest.
»So, nun gib mir einen Bettbezug!«, bat sie Johanna. »Nein, nicht den obersten, der ist doch geflickt, was sollen denn die Nachbarn denken! Den kann ich doch nicht aus dem Fenster hängen!«

Oma Mariechen suchte selbst einen Leinenbezug aus, einen, auf den sie früher mal ihr Monogramm gestickt hatte, und legte ihn über den Besenstiel draußen vor dem Fenster.
Als sei dies ein verabredetes Signal, gingen überall in der Nachbarschaft die Fenster auf, und weiße Laken, Bettbezüge, Handtücher und sogar ein Nachthemd wurden hinausgestreckt.
»So«, sagte Oma Mariechen zufrieden und stieg wieder die Treppe hinunter. »Jetzt ist der Krieg für uns vorbei. Der Krieg ist aus, verstehst du! Nun kann alles nur noch besser werden!«

Eine ganze Weile gingen Johanna und die kleine Oma stumm nebeneinanderher, Arm in Arm, jede in ihre Gedanken vertieft, aber einander doch nah.
Schließlich brach Johanna das lange Schweigen. »Weißt du noch, Oma, was du damals gesagt hast, als der Krieg aus war?«
»Wie kommst du denn jetzt darauf?«, fragte Oma Mariechen. »Und was soll ich angeblich gesagt haben?«
»Ich hab gerade daran gedacht: Nun kann's nur noch besser werden!«
Die kleine Oma sagte: »Das mag schon sein.«
»Ich finde aber nicht, dass es jetzt besser ist.«
»Nicht? Schließlich werden keine Menschen mehr erschossen«, sagte Oma Mariechen.
»Und was ist mit Papa? Papa ist immer noch nicht da!«
»Nun, immerhin schon seine Mutter«, sagte Oma Mariechen bitter. »Die ist jetzt ein für alle Mal da.«
»Bereust du's denn, dass du Oma Elsbeth geholt hast?«, fragte Johanna.
Die kleine Oma antwortete ausweichend. »Das waren wir deinem Vater schuldig. Wir können seine Mutter doch nicht in Nürnberg verhungern und erfrieren lassen.«
Eine Weile gingen sie schweigend weiter.
Schließlich sagte Johanna: »Vielleicht zieht sie ja nach Nürnberg zurück. Wenn Papa da ist, baut er ihr Haus wieder auf.«
»Dein Vater?«, fragte Oma Mariechen. »Kind, dein Vater ist Koch von Beruf! Wie soll der ein Haus aufbaun? Meinst du, er backt ihr ein Lebkuchenhaus mit Fensterscheiben aus hellem Zucker? Nein, nein, Oma Elsbeth wird hier bleiben, ein für

alle Mal. Sie hat doch alles, was sie will. Sie braucht nur den Mund aufzumachen, schon lauschen alle so andächtig, als ob sie das Evangelium verkündet!
Was glaubst du, was der in meinem Haus noch alles einfällt, bis sie alles so modern hat, wie sie es gern möchte. Der Schweineeimer kommt in den Keller, die Einmachgläser zu den Bierkrügen und ich auf den Dachboden zum alten Eisen!«
Johanna lachte. »Auf den Dachboden! Jetzt bist du aber ungerecht, Oma Mariechen.«
Der kleinen Oma war nicht nach Lachen zumute, sie redete sich langsam in Wut. »Weißt du, was sie mich gestern gefragt hat?«
»Nein. Was denn?«
»Wann ich denn das Schwein schlachten lasse! Stell dir das vor: Ich füttere es jeden Tag, kümmere mich um das Tier, und sie kommt daher, ist kaum vier Wochen da, und schon will sie Schnitzel aus ihm machen und Leberwürste!«
Johanna überlegte eine Weile. »Ich finde es ja auch schlimm, dass unser Schwein geschlachtet werden soll. Aber warum haben wir es denn eigentlich?«
»Ja, ja, ja. Natürlich werden wir es mal essen. Aber doch noch nicht jetzt, es ist viel zu jung, viel zu mager. Im nächsten Winter vielleicht!«
»Bis dahin ist Papa bestimmt auch da«, sagte Johanna. »Dann kann er gleich was daraus kochen.«
Oma Mariechen warf ihr einen missbilligenden Seitenblick zu. »Du denkst also auch gleich ans Kochen!«
»Nein, an Papa. Weil er doch Koch ist«, sagte Johanna.
»Er kann ja auch Kartoffelgemüse kochen oder Sauerkraut«, schlug Oma Mariechen vor.
»Oder einen großen Topf Bohnengemüse. Weiße und rote Bohnen gemischt, das esse ich am liebsten«, sagte Johanna.
»Und wenn was übrig bleibt, kriegt es das Schwein!«

»Ja, den Rest geben wir dem Schwein«, sagte Oma Mariechen entzückt. »Es lohnt sich sowieso nicht, Bohnengemüse tagelang aufzuheben, es wird trocken und schmeckt nicht mehr. Ich hab dem Tier schon mal Bohnen verfüttert, das ist noch gar nicht lange her. Es muss kurz nach Dreikönig gewesen sein. Sein Trog war in null Komma nichts leer.«
Sie drückte Johannas Arm fest an sich und ging gleich viel beschwingter.
Weit hinter ihnen, in der Ferne, war eine Frauenstimme zu hören. Johanna blieb stehen. »Warte mal, Oma!«, sagte sie. »Ich glaube, da ruft jemand nach uns. Klingt so, als ob es Tante Fanni wäre. Guck doch, da rennt eine Frau hinter uns her!«
Oma Mariechen blieb ebenfalls stehen. »Jemand ruft uns? Dann hast du bessere Ohren als ich«, sagte sie. »Ich habe nichts gehört.«
Die Frau hinter ihnen rief: »Mama! Johanna! Wartet doch mal! Ich bin's!«
Es war wirklich Tante Fanni, die da mit wehendem Schal angestürzt kam. Sie atmete heftig, eine weiße Atemwolke blieb hinter ihr in der Luft stehen. »Mama, du musst sofort heimkommen!«, rief sie keuchend, als sie die beiden erreicht hatte.
»Um Himmels willen, ist etwas passiert?«, fragte die kleine Oma erschrocken.
»Nein, nein. Ein Mann und eine Frau sind gekommen, ein Ehepaar, verstehst du, Flüchtlinge ...«
»Ja und?«, fragte Oma Mariechen.
»Sie haben ein Schreiben vom Bürgermeister dabei, vom Schellenberger. Wir müssen sie aufnehmen, sie sind bei uns einquartiert. Was sollen wir denn jetzt machen, wo tun wir sie nur hin?«, fragte Tante Fanni. »Oma Elsbeth hat mich losgeschickt, ich soll dich zurückholen ...«
»Ab und zu werde ich also doch noch daheim gebraucht«,

sagte Oma Mariechen zufrieden, drehte sich um und ging mit Tante Fanni und Johanna den Weg zurück, den sie soeben gekommen waren.
»Was sind es denn für Leute? Jung? Alt?«, fragte Oma Mariechen.
»Eher alt. Er tut ganz vornehm. Stell dir vor, er hat uns Frauen allen einen Handkuss gegeben«, erzählte Tante Fanni. »Er sagt, sie kommen aus Estland, aus Reval. Er spricht Deutsch. Aber seine Frau versteht kein einziges Wort. Wo sollen sie nur wohnen? Oben im zweiten Stock ist doch nichts mehr frei, alles vollgestellt. Oma Elsbeth meint, vielleicht könnten wir sie im Nebenzimmer unterbringen. Aber das geht doch nicht. Man weiß ja nicht, wie lange sie bleiben. Wo soll denn dann der Gesangverein üben, die können doch nicht in der Gaststube singen, während die anderen Schafkopf karten.«
»Im Nebenzimmer? So ein Unsinn!«, sagte Oma Mariechen. »Wenn wir das nicht hätten, könnten wir gleich unsere Wirtschaft schließen. Es ist ja nicht nur der Gesangverein. Denk doch zum Beispiel an den Katholischen Frauenbund. Meinst du, Frau Firsching und ihre Pfarrfrauen setzen sich in die verräucherte Gaststube? Oder die Lehrer, die am Mittwochnachmittag zum Tarockspielen kommen? Nein, nein, nein, unser Nebenzimmer geben wir nicht her!«
»Das habe ich auch gleich gesagt. Nur, was machen wir dann?«, fragte Tante Fanni.
Das war wirklich ein schwieriges Problem.
Vor Oma Elsbeths Ankunft in Hesterhausen hatte es im ersten Stock des Gasthauses drei Schlafzimmer und ein Wohnzimmer gegeben.
Trat man durch die Tür mit dem farbigen Glasfenster in den kleinen Flur oben, hatte man drei grau lackierte Türen vor sich. Hinter der linken schlief Tante Fanni, in der Kammer

gegenüber Oma Mariechen. Ihr Doppelbett mit den hohen, geschwungenen Kopfteilen nahm fast den ganzen Raum ein und ließ gerade noch Platz für einen Stuhl, eine Kommode und einen Spiegelschrank. Die dritte Tür führte ins Wohnzimmer, dessen Fenster nach vorne blickte, zur Straße hin. Wollte man in das dritte, das sogenannte Elternschlafzimmer gelangen, in dem Johanna und ihre Mutter schliefen, musste man durchs Wohnzimmer und dort durch eine weitere Tür auf der rechten Seite gehen.

Als in den ersten Februartagen das Telegramm eintraf, in dem Oma Elsbeth ihr Kommen ankündigte, hatten die drei Frauen das Wohnzimmer kurz entschlossen in ein viertes Schlafzimmer umgewandelt. Aus Oma Mariechens breitem Doppelbett wurden zwei Einzelbetten gemacht. Eines behielt sie, das andere kam in Oma Elsbeths neues Zimmer. Die Wohnzimmermöbel schleppten Tante Fanni und Johannas Mutter nach oben, in die beiden Fremdenzimmer.

In diesen Zimmern im zweiten Stock hatten früher, vor dem Krieg, zuweilen Reisende übernachtet und dafür bezahlt. Aber Wirtshausgäste, die ein Zimmer bestellten, gab es schon seit Jahren nicht mehr. Aus den Fremdenzimmern waren langsam Abstellkammern geworden, in denen sich alles gesammelt hatte, wofür es unten im Haus keinen Platz gab: ausrangierte Möbel, zerbrochene Stühle aus der Gaststube, die beiden Sonnenschirme und die Gartentische für den Sommerbetrieb, ein zusammengerollter Teppich, das Bügelbrett, zwei leere Waschkörbe.

Die Wohnzimmermöbel hatten deshalb kaum noch Platz gefunden, die Tür des einen Zimmers ließ sich jetzt nur noch zur Hälfte aufstoßen, so vollgestellt war es.

»Es geht nicht anders, wir müssen eines von den Fremdenzimmern hergeben, das größere, weil sie ja zu zweit sind«,

sagte Oma Mariechen. »Ich weiß nur nicht, wie sie das Zimmer warm kriegen sollen, der Ofen ist nicht angeschlossen, das Ofenrohr steckt jetzt in Oma Elsbeths Ofen, und an ein neues ist gar nicht zu denken.«
»Und was machen wir mit all den Sachen, die im Zimmer stehen?«, fragte Tante Fanni.
»Was sollen wir schon damit machen? Wir tragen sie auf den Dachboden«, sagte Oma Mariechen.
»Und wo hängen wir dann unsere Wäsche auf?«, fragte Johanna.
»Irgendwo dazwischen. Was bleibt uns denn anderes übrig?«, fragte Oma Mariechen.
Tante Fanni sagte: »Warum müssen wir die Sachen hinübertragen? Können sie das nicht selber tun?!«
»Ich denke, es sind alte Leute?«, fragte Oma Mariechen.
»Sie sind jünger als du«, sagte Tante Fanni.
»Aha«, machte Oma Mariechen. »Ich verstehe: alte Leute, aber noch nicht ganz so alt wie ich ...«
»So war das nicht gemeint«, entschuldigte sich Tante Fanni.
»Wir können ja die Sachen gemeinsam hinübertragen, wir und die Flüchtlinge.«

Das Ehepaar saß im Nebenzimmer auf der langen Bank nahe beim Ofen und trank mit Johannas Mutter und Oma Elsbeth Pfefferminztee, als Oma Mariechen zurückkam.
Obwohl der Ofen warm war, hatten beide ihre Mäntel nicht abgelegt. Er trug einen grauen Tuchmantel mit schwarzem Samtkragen, sie einen Pelzmantel aus Kaninchenfellen. Vielleicht froren sie trotz der Wärme, vielleicht fürchteten sie auch, gleich wieder hinausgewiesen zu werden in die Kälte. Neben der Tür standen zwei verschnürte Pappkartons und drei große schwarze Koffer. Das schien ihre ganze Habe zu sein.

Der Mann erhob sich sofort, als die kleine Oma eintrat, und eilte mit ausgestreckter Hand auf sie zu.
»Die Dame des Hauses, wenn ich mich nicht irre«, sagte er, ergriff Oma Mariechens Hand und führte sie an seine Lippen. »Mein Name ist Mulik, von Mulik. Das ›von‹ dürfen Sie gern weglassen, man ist ja jetzt demokratisch. Früher Oberst von Mulik, jetzt nur noch ehemaliger Oberst und Privatmann auf der Flucht. Dies hier ist meine Frau Barbara oder, wie sie zu sagen pflegt, ›Warwara‹, denn sie ist Russin. Leider spricht sie nicht Deutsch. Wir werden Ihnen zur Last fallen müssen, gnädige Frau, man hat es Ihnen sicher schon berichtet. Man hat uns Ihnen zugewiesen, wie man so schön zu sagen pflegt ...«
Die kleine Oma versuchte vergeblich den Redefluss zu stoppen.
»Lassen Sie das ›Gnädige Frau‹ weg!«, sagte sie schließlich unwillig. »Ich bin keine gnädige Frau, ich hab mein Lebtag lang gearbeitet. Und das Händeküssen können Sie sich auch sparen, das ist bei uns auf dem Land nicht üblich.« Sie drehte sich zu Johanna um, die seitlich hinter ihr stand, schob sie nach vorn und stellte sie den Muliks vor: »Meine Enkelin Johanna!«
»Was für eine hübsche junge Dame, ganz die Mutter«, sagte Herr Mulik mit einer kleinen Verbeugung zu Johannas Mutter hin und machte Anstalten, auch Johanna mit einem Handkuss zu begrüßen. Dann fiel ihm aber noch rechtzeitig Oma Mariechens Ermahnung ein und er wandelte seine Geste schnell um in ein überschwängliches Händeschütteln.
Frau Mulik hatte sich bei Oma Mariechens Eintritt ebenfalls erhoben, blieb aber an ihrem Platz stehen und sah unsicher zu ihrem Mann hin. Sie war eine kleine, stämmige Frau mit gelbgrauen Haaren.
Oma Mariechen ging zu Frau Mulik und reichte ihr die Hand. »Grüß Gott, guten Tag und herzlich willkommen«, sagte sie.

»Sie können bei uns wohnen. Wir haben ein Zimmer im zweiten Stock frei.« Und zu Herrn Mulik gewandt: »Übersetzen Sie das Ihrer Frau!«
Herr Mulik sagte etwas auf Russisch, Frau Mulik nickte und lächelte Oma Mariechen zu und schüttelte deren Hand mit beiden Händen.
»So, und nun gehen wir alle nach oben und räumen das Zimmer leer«, sagte Oma Mariechen.
»Leer räumen?«, fragte Herr Mulik erschrocken. »Allmächtiger Gott, Herr im Himmel! Sie werden uns doch nicht in ein leeres Zimmer stecken, gnädige … gute Frau. Wir haben keine Möbel, kein Bett, nicht einmal eine Decke, nur unsere Koffer hier. Sollen wir auf dem Fußboden nächtigen? Seien Sie barmherzig!«
Oma Mariechen schüttelte halb unwillig, halb amüsiert den Kopf. »Bei uns muss keiner auf dem Fußboden schlafen. Kommen Sie mit, dann sehn Sie, was mit ›leer räumen‹ gemeint ist!«
Sie ergriff den kleinsten der drei schwarzen Koffer, um ihn hochzutragen, und ließ ihn mit einem überraschten Ausruf wieder sinken. »Mein Gott, ist der schwer! Haben Sie da Pflastersteine eingepackt?«
»Er ist in der Tat nicht leicht«, sagte Herr Mulik, nahm den Koffer auf und schleppte ihn hinter der kleinen Oma her die Treppen hoch. Frau Mulik, Johannas Mutter, Tante Fanni und Johanna folgten mit den restlichen Koffern und Kartons.
Die große Oma blieb unten, wegen ihres steifen Beins, und sorgte dafür, dass in der Zwischenzeit der Herd in der Küche und der Kohleofen im Nebenzimmer nicht ausgingen.
Es dauerte zwei Stunden, dann war das Zimmer von Familie Mulik eingerichtet: zwei Betten, zwei Stühle, ein Tisch, ein Schrank. Es fanden sich sogar zwei Bilder für die Wand.

Nur mit dem Ofen gab es Probleme.
»Ich kann, mit Verlaub, nicht einsehen, warum meine Frau und ich in diesem schönen Ofen kein Feuer machen dürfen«, sagte Herr Mulik mit leichtem Vorwurf in der Stimme. »Hier oben ist es kälter als im Kaukasus.«
»Das Rohr!«, erklärte ihm die kleine Oma. »Das Rohr fehlt.«
»Fehlt? Aber hier ist es doch. Ein hübsches, rundes Rohr, verschwindet oben in der Wand, ganz wie es sein muss«, sagte Herr Mulik und tätschelte das kalte Ofenrohr.
»Ja, in der Wand. Aber nicht im Kamin«, sagte Oma Mariechen.
»Kommen Sie, ich zeig's Ihnen!«, sagte Johannas Mutter, führte Herrn Mulik zum Zimmer daneben, öffnete die Tür und zeigte hinein.
Frau Mulik hastete hinter ihrem Mann her, Tante Fanni, Johanna und die kleine Oma folgten etwas langsamer. Alle sechs guckten durch die Tür ins Zimmer. Oben aus der Wand ragte ein Stück Ofenrohr, schwarz verrußt.
»Ja, aber warum lässt man das Rohr hier einfach aufhören, was ist der Grund? Wenn wir jetzt drüben heizen, bläst es den ganzen Rauch hier ins Zimmer. Das geht doch nicht, das ist höchst unvernünftig«, beschwerte sich Herr Mulik. »Warum führt man das Rohr denn nicht weiter, bis zu diesem Kaminloch dort?«
»Es ging mal bis zum Kamin. Dann haben wir unten ein Ofenrohr benötigt, also wurde das hier abgebaut. Weil den Ofen hier ja doch keiner braucht«, erklärte Johannas Mutter geduldig.
»Keiner braucht?«, fragte Herr Mulik. »Wie können Sie das sagen! Wir brauchen ihn sogar dringend.«
»Das konnten wir schließlich damals nicht wissen, oder?«, sagte Tante Fanni.

»Und warum hat man nicht einfach ein Rohr gekauft?«, fragte Herr Mulik.
»*Man* hat keines gekauft, weil es keines zu kaufen gibt«, sagte Tante Fanni, und die kleine Oma nickte nachdrücklich.
»Haben Sie es denn überhaupt probiert? Wenn man es ernsthaft versucht, kann man so manche Sachen auftreiben, die es angeblich nicht zu kaufen gibt«, behauptete Herr Mulik.
Jetzt wurde es der kleinen Oma zu viel. »Es hindert Sie niemand daran, es ernsthaft zu versuchen«, sagte sie und machte Anstalten, wieder in ihre Wohnung hinunterzugehen.
Herr Mulik hielt sie zurück. »Einen Augenblick, nur eine Sekunde, gnädige Frau!«, rief er. »Verzeihn Sie, wenn ich Sie gekränkt haben sollte. Ich wollte Ihnen nur noch schnell eine Theorie vortragen, die Beheizung des Ofens betreffend.«
»Was wollen Sie vortragen?«
»Eine Theorie. Nach meiner Theorie könnte man leicht das Rohr aus der Wand ziehen, müsste es nur minimal drehen, und schon könnte man es oben durch das Fenster stecken.«
»Durchs Fenster?«, fragte die kleine Oma entgeistert. »Und dann?«
»Der Rauch entwiche ins Freie und einer Beheizung des Zimmers stünde nichts im Wege!« Er wandte sich an seine Frau und redete russisch auf sie ein. Anscheinend erklärte er ihr seine Theorie. Sie schaute skeptisch vom Ofen zum Fenster.
Die kleine Oma sagte: »Aber dazu müssen Sie doch das Fenster aufmachen. Dann zieht die ganze Wärme ins Freie.«
»Nach meiner Schätzung ziehen nur etwa dreißig Prozent der Wärme ab. Der Großteil, rund siebzig Prozent, bleibt im Zimmer«, erläuterte Herr Mulik.
»Ich weiß nicht«, sagte Oma Mariechen. »Das Ofenrohr zum Fenster raus? Wie sieht denn das aus!«
»Wenn Sie erlauben, heizen wir den Ofen nur einmal auf diese

Weise an, um gewissermaßen etwas Grundwärme zwischen die vier Wände zu kriegen«, schlug Herr Mulik vor. »Später wird man weitersehn.«

»Na gut, wenn es unbedingt sein muss«, sagte Oma Mariechen. »Ja, und wenn Sie es selbst tun«, sagte Tante Fanni. »Wir haben jetzt genug geholfen, ich will mir nicht auch noch die Hände am Ofenrohr rußig machen. Und das am Wochenende.«

»Selbstverständlich. Herzlichen Dank für die Erlaubnis«, sagte Herr Mulik mit einer Verbeugung zu Tante Fanni und der kleinen Oma. »Ich werde das mit Warwara übernehmen.« Wieder sprach er russisch mit seiner Frau, sie schaute ihn erschrocken an.

»Wir benötigen dann nur noch Holz oder Kohlen beziehungsweise beides«, fügte Herr Mulik auf Deutsch hinzu. »Wir würden Ihnen gerne einen Eimer Kohlen und etwas Holz abkaufen.«

»Einen Eimer Kohlen? Das ist ja die Zuteilung für eine ganze Woche!«, rief Oma Mariechen.

»Wir könnten auch tauschen, ich hätte einiges an Sachwerten anzubieten«, schlug Herr Mulik vor und öffnete den schweren, schwarzen Koffer. »Es ist uns gelungen, wenigstens unser Tafelsilber zu retten. Sehen Sie, hier wäre etwa ein Fischmesser, massives Silber …«

»Behalten Sie Ihre Sachwerte«, sagte Oma Mariechen. »Ich will nur nicht mit unsren paar Kohlen den Hof heizen.«

»Mama, zwei, drei Briketts können wir doch abgeben«, flüsterte Johannas Mutter.

»Ein paar Scheite Holz auch«, sagte Johanna, die mitgehört hatte.

»Na gut, meinetwegen. Aber nur für dieses Mal!«, sagte Oma Mariechen.

»Selbstverständlich nur für dieses Mal, gnädige Frau«, sagte Herr Mulik und bedankte sich bei der kleinen Oma mit einem Handkuss. Anscheinend hatte er ihre diesbezügliche Ermahnung schon wieder vergessen.
»Alles Gute in der neuen Wohnung!«, sagte Oma Mariechen, dann stieg sie die zwei Treppen hinunter, gefolgt von Johannas Mutter und Tante Fanni.
»Johanna, komm mit! Sei nicht so neugierig!«, rief Johannas Mutter. So folgte auch Johanna.

Am Nachmittag ging Johanna nach draußen in den Hof. Sie wollte nachsehen, ob oben im zweiten Stock schon das Ofenrohr aus dem Fenster ragte. Aber vom Hof aus war der Blickwinkel zu steil, das vorspringende Dach, mit der kaputten Rinne davor, verdeckte den Blick aufs Dachfenster. Der Geruch von verbranntem Holz und eine schwarzgraue Rauchwolke, die über den Hof schwebte, zeigten ihr jedoch, dass der Ofen schon in Betrieb war.
Sie öffnete das Gartentürchen, durchquerte den kahlen, winterlichen Garten und stieg auf die Gartenmauer. Von da hatte sie einen guten Blick auf das Fensterchen von Muliks Zimmer. Das Ofenrohr ragte gut einen halben Meter aus dem Oberlicht. Damit die Wärme nicht – wie von Oma Mariechen prophezeit – aus dem Zimmer entweichen konnte und nur der Hof geheizt wurde, hatte sich Herr Mulik eine so einfache wie wirkungsvolle Konstruktion ausgedacht: Er hatte ein rundes Loch in einen Karton geschnitten, vermutlich mit seinem Fischmesser, das Rohr durchgeschoben und den Karton so eingepasst, dass er die Fensteröffnung völlig verschloss. Das machte das Zimmer vielleicht dunkler, bestimmt aber wärmer. Wo er nur so schnell diesen Karton herbekommen hatte? Vielleicht aus einem seiner schwarzen Koffer? Der Karton war

farbig bedruckt wie ein Bild und kam Johanna merkwürdig bekannt vor. Sie balancierte die Mauer entlang, noch ein Stück auf das Haus zu, um besser sehen zu können.
Plötzlich fiel ihr ein, was das für ein Bild sein musste. Es stand jetzt nur auf dem Kopf, außerdem fehlte der Teil, aus dem das Rohr ragte, sonst hätte sie es gleich erkannt. Es war das Bild mit Christus, dem guten Hirten, inmitten seiner Schafherde, und hatte früher in Oma Mariechens Schlafzimmer gehangen. Beim Durcheinander um Oma Elsbeths Einzug war es zu Boden gestürzt, das Glas des Rahmens zersplittert. Tante Fanni hatte die Glasscherben nach unten getragen, Johanna das Bild nach oben auf den Dachboden. Dort hatte sie es ganz hinten an die Mauer gelehnt.
Fassungslos, mit weit zurückgelegtem Kopf guckte Johanna hinauf zum Fenster mit dem geschäftig rauchenden Rohr. Wie, um alles in der Welt, war Herr Mulik zu dem Bild gekommen? Was suchte der überhaupt auf dem Dachboden? Und, vor allen Dingen, was würde die kleine Oma sagen, wenn sie entdeckte, dass nun im blauen Mantel von Jesus ein Loch vom Durchmesser eines Ofenrohrs war!
Während sie noch nach oben starrte, unschlüssig, ob sie Herrn Mulik bei der kleinen Oma verpetzen solle oder nicht, hörte sie hinter sich im Park jemand durch das Laub stapfen. Sie wandte sich um. Unten, auf der anderen Seite der Mauer, stand der Rote Baron und starrte, wie vorher Johanna, hinauf zu Muliks Fenster.
»Hallo, Paula … ich meine …, Johanna«, begrüßte er sie. »Ganz wie bei mir: ein Ofenrohr im Fenster! Wohnt da jemand? Warum heizt ihr da oben?«
»Wir haben jetzt auch Flüchtlinge bei uns im Haus, genau wie Sie«, erzählte Johanna. »Nur nicht so viele.«
Der Rote Baron lächelte. »Dafür ist euer Haus auch ein biss-

chen kleiner als mein Schloss.« Er fragte: »Hast du deiner Mutter …«, unterbrach sich aber gleich wieder und sagte: »Kannst du nicht herunterkommen zu mir? Dann muss ich nicht so schreien, wenn ich mich mit dir unterhalten will.«
»Gern, wenn Sie mir später beim Hinaufklettern helfen«, sagte Johanna, griff nach einem Ast und ließ sich auf der anderen Seite hinuntergleiten.
»Ich hätte dir auch beim Herunterklettern geholfen«, sagte er. »Aber du bist zu schnell für mich.«
»Was wollten Sie denn von meiner Mutter sagen?«, fragte Johanna.
»Ob du deiner Mutter die Grüße von mir ausgerichtet hast …«
»Ja, habe ich«, sagte Johanna.
»Und?«, fragte er.
»Was und?«
»Hat sie was gesagt?«
»Sie hat sich gefreut.«
»Ja? Richtig gefreut?«
»Doch, ja.«
»Sollst du mich auch grüßen?«, wollte er wissen.
»Nein.« Als sie die Enttäuschung auf seinem Gesicht sah, setzte sie hinzu: »Sie wusste doch nicht, dass ich Sie wieder treffe.«
»Ja, das stimmt«, gab er zu. »Hast du Lust, ein bisschen mit mir spazieren zu gehen, hier im Park?«
»Meinetwegen. Ich muss nur irgendwann zurück, über die Mauer.«
»Natürlich. Auf eure Seite.« Er verschränkte die Arme hinter seinem Körper und begann mit weit ausholenden Schritten an der Mauer entlangzugehen. Johanna hatte Mühe, ihm zu folgen.
»Du bist wie deine Mutter«, sagte er nach einer Weile unver-

mittelt und blieb stehen. »Du siehst nicht nur aus wie sie.«
»Wieso?«
»Du gehst immer ein paar Schritte hinter mir her, nie neben mir.«
»Na, wenn Sie so schnell rennen, dass ich nicht nachkomme!«, verteidigte sich Johanna.
»Du hast recht«, sagte der Rote Baron und ging langsam weiter, Johanna jetzt an seiner Seite. »Ich muss manches erst wieder lernen.«
»Was denn?«, fragte Johanna.
»Mit anderen spazieren zu gehn …«
»Warum? Das können Sie doch schon.«
»Mit anderen zu reden …«
»Warum mit anderen? Man redet sowieso nur mit anderen. Mit wem denn sonst?«, fragte Johanna.
Der Baron guckte sie von der Seite an. »Das klingt vernünftig …«
Johanna lächelte.
»… ist es aber trotzdem nicht!«
»Warum nicht?«, fragte Johanna.
»Weil ich die meiste Zeit mit mir selbst rede. Das ist nicht gut für die geistige Gesundheit, aber was soll ich machen? Es ist ein bisschen einsam da oben in meinem Behelfszimmer.«
»Das ist schlimm!«, sagte Johanna.
»Was ist schlimm?«, fragte er. »Das Behelfszimmer oder die Selbstgespräche?«
»Alles«, antwortete sie. »Alles. Meine Oma sagt immer: Es ist eine schlimme Zeit. Wahrscheinlich hat sie recht.«
»Was findet sie denn besonders schlimm, deine Oma?«
»Alles eben. Dass es keine Kohlen gibt und nichts zu essen, dass Papa in Gefangenschaft ist, dass es so viele gibt, die flüchten mussten, alles …«

Der Rote Baron zuckte mit den Schultern. »Selber schuld«, sagte er halblaut. »Uns geht's immer noch besser, als wir's verdienen.«
»Wer ist schuld? Oma Mariechen?«, fragte Johanna entgeistert.
»Nein!« Unwillig schüttelte er den Kopf, blieb stehen und zwang so Johanna, auch stehen zu bleiben. »Ich meine diejenigen, die das alles angefangen haben, die Deutschen.«
»Aber doch nicht die Deutschen«, verbesserte ihn Johanna. »Die Deutschen sind doch wir.«
»Eben, das ist es ja«, sagte er. »Wer hat denn diesen Krieg angefangen? Wer hat ein Land nach dem anderen überfallen und Millionen Menschen umgebracht? Ich war doch dabei, ich hab's ja miterlebt, wie wir in Russland gewütet haben. Ein Wunder, dass sie uns nach dem Krieg nicht alle getötet haben, aus Rache.«
»Das ist nicht wahr, was Sie erzählen, das glaub ich nicht«, sagte Johanna. »Nein, das glaube ich nicht«, wiederholte sie, ließ den Roten Baron stehen und begann alleine loszumarschieren, schob mit ihren Schuhen das feuchte Laub vor sich her. Der Rote Baron folgte ihr.
»Das ist keine Frage des Glaubens oder Nichtglaubens«, sagte er. »Es ist nun mal so. Liest du keine Zeitung?«
»Nein. Zeitungen sind fast so langweilig wie unser Lesebuch«, behauptete sie. »Und wenn solche Sachen in der Zeitung stehen, will ich sie auch gar nicht lesen.«
»Und das mit den Juden liest du natürlich auch nicht?«
»Juden? Das sind die Leute aus der Bibel, ja?«
»Was heißt aus der Bibel! Ich spreche von den deutschen Juden.«
»Gibt's die? Hier bei uns?«
»Ja, es gab sie. Frag doch mal deine Oma, was mit ihnen passiert ist. Sie muss doch auch welche gekannt haben. Hier in

Hesterhausen wohnten zufällig keine. Aber nehmen wir mal Haßfurt. Dort gab es viele jüdische Familien. Mehr als sechzig Menschen jedenfalls. Und heute? Kein Einziger mehr! Wer es nicht rechtzeitig geschafft hat auszuwandern, wurde abgeholt. Das war überall so, wo die Deutschen hinkamen, in Polen, in Frankreich, in Holland. Sie haben sie alle umgebracht.«
»Ist das wahr? Warum weiß ich das nicht?«, fragte Johanna.
»Warum? Weil sich hier alles immer nur um eure kleine Welt dreht: die Familie, das Dorf, die Ernte, das Essen, die Kohlen. Das ist alles, was die Leute hier interessiert. Sie gucken nicht weiter als bis zum Dorfrand!« Seine Stimme wurde immer lauter. »Es kommt ja auch keiner mal raus hier. Du fühlst dich wahrscheinlich ein für alle Mal wohl in Hesterhausen.«
»Ich war schon zweimal in Haßfurt. Heute erst wollten Oma und ich dahin. Und einmal sogar in Nürnberg«, verteidigte sich Johanna.
»Ja, einmal fünf Kilometer, und wenn's hochkommt, einmal fünfzig. Und da bist du auch noch stolz darauf. Das ist doch kein Leben! Deine Mutter war so ein hübsches Mädchen, mit ihren braunen Augen ...«
»Meine Mutter ist immer noch hübsch!«, sagte Johanna.
Der Rote Baron schwieg eine Weile, dachte wohl darüber nach. Dann sagte er: »Du hast recht, sie ist immer noch hübsch. Weißt du eigentlich, dass sie die beste Schülerin war? Im Rechnen nur Einsen. Sie hat mich manchmal abschreiben lassen, sie saß in der Bank vor mir und hat das Heft so hingelegt, dass ich von meinem Platz aus reinschauen konnte. Sie hätte leicht studieren können, zumindest Lehrerin werden. Und nun sitzt sie hier in diesem Kaff und schenkt den alten Bauern in der Wirtschaft Bier ein. Wärmt es ihnen auch noch an, wenn sie es mit dem Magen haben, und leert ihre Aschenbecher aus. Ich darf gar nicht daran denken!«

»Aber irgendjemand muss doch Oma Mariechen helfen. Sie kann nicht ganz alleine bedienen, besonders am Samstagabend nicht«, sagte Johanna. »Da sind manchmal mehr als zwanzig Gäste da, das schafft die Oma nicht allein.«
»Deine Mutter ist eine brave, gehorsame Tochter, wie vor zwanzig Jahren schon. Tut nur, was ihre Mutter sagt ...«
»Ich hab keine Lust mehr!« Johanna drehte sich um und begann zurückzugehen. »Ich mag mich nicht weiter mit Ihnen unterhalten. Sie erzählen immer nur Schlechtes. Ich will das überhaupt nicht hören, ich will jetzt heim. Sie haben gesagt, Sie helfen mir über die Mauer!« Sie rannte fast, bis sie zu der Stelle kam, wo sie die Mauer überklettert hatte. Nun blieb der Baron immer einige Schritte hinter ihr zurück.
»Und wie komme ich jetzt hinauf?«, fragte Johanna.
»Ich kann dich hochheben, wenn ich dich anfassen darf«, bot er ihr an. »Es tut mir leid, dass unsere Unterhaltung so missglückt ist, das wollte ich nicht. Ich weiß selbst nicht, wie es dazu gekommen ist. Wenn man so lange allein lebt, wird man pessimistisch. Falls wir uns noch mal sehen sollten, erzähle ich nur lustige Sachen, ich verspreche es.«
»Kennen Sie überhaupt lustige Sachen?«, fragte Johanna.
»Ich werde mal in meinem Gedächtnis kramen«, versprach er, während er ihr beim Hinaufklettern half. »Grüß deine Mutter von mir!«
Doch als Johanna oben stand, hatte er sich's schon wieder anders überlegt. »Nein, grüße sie nicht«, sagte er.
»Wiedersehn! Vielleicht seh ich Sie ja wirklich mal wieder«, sagte Johanna und begann auf der anderen Seite die Mauer hinunterzuklettern.
Als nur noch ihr Kopf über die Mauerkrone guckte, fragte er schnell: »Was hört man denn von deinem Vater?«
»Er hat schon dreimal geschrieben!«

»Na, dann wird er ja wohl bald heimkommen«, sagte der Rote Baron. »Vielleicht schon in diesem Frühjahr.«
»Hoffentlich!«, sagte Johanna und sprang auf ihrer Seite hinunter, auf die Tannenzweige, mit denen Oma Mariechen die Rosenstöcke abgedeckt hatte.
Sie rannte durch den Garten zurück ins Haus.

Am 18. März hatte Johanna Geburtstag. Ihre Mutter weckte sie eine Viertelstunde früher als sonst. »Steh schnell auf, Schatz!«, sagte sie. »Wir wollen dir doch vor der Schule noch gratulieren. Beeil dich, komm nach unten!«

Als Johanna dann die Küchentür öffnete, saßen alle feierlich um den Tisch, selbst Tante Fanni war schon angezogen. Oma Mariechen hatte die Geburtstagskerze vom letzten Jahr hervorgekramt, sie in einen Messingleuchter gesteckt und auf den Küchentisch gestellt. Sie zündete sie an, als Johanna hereinkam.

Alle standen auf, sogar Oma Elsbeth, schüttelten ihr die Hand und gratulierten zum dreizehnten Geburtstag.

»Jetzt darfst du deine Geschenke anschauen«, sagte Mama. »Aber sei nicht enttäuscht. Du weißt ja, es sind schlechte Zeiten, es gibt nichts zu kaufen. Wir hätten dir gern viel, viel mehr geschenkt, wenn wir nur könnten.«

»Ihr habt ja einen Kuchen gebacken, einen richtigen großen Kuchen«, sagte Johanna. »Das sind doch Kirschen, oder? Ich denke, wir haben schon lange keine mehr?«

»Ich hatte ein Glas versteckt, ganz hinten im Regal, bei den Gurken«, sagte Oma Mariechen. »Extra für deinen Geburtstagskuchen. Nun pack schon deine Geschenke aus! Aber vorsichtig mit dem Papier, das wird beim nächsten Geburtstag wieder gebraucht. Ich glaube, wir blasen die Kerze jetzt besser aus, sie fängt schon an zu tropfen.«

»Mama! Lass sie doch wenigstens so lange brennen, bis Johanna ihre Geschenke gesehen hat«, bat Johannas Mutter.

Im ersten Päckchen war ein Paar lange, graue Wollstrümpfe.

»Von Oma Mariechen?«, fragte Johanna, und Oma Mariechen nickte.
Von Oma Elsbeth bekam sie das geblümte Halstuch aus Kunstseide, von Mama den Pullover. Handgestrickt, rot, mit kleinen weißen Punkten. Das letzte Päckchen war klein und verbarg ein rundes, gelbes Stück Seife.
Johanna roch daran. »Rosenseife. Teerose!«, sagte sie. »Die ist bestimmt von ...«
»Wird nicht verraten!«, rief Tante Fanni. »Das ist ein Geburtstagsgeheimnis.«
»So, nun hat sie alles gesehen«, sagte Oma Mariechen und löschte die Kerzenflamme, indem sie Daumen und Zeigefinger an der Zunge befeuchtete und den Docht fest zusammenpresste. »Jetzt darfst du den Kirschkuchen anschneiden.«
Nach dem Frühstück zog sich Johanna schnell um. Sie ließ es sich nicht nehmen, mit dem neuen roten Pullover in die Schule zu gehen. Da sie zu spät kam, konnten ihr die anderen aus der Klasse erst in der Pause gratulieren. Alle schüttelten ihr die Hand oder klopften ihr auf die Schulter und sagten »Glückwunsch!« oder »Alles Gute zum Geburtstag!«.
Selbst Emanuel, der sich sonst immer abseits hielt, nie mit den anderen in der Pause vors Schulhaus ging, sondern allein in seiner Bank in der letzten Reihe sitzen blieb, kam zu Johanna und gratulierte. Am Ende der Pause, als alle schon wieder auf ihren Plätzen saßen, ging er nach vorn zur dritten Bank, zu Johanna und Erna, legte einen Apfel auf Johannas Federmäppchen und sagte »Zum Geburtstag!«. Dann rannte er schnell nach hinten, denn Hauptlehrer Schopper kam ins Klassenzimmer und begann mit dem Unterricht.
Auf dem Heimweg von der Schule lud Johanna ihre Freundin Erna für den Nachmittag zu sich ein, zu Limonade und Kuchen. Aber Erna hatte eine bessere Idee.

»Du weißt, dass ich übermorgen auch Geburtstag habe, am Zwanzigsten«, sagte sie. »Ich bin ja nur zwei Tage jünger als du. Lass uns doch deinen und meinen Geburtstag zusammen feiern. Wir laden ein paar Freunde dazu ein, ein paar aus unserer Klasse. Und vielleicht zwei, drei Große aus der Achten. Meinetwegen auch ein, zwei Mädchen …«

»Feiern wir bei uns oder bei euch?«, fragte Johanna. Sie überlegte, wie Oma Mariechen wohl den Vorschlag aufnehmen würde.

Erna sagte: »Bei euch in der Wirtschaft sind doch am Samstagabend immer Gäste da, das geht nicht. Außerdem ist deine Oma ziemlich streng. Wir feiern bei uns, das wird lustiger.«

»Am Abend meinst du?«, fragte Johanna. »Ich weiß nicht, ob meine Mutter das erlaubt. Können wir nicht am Nachmittag feiern?«

»Wer feiert denn schon am Nachmittag!«, sagte Erna. »Meine Eltern erlauben es doch auch. Wir müssen nur gut überlegen, wen wir alles einladen. Ich schlage den Erwin Schellenberger vor, was meinst du?«

»Von mir aus«, sagte Johanna.

»Dann noch den Ludwig Juskowiak aus dem Schloss, der erzählt immer so gute Witze. Dann noch Siegfried Voigt und Walter Firsching aus der Achten. Einverstanden? Oder weißt du noch jemanden?«

»Wenn wir alle aus der Siebten einladen, müssen wir auch Emanuel fragen«, sagte Johanna.

»Findest du? Der ist so eigenartig, der redet den ganzen Abend bestimmt kein Wort. Ich weiß auch nicht, was meine Eltern dazu sagen …«

»Warum? Was haben deine Eltern gegen Emanuel?«

»Gegen ihn nichts. Aber seine Mutter ist doch die Verena, du weißt schon …«

»Was sie nur alle gegen Verena haben! Ich möchte jedenfalls, dass Emanuel bei meiner Geburtstagsfeier dabei ist«, sagte Johanna. »Er hat mir doch mal geholfen.«
»Geholfen? Ach ja, du hast es ja erzählt: Als dich die Dolle Kuni beinahe umgebracht hat«, sagte Erna. »Also meinetwegen auch Emanuel. Den musst du dann aber einladen. Und welche Mädchen nehmen wir dazu? Ich finde, zwei genügen. Ich schlage Magda vor ...«
»Und ich Heidemarie.«
»Heidemarie Bülow? Spinnst du? Die geht doch erst in die Fünfte, die ist viel zu jung. Siegfried ist schon fünfzehn!«
»Dann eben Irene«, sagte Johanna. »Jetzt ist aber Marianne die Einzige aus unserer Klasse, die nicht eingeladen wird.«
»Na gut, na gut, dann auch noch Marianne. Ich weiß gar nicht, wo wir die vielen Stühle herkriegen sollen. Du lädst die Mädchen ein und Emanuel, ich die Jungen, ja? Sag deiner Mutter nur rechtzeitig Bescheid. Vielleicht kannst du ja was mitbringen zum Fest, ein Stück Kuchen oder eine Flasche Apfelmost.«
»Most?« Johanna lachte. »Denkst du, Oma Mariechen gibt mir Alkohol mit? Ich frage mal, vielleicht kriegen wir einen Kasten gelbe Limonade.«
»Gelbe Limonade! Denkst du, die aus der Achten trinken Limonade? Dann trinken wir eben *unseren* Most. Kannst den Kasten aber trotzdem mitbringen, Marianne wird die gelbe Limonade ganz allein wegsaufen, sie schwärmt für alles, was süß ist.«
»Gut, abgemacht!«, sagte Johanna und ging nach Hause.
Eigentlich wollte sie gleich am Nachmittag fragen, ob sie mit Erna feiern dürfe. Aber dann wurde doch nichts daraus, wegen dieser grausigen Zeitungsmeldung.
Johanna, Tante Fanni, Johannas Mutter, die kleine und die große Oma saßen im Nebenzimmer und ließen sich den Geburtstagskuchen schmecken. Mama lachte sogar nach langer

Zeit wieder mal ein bisschen. Bis Tante Fanni auf die unselige Idee kam, nach der Zeitung zu greifen.
Oma Mariechen sagte: »Fanni, lies nicht immer bei Tisch! Leg die Zeitung bitte weg, bis wir mit dem Kaffeetrinken fertig sind!«
Die große Oma widersprach sofort. »Oder aber, sie liest die Zeitung laut«, sagte sie. »Wenn sie laut liest, haben wir alle was davon. Das hat mein seliger Mann in Nürnberg auch immer so gehalten.«
»Laut?«, fragte Tante Fanni. »Was wollt ihr denn hören?« Sie begann die Überschriften vorzulesen.
»Raubmord in Schweinfurt … Doppelmord in Nürnberg … Mord in Bamberg«, leierte sie. »Neunzehnjähriger ersticht Freundin mit einem Seitengewehr und wirft Leiche in den Keller einer Ruine …«
»Lies doch was anderes!«, bat Johanna. »Ich mag das nicht hören.«
»Ja, nicht immer diese grässlichen Mordfälle. Fast jeden Tag ein neuer Mord, wie soll das nur weitergehn, die Menschen sind ja derart verroht!«, sagte die kleine Oma.
»Das haben sie halt im Krieg gelernt, da hat man's ihnen beigebracht«, sagte Johannas Mutter.
»Wie du redest!« Oma Mariechen schüttelte vorwurfsvoll den Kopf. »Im Krieg mussten sie den Feind töten, nicht die Freundin.«
»Wahrscheinlich hatte er Streit mit ihr und sie war für ihn gerade die größte Feindin«, sagte Tante Fanni.
»Jetzt fängst du auch noch so an!«, schimpfte die kleine Oma. »Es liegt ganz einfach an dieser schrecklichen Zeit. Die Menschen sind so gottlos geworden. – Lies was anderes!«
Tante Fanni blätterte um und las die Überschriften der nächsten Seite: »Kohlenmangel …«

»Das brauchst du nicht vorzulesen, das wissen wir nur zu gut«, sagte die große Oma.
»… Papiermangel …«
»Weiter!«, verlangte die kleine Oma.
»… Deutschlands Sorge: Der Hunger …«
»Wissen wir auch«, sagte Johannas Mutter. »Nur zu gut.«
»… Kartoffelzuteilung …«
»Das lies vor!«
»Auf den Abschnitt E der Kartoffelkarte werden zwei Kilo Kartoffeln ausgeliefert«, las Tante Fanni.
»Zwei Kilo? Das reicht nicht hinten und nicht vorn«, klagte die kleine Oma. »Sonst nichts?«
»Nein.«
»Kein Fleisch?«
»Nein.«
»Auch kein Fett?!«
»Nein.«
Die große Oma mischte sich ins Zwiegespräch. »Du weißt ganz genau, wie wir zu Fleisch und Fett kommen können, Mariechen. Aber du weigerst dich ja beharrlich. Du musst dich nicht beschweren, du musst nur den Schlachter rufen.«
Die kleine Oma tat so, als hätte sie Oma Elsbeths Bemerkung nicht gehört. »Lies doch weiter!«, befahl sie Tante Fanni.
Die blätterte um und las vor: »Ein Fall von Kannibalismus …«
»Weiter!«, befahl Johannas Mutter.
»Was ist denn Kannibalismus?«, fragte Johanna.
»Menschenfresserei«, erklärte ihre Mutter.
»Menschenfresserei? Gibt es das wirklich?«
»Nur bei den Wilden«, beruhigte Oma Mariechen sie. »So was gibt es nur bei den Wilden. Lies doch mal vor, Fanni!«
Tante Fanni wiederholte noch einmal die Überschrift: »Ein Fall von Kannibalismus«, und las dann weiter:

»Bad Nauheim ... DENA ...«
»Was ist Dena?«, fragte Johanna.
»Weiß auch nicht genau. Deutsche Nachrichtenagentur oder so was«, antwortete Tante Fanni. »Hör lieber zu und frag nicht ständig dazwischen.«
Sie las weiter: »Ein Fall von Kannibalismus grausamster Art konnte aufgedeckt werden. Der 64-jährige Bernhard Böhme tötete seine 62-jährige Schwester und zerstückelte sie. Teile des Fleisches wurden in konserviertem Zustand aufgefunden ...«
»Was ist ›konserviert‹?«, fragte Johanna dazwischen.
»In Einmachgläsern«, sagte Tante Fanni. »Oder in Dosen.«
Johanna blickte ihre Tante entsetzt an. »Er hat seine Schwester eingedost? Warum denn?«
»Damit er nicht nur gleich was zu essen hatte, sondern auch später«, erklärte Tante Fanni.
Johanna wurde unsicher. »Das erfindest du alles!«
»Da, lies selbst!« Tante Fanni schob ihr die Zeitung hin. »Hier steht es.«
Johanna wischte die Zeitung mit einer heftigen Bewegung vom Tisch. »Ich will so was gar nicht lesen!«, sagte sie aufgebracht. »Warum machen die Menschen nur so was? Warum machen sie das alles?«
Johannas Mutter hob die Schultern und ließ sie langsam wieder sinken. »Weil sie so furchtbaren Hunger haben«, versuchte sie zu erklären.
»Hunger! Nur weil sie Hunger haben?« Johanna schrie fast. »Und das findet ihr wohl alles ganz normal! ›Weiter!‹, sagt ihr, das ist alles. Schlachtet ihr mich auch, wenn ihr Hunger kriegt?«
Sie stand so heftig auf, dass ihr Stuhl fast hintenüberkippte, rannte in die Küche, hielt es da aber auch nicht aus und öffnete die Tür zum Flur. Im Hinausgehen hörte sie, wie Tante Fanni

fragte: »Was hat sie nur?«, und Oma Mariechen antwortete: »Sie ist in den letzten Tagen so merkwürdig empfindlich.«
»Empfindlich, empfindlich!«, äffte Johanna sie nach, öffnete die hintere Haustür und ging hinaus in den Hof.
Gerade als sie dort unschlüssig stehen blieb und überlegte, ob sie vielleicht auf die Gartenmauer klettern oder lieber ins Dorf laufen solle, bogen Herr und Frau Mulik um die Ecke.
Sie marschierten einträchtig nebeneinanderher, lebhaft auf Russisch plaudernd. Herr Mulik in eleganten, hohen Schnürstiefeln, Frau Mulik in riesigen hellgrauen Filzstiefeln, die es ihr schwer machten, mit ihm Schritt zu halten. Er hatte ein langes, gerades Ofenrohr geschultert wie ein Gewehr, sie trug ein kurzes, gebogenes Rohrstück wie einen Säugling im Arm. Als Herr Mulik Johanna erblickte, blieb er stehen, nahm das Rohr von der Schulter, hielt es mit beiden Händen wie ein Fernglas vors Auge, richtete es auf Johanna und rief: »Da schau, sieh an, das junge Fräulein!« Er lachte dröhnend über seinen Einfall, nahm das Rohr wieder vom Auge und klemmte es unter den Arm. »Nun, was sagt man zu unseren neuesten Errungenschaften? Heizprobleme gelöst!«
Er übersetzte seiner Frau, was er Johanna gesagt hatte, und Frau Mulik nickte lächelnd. Johanna hatte inzwischen schon vergessen, dass sie ja eigentlich wegrennen wollte. Sie fragte: »Wo haben Sie das denn her?«
»Aus Bamberg«, antwortete er.
Johannas Mutter kam aus der hinteren Tür, nickte den Muliks kurz zu und sagte zu Johanna: »Komm doch wieder rein, Johanna. Wir ...« In diesem Augenblick fiel ihr Blick auf das Ofenrohr unter Muliks Arm, sie unterbrach sich und fragte erstaunt: »Wo kommt denn das Rohr her?«
»Aus Bamberg«, wiederholte Herr Mulik, und seine Frau nickte. Das Wort »Bamberg« hatte sie offenbar verstanden.

Als Herr Mulik merkte, dass Johannas Mutter mit dieser Auskunft nicht ganz zufrieden war, setzte er hinzu: »Wissen Sie, ich habe schon immer die Theorie vertreten, dass man fast alles kaufen kann, wenn man nur den richtigen Preis dafür bezahlt.«

»Und was ist der richtige Preis für ein Ofenrohr?«, wollte Johannas Mutter von ihm wissen.

»Je nun, wir haben ein klein wenig von unserem Silber geopfert. Wir hatten sowieso zu viel Besteck für zwei Personen, und viele Gäste sind in nächster Zeit nicht zu erwarten. Es hat sogar noch zu einem Döschen Kaffee gereicht und sonst noch allerlei …«

»Echten Kaffee? Den gibt es doch nur auf dem Schwarzmarkt. Ist das nicht verboten?«, sagte Johannas Mutter.

Er antwortete nicht auf ihre Frage, sondern sagte etwas Unverständliches zu seiner Frau. Die knöpfte ihren Kaninchenmantel auf, und nun sah Johanna, warum sie heute noch unförmiger wirkte als gewöhnlich: Unter dem Pelz kam eine dicke Tasche zum Vorschein, die sie sich mit einem Lederriemen umgehängt hatte.

»Schaun Sie, schaun Sie!«, lockte Herr Mulik Johanna und ihre Mutter, öffnete die Tasche und ließ die beiden hineinsehn. Sie enthielt einige Dosen und eine Stange Lucky-Strike-Zigaretten.

»Gibt es etwas, was Ihnen zusagt? Wir können gerne tauschen. Kohlen gegen Kaffee, wenn Sie möchten. Oder hier: amerikanische Seife!«

»Rosenseife?«, fragte Johanna.

»Ganz richtig. Teerose«, sagte Herr Mulik. »Nun, wie ist es?«

»Später vielleicht mal. Vielleicht morgen«, antwortete Johannas Mutter ausweichend. »Das soll meine Mutter entscheiden.«

Sie legte den Arm um Johannas Schultern und sagte: »Und

du kommst jetzt wieder mit hinein zu uns, ja? Deswegen bin ich dir doch nachgelaufen. Es wird auch nicht mehr aus der Zeitung vorgelesen, keine Zeile.«
So ging Johanna wieder ins Nebenzimmer zurück und aß das Stück Kuchen zu Ende, das noch auf ihrem Teller lag. Alle behandelten sie sehr vorsichtig, und weder die kleine noch die große Oma fragte, warum sie denn weggerannt sei. Eigentlich hätte sie ja jetzt um Erlaubnis bitten können, mit Erna Geburtstag zu feiern. Aber ihr war nicht mehr danach zumute, sie verschob es lieber auf den Abend.
Beim Abendbrot fragte sie dann.
»Bis in die Nacht wollt ihr feiern? Das geht nicht. Ein Mädchen nachts allein unterwegs, nein, das geht nicht«, sagte die kleine Oma gleich. »Du hast doch heute Nachmittag erst gehört, was so alles passiert.«
»Ich bin nicht nachts unterwegs. Wir fangen um fünf an und machen um acht Schluss. Oder um neun. Da ist erst Abend«, sagte Johanna.
»Vielleicht kann sie ja jemand von den anderen heimbegleiten«, schlug Johannas Mutter vor.
Die große Oma sagte: »Was macht ihr nur für ein Problem da raus, wenn Johanna mal zu einer Freundin will. Sie ist schließlich kein Kind mehr; gewöhnt euch langsam daran, dass sie ein junges Mädchen ist. Sie hat sogar schon einen Busen.«
Johanna wurde ein bisschen rot. Oma Mariechen aber warf mit einem zornigen Blick auf Oma Elsbeth ihre Gabel auf den Tisch, stand abrupt auf und verzog sich in die Gaststube und knallte die Tür hinter sich zu.
Die große Oma guckte ihr erstaunt nach und fragte: »Hat sie was? Warum ist sie denn jetzt schon wieder beleidigt?«
Tante Fanni lachte. »Solche Worte darfst du in ihrer Gegenwart nicht aussprechen. Das findet sie unanständig«, sagte sie.

Die große Oma begriff immer noch nicht. »Welche Worte?«
»Na, Busen«, sagte Tante Fanni.
»Nicht zu fassen!« Oma Elsbeth griff sich an die Stirn. »Wir sind hier vier Frauen und jede hat einen Busen. Und Johanna kriegt auch langsam einen. Aber sagen darf man das nicht! Was ist denn Schlimmes dabei?«
»Darf ich nun zum Geburtstagsfest oder nicht?«, unterbrach Johanna das Busengespräch. »Ich soll Erna morgen in der Schule Bescheid sagen.«
»Du darfst«, entschied Johannas Mutter. »Aber komm bitte nicht zu spät nach Hause.«

Am nächsten Morgen, in der Pause, als sich die anderen Schüler durch die Tür des Klassenzimmers nach draußen schoben, ging Johanna schnell nach hinten zur letzten Bank, in der Emanuel wie üblich sitzen geblieben war, und sagte: »Ich muss dich was fragen. Wartest du nach der Schule auf mich? Am besten vorn an der Ecke, beim Bäcker Vollert, damit es die andern nicht mitkriegen.«
Er blickte sie überrascht an, schien aber sofort zu verstehen, dass sie nicht mit ihm gesehen werden wollte. »Ja, gut«, antwortete er. »Beim Vollert, ja.«
»Die andern tratschen sonst nur und machen Witze, wenn sie mich mit einem Jungen zusammenstehen sehen«, fügte sie als Erklärung an, nickte ihm zu und rannte schnell hinter den anderen her, nach draußen, um dort die Mädchen für das Fest am Samstag einzuladen.

Emanuel wartete schon ungeduldig neben dem Bäckerladen, als Johanna bei ihm anlangte.
»Du wolltest mit mir reden?«, fragte er. »Was denn?«
»Erna und ich feiern morgen zusammen unseren Geburtstag.

Wir machen so eine Art Feier. Da wollten wir dich einladen«, sagte sie.
»Mich?«, fragte er erstaunt.
»Ja, dich.«
»Wer kommt denn sonst noch?«
»Alle aus unserer Klasse und zwei aus der Achten.«
»Ich weiß nicht«, sagte er unschlüssig. »Die andern können mich alle nicht leiden ...«
»Red nicht so! Komm morgen mit!«
»Gut, ich komme«, sagte er. »Wohin denn? Und wann?«
»So gegen fünf Uhr nachmittags. Bei Erna, also bei Thürmers.«
Fast gleichzeitig begannen sie loszugehen, schlenderten nebeneinanderher, sie hatten beide ja fast den gleichen Heimweg. Emanuel fragte: »Sag mal, kannst du mich morgen vielleicht abholen, wenn du zum Fest gehst?«
»Abholen? Ich dich?« Johanna guckte ihn erstaunt an. »Findest du nicht allein hin?«
»Ich war noch nie bei Thürmers«, sagte er. »Die kennen mich doch gar nicht.«
»Also meinetwegen, ich hol dich ab«, sagte Johanna. »Es liegt ja fast am Weg. Dann kannst du mir tragen helfen. Ich bring nämlich einen Kasten Limo mit.«
»Und ich?«, fragte Emanuel. »Was soll ich denn mitbringen? Meinst du, ich kann Erna amerikanische Haferflocken schenken? Die sind ganz weiß und fein. Man kann sie gut mit Zucker essen ...«
»Wenn man Zucker hat!«, sagte Johanna.
»Warum, habt ihr keinen?«, fragte Emanuel.
»Ganz selten mal.«
»Meine Mutter hat immer welchen im Küchenschrank«, sagte er. »Den kriegt sie von ihren amerikanischen Freunden.«

»Weißt du eigentlich, warum die Leute im Dorf alle was gegen deine Mutter haben?«, fragte sie vorsichtig.
Er schwieg, betrachtete eingehend seine Schuhspitzen oder das Straßenpflaster und antwortete erst nach einer Weile: »Sie hat halt mich und keinen Mann dazu.«
»Ist es das?«, fragte Johanna. »Bei uns gibt's auch keinen Mann. Meine zwei Opas sind gestorben, mein Vater ist in Gefangenschaft und Tante Fannis Verlobter ist vermisst.«
»Es ist trotzdem was anderes«, sagte Emanuel. »Dein Vater kommt zurück und deine Omas waren wenigstens früher mal Ehefrauen. Meine Mutter war nie verheiratet.«
»Weißt du denn gar nicht, wer dein Vater ist?«
»Meine Mutter sagt es mir nicht. Wenn ich sie frage, sagt sie immer nur: ›Er ist gestorben, als du noch ganz klein warst.‹ Mehr sagt sie nie ...«
Jetzt schwieg Johanna. Sie kamen zu der Stelle, wo Emanuel in die Schlossbergsteige einbiegen musste, und blieben stehen.
»Warum hat dir Verena eigentlich so einen merkwürdigen Namen gegeben?«, fragte Johanna.
»Findest du ihn merkwürdig?«
»Ja.«
»Den hat mein Vater ausgesucht. Emanuel bedeutet ›Gott sei mit dir‹ oder so ähnlich.«
»Das ist unlogisch, was du jetzt sagst. Erst behauptest du, dass du deinen Vater nicht kennst. Jetzt sagst du, er hat diesen Namen ausgesucht. Was stimmt denn nun?«
»Beides«, antwortete Emanuel, hatte aber wohl keine Lust, dies näher zu begründen.
»Ich würde dich lieber ›Manni‹ nennen«, sagte Johanna.
»Warum ›Manni‹?«
»Das ist doch eine gute Abkürzung. Emanuel – Manni. Findest du nicht?«

»Manni«, sagte er und lauschte dem Klang des Wortes nach. »Doch, Manni gefällt mir.«
»Dann auf Wiedersehn, Manni. Bis morgen um fünf«, sagte sie.
»Wiedersehn, Johanna«, antwortete er und rannte die Schlossbergsteige hinauf, immer zwei Stufen auf einmal.

Zu Hause fragte Johanna gleich die kleine Oma, ob sie zur Geburtstagsfeier einen Kasten Limonade mitbringen dürfe.
»Einen ganzen Kasten? Kind, das sind sechzehn Flaschen, die kannst du nie und nimmer tragen«, sagte die kleine Oma. »Wie viele seid ihr denn auf diesem Fest?«
»Ich weiß es nicht genau. Vielleicht zehn.«
»Eine halbe Flasche für jeden reicht. Nimm fünf, die sind schwer genug!«
»Wenigstens sechs!«, bettelte Johanna. »Bitte, Oma!«
»Deine Feier ist doch erst morgen. Ich weiß nicht, warum wir das heute schon besprechen müssen«, sagte die kleine Oma. »Das Mittagessen steht auf dem Tisch!«
»Ich möchte es aber wissen«, sagte Johanna.
»Also sechs, meinetwegen. Du musst sie tragen, nicht ich«, sagte Oma Mariechen. »Und dass du mir nicht die leeren Flaschen bei Thürmers stehn lässt. Da ist nämlich Pfand drauf.«

Als Johanna am Samstagnachmittag die Schlossbergsteige hinaufging, brauchte sie viel länger als Manni am Vortag. Sie rannte nicht und übersprang auch keine Treppenstufen, schließlich hatte sie einen Henkelkorb mit sechs Limonadenflaschen zu schleppen.

Johanna musste der kleinen Oma im Nachhinein recht geben. Die sechs Flaschen waren so schwer, dass sie alle fünfzig Schritte den Korb von einer Hand in die andere wechselte.

Schließlich hatte sie den Aufstieg zu Verenas Haus geschafft, ging durch die kleine Gartenpforte und klopfte an die Haustür, nachdem sie vergeblich den Klingelknopf gesucht hatte.

Verena öffnete.

»Ach, du bist es, Johanna«, sagte sie und konnte nur schlecht ihre Enttäuschung verbergen. Wahrscheinlich hatte sie ihren Freund erwartet. »Willst du mich besuchen? Ach nein, du hast ja Emanuel zu deinem Geburtstag eingeladen, jetzt fällt's mir wieder ein. Nicht dass du denkst, er hätte es nicht erzählt! Das ist schön, da kommt er wenigstens mal aus seinen vier Wänden raus. Geh gleich hoch zu ihm, du weißt ja, wo sein Zimmer ist. Oder nein, warte! Komm erst mal mit in die Küche!«

Verena öffnete die Tür des Küchenschranks, ein paar Tüten fielen dabei herunter, aus der einen rieselten feine Nudeln und bildeten ein blassgelbes Hügelchen auf dem Linoleumboden. Verena wischte die Tüten und Nudeln mit der Hand achtlos zur Seite, bückte sich und suchte etwas im untersten Fach.

»Da ist sie ja. Ich hab es doch gewusst, dass sie da unten sein muss«, sagte sie, nachdem sie fahrig zwischen Tüten und Konservendosen herumgetastet hatte. »Wir haben nämlich hier dein Geburtstagsgeschenk versteckt. Es ist von Emanuel und von mir.«

»Emanuel hat mir in der Schule schon einen Apfel geschenkt«, sagte Johanna.

»So? Das hat er mir aber nicht erzählt. Dann ist das Geschenk eben von mir allein«, sagte Verena und drückte Johanna eine angebrochene Tafel Schokolade in die Hand. An der Beschriftung konnte man erkennen, dass es eine amerikanische war.

»Oh, ich seh gerade, sie ist ja nur halb«, sagte Verena bedauernd. »Aber besser als nichts, oder? Das findest du doch auch, ja? Probier sie gleich mal! Das ist eine ganz besonders gute Sorte. Doch, doch.«

Es war das erste Mal, dass Johanna Schokolade aß. Ihre Mutter behauptete zwar, Johanna habe als kleines Kind schon einmal Schokolade gegessen, aber Johanna erinnerte sich nicht mehr daran.

Schokolade war etwas unvergleichlich Gutes, löste sich im Mund auf und wurde zu einer schlammig weichen Masse, die wunderbar süß schmeckte. Johanna ließ sie langsam auf der Zunge zergehen. Von dem süßen, angenehmen Geschmack blieb sogar noch ein bisschen zurück, als sie den braunen Brei endlich hinuntergeschluckt hatte.

»So was Feines«, sagte sie. »Ich hätte nicht gedacht, dass Schokolade so gut schmeckt.«

»Ja, ja, es ist eine gute Sorte, das hab ich ja gesagt.« Verena blickte sich suchend um, griff nach einer Zeitung mit buntem Titelbild und amerikanischer Überschrift, riss eine Seite heraus, wickelte den Rest der Schokolade darin ein und legte sie in Johannas Limonadenkorb. »So, und jetzt gehst du nach oben, ja? Emanuel wartet bestimmt schon!«

Johanna stellte den Korb auf die unterste Treppenstufe und stieg hinauf in Emanuels Zimmer.

»Was ist denn, Emanuel? Kommst du nicht mit? Du musst mich doch unten gehört haben. Stimmt's?«, fragte sie.
»Du wolltest doch ›Manni‹ zu mir sagen.« Er war enttäuscht.
»Ich hab's vergessen, weil dich deine Mutter immer ›Emanuel‹ nennt«, sagte sie. »Also, kommst du mit, Manni?«
»Ja, sofort. Ich will nur die Haferflocken hier fertig verpacken.« Manni wies zum Fenster. »Guck mal! Sie ist gerade wieder vor ihrem Haus.«
»Wer?«, fragte Johanna und ging zum Fenster.
»Die Dolle Kuni«, sagte Manni, trat neben sie und blickte hinunter in den Nachbarhof. Dort fütterte die Dolle Kuni Sultan, den Hund, stellte auch einen Napf mit Wasser für ihn hin, streichelte ihm den Kopf und redete dabei mit dem Tier. Wenn man ihr so zusah, wirkte sie eigentlich ganz normal. Genau so sprach die kleine Oma immer mit ihrem Schwein.
Als die Dolle Kuni in ihr Haus zurückging, tat sie allerdings etwas Seltsames. Sie holte den Hausschlüssel aus der Schürzentasche und schloss auf. Sie musste also vorher die Tür abgeschlossen haben, obwohl sie nur drei Schritte vom Haus entfernt ihren Hund gefüttert hatte.
»Soll ich dir was zeigen?«, fragte Manni, als die Frau wieder im Haus verschwunden war. »Du darfst es aber niemandem verraten, es ist streng geheim.«
Er zog die Schublade seines Tisches halb heraus. »Mach erst die Tür zu!«, forderte er. Johanna tat es. Manni fasste ganz hinten in das Schubfach, holte einen Gegenstand hervor und legte ihn vorsichtig auf den Tisch.
»Hier, guck mal!«, sagte er dabei. »Weißt du, was das ist?«
Der Gegenstand war aus Metall, olivgrün gestrichen, sah wie ein großes, vielfach eingekerbtes Gänseei aus, mit einem Metallbügel an der Seite.
»Das ist irgendwas Militärisches«, sagte Johanna.

»Eine Handgranate! Die habe ich im Wald gefunden, beim Himbeerpflücken. Sie ist noch scharf. Wenn ich die hier aus dem Fenster werfe, macht es ›bäng!‹, und von der Dollen Kuni ist nichts mehr übrig und von ihrem Hund auch nicht.«

»Spinnst du?« Johanna trat vorsichtshalber einen halben Schritt zurück. »Wie kannst du dir nur so was ausdenken! Du bist ja verrückter als die Dolle Kuni. – Außerdem ist das gefährlich. Hast du nicht von den zwei Kindern in Memmelsbach gehört, die mit einer Handgranate eine Muschel aus einem Stein schlagen wollten? Eins ist tot, dem andern hat es den Arm abgerissen.«

»Keine Angst, ich kenne mich aus damit. Ich bin doch kein Kind mehr, das an irgendwelchen Hebeln zieht, um zu gucken, was passiert«, sagte Manni. Er nahm die Handgranate vorsichtig vom Tisch auf, schob sie wieder hinten ins Schubfach und schloss es. »Du verrätst es nicht, ja? Außer dir habe ich sie noch niemandem gezeigt.«

»Du musst das Ding loswerden. Trag es wieder in den Wald, wirf es weg!«, schlug Johanna vor.

»Damit es dort ein kleines Kind findet und damit spielt?«, fragte Manni.

Johanna überlegte. »Dann gib die Handgranate beim Bürgermeister ab!«

Manni tippte sich mit dem Zeigefinger an die Stirn. »Damit ich bestraft werde wegen unerlaubten Waffenbesitzes, was? Nein, nein. – Aber ich versprech's dir, ich denk mir schon was aus, wo ich sie loswerden kann. Es muss ja nicht sofort sein, oder?«

»Nein«, sagte Johanna. »Wir sind sowieso schon viel zu spät dran. Höchste Zeit, dass wir jetzt losgehen!«

Es war fast halb sechs, als Johanna und Manni bei Thürmers Haus ankamen. Es dunkelte bereits, hinter den Wohnzimmerfenstern, zur Straße zu, brannte Licht.

»Nimm du mal den Limonadenkorb allein!«, sagte Johanna. »Ich gehe voraus, ich kenne mich hier aus.«
Sie klopfte an die Wohnzimmertür, öffnete und schaute hinein. Aber da saßen nur Herr und Frau Thürmer mit Ernas beiden Brüdern. »Da ist ja Johanna, unser zweites Geburtstagskind!«, sagte Frau Thürmer. Herr Thürmer nickte Johanna zu. »Die jungen Leute sind drüben in der Küche, wir wollen da gar nicht stören«, sagte er. »Wir waren ja selber mal in eurem Alter und wissen, wie das so ist. Geh mal nach nebenan!«
»Nimm uns mit, Johanna!«, bat der eine von Ernas Brüdern und kam zur Tür gerannt. Als er Manni draußen im dunklen Flur entdeckte, rief er: »Da steht ja noch einer!«
Nun kam auch der andere Bruder zur Tür und guckte neugierig in den Flur.
Frau Thürmer mahnte von drinnen: »Bleibt hier! Die wollen euch drüben nicht haben, ihr seid denen zu jung.«
»Wir zeigen Johanna nur schnell, wo die andern sind«, rief der eine Bruder, und der andere: »Wir kommen gleich wieder, Mama.«
Sie rannten voraus zur Küchentür, rissen sie auf, stürmten hinein und schrien: »Achtung, Johanna kommt! Hier kommt Johanna mit ihrem Schätzchen!«
Erna, die am Tisch stand und ihren Gästen gerade die Gläser füllte, setzte den Mostkrug ab und versuchte ihre Brüder am Arm festzuhalten und sie aus der Küche zu drängen.
»Macht, dass ihr hinüberkommt ins Wohnzimmer!«, befahl sie. »Das ist *mein* Fest, ihr habt hier nichts zu suchen.«
Aber die beiden entwischten ihr, kletterten über den Tisch auf die Küchenbank, wo Magda, Marianne und Irene mit Walter und Siegfried saßen, stiegen über sie hinweg und kreischten: »Johanna und ihr Schatz! Johanna und ihr Liebster! Johanna und ihr Schatz!«

Erwin Schellenberger, der mit dem Rücken zur Tür gesessen hatte, wandte sich um, grinste breit und sagte: »Johanna und Emanuel! Wer hätte das gedacht!«
Voller Zorn versuchte Johanna Ernas Brüder einzufangen, bekam den einen an den Haaren zu fassen und zog ihn von der Bank. Manni stand währenddessen verlegen in der Tür, den Korb mit den Limonadenflaschen in der Hand.
Walter Firsching hatte inzwischen den zweiten Schreihals zu fassen gekriegt, packte ihn und dessen Bruder am Hemdkragen und zog die beiden aus der Küchentür. »Verzieht euch! Aber schnell!«, rief er und schubste sie in den Flur, von wo aus sie sich hüpfend und kichernd ins Wohnzimmer zurückzogen.
»Ist hier noch frei?«, fragte Johanna und setzte sich neben Erwin Schellenberger, ohne eine Antwort abzuwarten. »Da drüben ist noch Platz, Manni. Setz dich auch«, sagte sie und wies hinüber zur Bank. Manni setzte sich neben Marianne.
»Manni? Seit wann ›Manni‹?«, fragte Erwin Schellenberger.
»Ist doch besser als ›Emanuel‹. Findet ihr nicht?«, sagte Johanna.
»Doch, ›Manni‹ ist gut«, sagte Erna. »Habt ihr Limonade mitgebracht, ja? Da können wir gleich süße Apfelmost-Schorle machen. Das schmeckt besser als Most allein, der ist nämlich ziemlich sauer.«
»Hier!«, sagte Manni und schob ihr den Limonadenkorb über den Tisch zu. »Und das ist auch für dich.« Er zog das Haferflocken-Päckchen aus der Jackentasche und reichte es ihr.
»Ein Geschenk?«, fragte Erna.
»Ja. Aber pack es bitte nicht jetzt aus, erst später«, bat er.
»Wird gemacht«, sagte Erna und legte das Päckchen aufs Fensterbrett. »Und zieh deine Jacke aus! Oder willst du gleich wieder gehn? Wir spielen gerade Frage und Antwort. Du kriegst auch vier Karten, wenn du mitmachst.«

Manni zog die Jacke aus und hängte sie über die Lehne der Bank. Erna schob ihm vier Karten zu. »Du auch, Johanna?«, fragte sie.
Johanna sagte: »Natürlich. Denkst du, ich will nur zugucken?«
Erna teilte auch an sie vier Karten aus.
»Dann soll Manni gleich anfangen und Johanna fragen!«, bestimmte Erna.
»Ich weiß nicht, wie das Spiel geht«, sagte Manni.
»Oh, Mann, er weiß es nicht!«, stöhnte Ludwig Juskowiak. »Die roten sind die Fragekarten, die blauen Antwortkarten. Alle sind gemischt, damit die Antworten nicht zu den Fragen passen. Du nimmst eine Fragekarte und liest sie Johanna vor. Sie muss dann die Antwort auf ihrer obersten Karte ablesen. Dann darf sie jemanden fragen.«
Manni guckte ihn mit großen Augen an, er schien den Sinn des Spiels immer noch nicht begriffen zu haben, nahm aber gehorsam die oberste Karte und las vor: »Was sagst du, wenn du in den Spiegel guckst?«
Johanna drehte ihre Antwortkarte um und las vor: »Alte Ziege!«
Ludwig rief: »Wirklich? So viel Selbsterkenntnis hätte ich dir gar nicht zugetraut.«
Alle lachten, Johanna mit ihnen.
»Jetzt du, Johanna! Wen willst du fragen?«, rief Erna.
»Ich frage Magda«, sagte Johanna.
Die anderen protestierten. »Feigling! Du musst einen Jungen nehmen. Wenn Mädchen nur Mädchen fragen, ist das langweilig.«
»Also gut, ich frage Ludwig: Wie sagt man zu einer Geiß, die nicht mehr jung ist?«
Ludwig las mit übertriebener Betonung: »Darüber spreche ich nur mit meiner Herzallerliebsten.«

Wieder lachten alle, und Magda sagte: »Da hast du recht. Über so wichtige Dinge soll man nur mit seiner Liebsten sprechen.«
Jetzt war Ludwig dran. Er nahm eine Karte auf, las sie und kündigte an: »Hier ist eine Spezialfrage für unsere Marianne, die so gerne isst: Was ist deine Lieblingsspeise?«
Marianne las die Antwort vor: »Ein Kaminkehrermeister.«
Alle wieherten los. Ludwig steigerte das allgemeine Gelächter, indem er nachfragte: »Muss es unbedingt ein Meister sein? Tut es nicht auch ein Lehrling?«
»So, jetzt frage ich Erwin«, rief Marianne in den Lärm hinein. »Was denkst du, wenn eine Frau dich küsst?«
»Doofe Antwort, ist gar nicht witzig«, sagte Erwin, nachdem er sein Kärtchen gelesen hatte.
»Sag es schon! Drück dich nicht! Was denkst du, wenn du eine Frau küsst?«, riefen alle durcheinander. »Los, lies vor!«
»Eisbein mit Sauerkraut!«, sagte Erwin. »Ich finde das Fragen langweilig. Ich schlage vor, wir machen lieber ein Pfänderspiel.«
Und weil alle meistens machten, was Erwin Schellenberger angab, spielten sie nun Pfänderspiele.
Als sich eine genügende Menge von Pfändern vor Erna, dem Geburtstagskind, angesammelt hatte, ging es ans Einlösen. Jeder durfte Vorschläge machen.
Erna legte ihre Hand auf den Tisch, verdeckte ein Pfand und sagte leiernd den dabei üblichen Spruch auf:

»Ich hab ein Pfand
in meiner Hand.
Was haben wir jetzt vor
mit dem, der's Pfand verlor?«

Alle sahen, dass unter ihrer Hand die Spitze des Taschenmessers herausragte, das Erwin als Pfand gegeben hatte.
Er tat so, als bemerke er es nicht, und schlug vor: »Der Besit-

zer des Pfandes wird drei Minuten mit Johanna in die dunkle Speisekammer eingesperrt.«
Johanna protestierte heftig, wurde aber überstimmt. »Das ist die Spielregel. Du kannst dich nicht einfach drücken«, sagte Walter.
»Alle einverstanden?«, fragte Erna, drehte ihre Hand um und öffnete sie. Ein zusammengeknülltes Taschentuch kam zum Vorschein. Sie hatte ihre Hand absichtlich so auf Erwins Messer gelegt, dass alle dachten, dies sei das Pfand.
»Wem gehört das Tuch?«, fragte Erna.
»Das ist meins, glaube ich«, sagte Manni und stand auf. »Ja, ja, es ist meins.«
Erwin, der sich schon von seinem Platz erhoben hatte, setzte sich wieder hin. »Dann los, sperrt doch die beiden ein!«, sagte er.
»Wie wissen wir denn, wann drei Minuten um sind?«, fragte Marianne.
»Wir zählen gemeinsam bis hundert. So lange müssen sie es drinnen im Dunkeln aushalten«, schlug Ludwig vor.
Johanna und Manni wurden zur Speisekammer neben der Küche geführt, hineingeschoben, die Tür hinter ihnen verschlossen.
»Eins, zwei, drei, vier ...« Die anderen draußen begannen laut zu zählen. Es war stockdunkel in dem kleinen Raum, nur der Türspalt zeichnete einen dünnen, senkrechten Lichtstrich in die Finsternis.
»Hast du Angst?«, fragte Manni halblaut.
»Wovor? Vor dir?«, fragte Johanna zurück. Sie ging einen halben Schritt auf ihn zu, stieß im Dunkeln gegen ihn.
»Nein. Ob du Angst hast, dass jetzt die andern wieder Witze machen über dich und mich. Wie die Brüder von Erna vorhin«, sagte er.

»Sollen sie doch. Macht mir nichts aus«, antwortete sie.
Die da draußen waren beim Zählen inzwischen bei »neunundvierzig, fünfzig« angelangt, die Hälfte der Zeit war um.
»Wenn ich gewusst hätte, dass sie dich auslachen, wär ich allein gekommen«, sagte Manni. »Dann hätte ich lieber nicht gefragt, ob du mich abholst.«
»Ja?«, sagte Johanna. Sie tastete nach Mannis Hand, berührte seinen Handrücken. Erst machte er eine Bewegung, als wolle er seine wegziehen, dann griff er nach ihrer Hand und hielt sie fest. Sie spürte, dass er zitterte.
»Ich bin immer nur kurz wütend, wenn sie so was rufen. Im nächsten Moment hab ich's schon wieder vergessen«, versicherte sie ihm.
»Das ist gut«, sagte er.
»... siebenundneunzig, achtundneunzig, neunundneunzig«, zählten die in der Küche und rissen die Tür zur Speisekammer auf.
Der grelle Lichtschein blendete. Manni ließ schnell Johannas Hand los, beide traten einen Schritt auseinander und kamen dann zögernd aus ihrer Zelle. Erwin Schellenberger schob Manni beiseite, streckte den Kopf durch die Speisekammertür und schnüffelte übertrieben. Dann drehte er sich um, grinste, hielt sich die Nase zu und sagte: »Puh, da drinnen stinkt's vielleicht nach Weihrauch! Riecht ihr es auch? Hier riecht's nach Weihrauch wie in einer Kirche.«
Die andern wollten schon anfangen zu lachen, aber Mannis Reaktion war so erschreckend, dass sie es sein ließen.
Mit hoher, überkippender Stimme schrie er: »Du gemeiner Hund!«, und begann auf Erwin einzuschlagen, ins Gesicht und sogar auf die Nase.
Erwin war so verblüfft über Mannis Wutausbruch, dass er ganz vergaß sich zu wehren. Er stand da, guckte Hilfe suchend

zu den andern und versuchte nur, mit seiner Hand das Blut aufzufangen, das ihm aus der Nase rann.
Manni hörte so plötzlich auf zu schlagen, wie er angefangen hatte, drehte sich um und rannte aus dem Zimmer.
»Ist er verrückt geworden? Was hat er nur?«, fragte Ludwig fassungslos.
»Hier, nimm das Tuch für deine Nase«, sagte Erna, die praktisch dachte, und reichte Erwin das Taschentuch von Manni, das sie immer noch in der Hand hielt.
»Ist er nur mal raus oder kommt er nicht wieder?«, fragte Magda.
»Wenn er wiederkommt, schlag ich ihn ungespitzt in den Boden. Diese Ratte!«, sagte Erwin dumpf hinter dem vorgehaltenen Taschentuch. Langsam fand er seine Fassung wieder.
»Er ist aus dem Haus gerannt, die Haustür steht noch offen«, sagte Siegfried, der sich inzwischen draußen umgesehn hatte. »Der ist weg, der kommt nicht wieder.«
»Aber seine Jacke hängt doch noch hier!« Johanna nahm Mannis Jacke von der Küchenbank. »Er kann doch nicht ohne Jacke wegrennen.«
»Jetzt trägt sie ihm wohl noch die Jacke nach, diesem Schläger?!«, sagte Walter.
Johanna schüttelte abwehrend den Kopf und war schon dabei, die Jacke schnell wieder zurückzulegen. Aber mitten in der Bewegung hielt sie inne. »Ja, das muss ich wohl machen, sonst bleibt seine Jacke ewig hier hängen«, sagte sie. »Ich schau mal, ob ich ihn noch erwische.«
Sie zog ihren Mantel an, sagte: »Gute Nacht dann. Es war ein schönes Fest, Erna. Schade, Erwin, dass es so schlimm ausgegangen ist.«
»Wer sagt denn, dass es aus ist?«, fragte Erwin. Seine Nase hatte aufgehört zu bluten, er wurde schon wieder großspurig.

»Jetzt geht es erst richtig los! Erna, mach mal weiter mit dem Pfandauslösen!«
»Viel Spaß noch!«, sagte Johanna, nahm Mannis Jacke unter den Arm und ging.

Sie traf Manni an der Stelle, wo die Schlossbergsteige in die Hauptstraße mündete. Fast hätte sie ihn im Dunkeln übersehen. Er stand an der Ecke, an Eberts Gartenzaun gelehnt.
»Da bist du!«, sagte Johanna. »Ich bring dir deine Jacke.«
Er nahm sie entgegen, ohne etwas zu sagen.
»Was hattest du denn vorhin?«, fragte sie. »Bist du plötzlich übergeschnappt? Fängt einfach an zu schlagen! Weißt du, dass Erwin sogar geblutet hat?«
Er antwortete immer noch nicht.
»Jetzt sag schon was!«
Manni schniefte, als ob er geweint hätte. »Wenn er so gemein ist!«, antwortete er endlich.
»Warum gemein? Was bedeutet das überhaupt? Was meint er mit ›Weihrauch‹?«
Wieder antwortete er nicht, wieder drängte sie ihn: »Sag schon!«
»Es ist wegen meinem Vater ...«
»Deinem Vater?!«
»Die im Dorf behaupten, der Pfarrer wäre mein Vater.«
»Stimmt das denn?«
»Nein ... Ich ... ich weiß nicht. Ich glaub's nicht. Meine Mutter hätte es mir bestimmt gesagt.«
»Komm doch noch ein Stück mit. Ich muss nach Hause, sonst schimpft meine Mutter«, sagte Johanna. »Kannst du dir vorstellen, dass Verena, also dass deine Mutter sich in den Pfarrer verliebt hat? Er ist ein bisschen dick, findest du nicht? Jung ist er auch nicht gerade ...«

»Vor fünfzehn Jahren war er bestimmt jünger und schlanker«, sagte Manni. »Da war er noch Kaplan.«
»Also glaubst du es doch!«, stellte Johanna fest.
»Nein! Das ist nicht wahr, mein Vater ist tot, das hab ich dir doch erzählt«, sagte Manni. »Außerdem mag ich darüber nicht mehr reden.«
»Wie du willst«, sagte Johanna und ging nun schweigend mit ihm weiter. Vor dem Gasthaus zum Elefanten blieben sie stehen.
»Ich bin vielleicht doof!«, sagte Johanna und lachte. »Jetzt hab ich dir die Jacke nachgetragen, die du vergessen hast, und meinen eigenen Korb mit den leeren Flaschen hab ich dortgelassen. Da krieg ich von Oma Mariechen sicher gleich was zu hören. Na ja, ich kann ihn ja morgen abholen, dann erfahre ich von Erna auch, was sie heute noch alles über dich und mich geredet haben. Gute Nacht jetzt.«
Johanna streckte ihm die Hand hin, aber er sah es wohl nicht, wegen der Dunkelheit. »Gute Nacht, Johanna«, sagte er und ging schnell weg.

Die hintere Tür war abgeschlossen. Das hatte die kleine Oma bestimmt absichtlich getan, um mitzukriegen, wann Johanna nach Hause kam. Johanna musste durch die Gaststube gehen. An vier Tischen saßen Männer und spielten Karten, Oma Mariechen stand hinter der Theke und schenkte ein Bier ein.
»Guten Abend«, grüßte Johanna laut die Wirtshausgäste, sagte zur kleinen Oma im Vorbeigehen schnell: »Gute Nacht, Oma Mariechen«, und verschwand ins Nebenzimmer.
Die kleine Oma ließ das Bierglas halb gefüllt auf dem Schankblech stehen und kam hinter Johanna her.
»Du kommst aber *sehr* spät«, sagte sie. »Wo es doch nachts so gefährlich ist.«

»Manni hat mich heimbegleitet.«
»Manni? Wer ist denn das schon wieder? Einer von den Flüchtlingsjungen?«, fragte die kleine Oma.
»Nein, Emanuel. Der Sohn von Verena.«
»Emanuel? Musstest du dir ausgerechnet den aussuchen?«, fragte Oma Mariechen. »So eine Idee! Ausgerechnet den Sohn von Verena.«
Johannas Mutter hatte die beiden wohl reden hören und kam aus der Küche. »Na, Kind, war es ein schönes Fest?«, fragte sie.
»Weißt du, von wem sich deine Tochter heimbegleiten lässt?«, fragte Oma Mariechen. »Von Verenas Sohn!«
Johanna sagte: »Und? Was hast du gegen ihn? Kann er denn was dafür, dass seine Mutter nicht verheiratet ist? Vielleicht kann seine Mutter seinen Vater gar nicht heiraten. Weil der nicht heiraten darf!«
»Was redest du denn da?«, fragte Oma Mariechen. »Warum soll sein Vater nicht heiraten dürfen.«
»Na ja, wenn er zum Beispiel ein Pfarrer wäre. Katholische Pfarrer dürfen nicht heiraten.«
»Hat Emanuel behauptet, sein Vater wäre Pfarrer?«
»Nein, er hat's abgestritten. Erwin Schellenberger hat es aufgebracht.«
»Oh, dieser Schellenberger! Ich weiß schon, warum ich die Schellenbergers nicht leiden kann!«, sagte Oma Mariechen.
»Stimmt es denn oder nicht?«, fragte Johanna.
»Woher soll ich das wissen? Ich hab nicht das Licht dabei gehalten«, sagte Oma Mariechen. »Ich will's mal lieber nicht glauben. Aber das ist völlig egal, denn Verenas Lebenswandel ist immer noch …«
Sie suchte nach einem passenden Wort. Johannas Mutter half ihr aus: »… unmoralisch?«
»Ja, das ist er«, bestätigte die kleine Oma.

»Du kannst aber nicht leugnen, dass sie es geschafft hat, den Jungen ganz allein großzuziehen. Und das in dieser schwierigen Zeit!«, sagte Johannas Mutter.
»Du und Fanni, ihr müsst Verena immer verteidigen!«, beschwerte sich die kleine Oma. »Ich will jedenfalls nicht, dass Johanna mit dem Sohn von Verena befreundet ist.« Und zu Johanna gewandt fügte sie hinzu: »In meinem Haus hier will ich ihn nicht sehen.«
»Ich darf ihn nie hierher einladen?«, fragte Johanna.
»Du hast doch gehört, was ich eben gesagt habe«, antwortete Oma Mariechen.
»Das kannst du gar nicht entscheiden. Für mich ist Mama zuständig«, sagte Johanna trotzig. »Mama, findest du auch, dass ich Manni nie einladen darf?«
»Ist es nicht besser, sie lädt ihn hierher ein, als dass sie sich mit ihm irgendwo trifft?«, sagte Johannas Mutter zur kleinen Oma. »Hier bist du wenigstens dabei. Oder ich oder Fanni.«
»Was soll das Gerede?«, fragte Oma Mariechen. »Ich hab gesagt: Hier nicht! Und solange ich noch was zu bestimmen habe, bleibt es dabei.«
Zum ersten Mal nach langer Zeit ging Johanna ins Bett, ohne der kleinen Oma vorher noch einmal ausdrücklich Gute Nacht gesagt zu haben.

Am nächsten Morgen, am Sonntag, machte sich Johanna pünktlicher als sonst auf den Weg zur Kirche. Die Messe begann um neun, aber zehn Minuten vorher kniete sie schon in der Kirchenbank. Als dann der Pfarrer mit den vier Ministranten aus der Sakristei kam, wäre sie am liebsten nach vorn gegangen, um ihn aus der Nähe betrachten zu können. Hatte er wohl Ähnlichkeit mit Manni? Eigentlich kein bisschen, fand sie. Aber der Pfarrer wandte der Gemeinde fast nur den Rücken zu, es war nicht einfach, ihn zu beobachten. Bei der Predigt passte sie ganz genau auf, ob er vielleicht einmal zu Manni hinguckte, ihm vielleicht sogar unauffällig zunickte. Aber der Pfarrer tat nichts davon, ließ seine Blicke gleichmäßig über seine Schäflein wandern, ohne sie irgendwo länger verweilen zu lassen, und schien Manni überhaupt nicht zu beachten. Wahrscheinlich war an dem ganzen Gerede über Mannis Vater überhaupt nichts dran. Alles war nur ein Gerücht, von irgendjemand in die Welt gesetzt und leichtfertig weiter- und weitererzählt!

Sie guckte zu Manni hinüber. Der kniete drüben auf der rechten Seite, hatte die Hände gefaltet und schaute nach vorn zum Altar. Vielleicht bat er gerade um Vergebung für seinen gestrigen Zornesausbruch. In der Bank hinter ihm knieten Siegfried und Walter. Erwin Schellenberger war nicht zu sehen, der kniete, von den anderen verdeckt, ganz rechts außen in der Kirchenbank.

Die Ordnung in der Kirche war streng und genau festgelegt. In den ersten vier Bankreihen links und rechts knieten die Schulpflichtigen, links die Mädchen, rechts die Jungen. Die Männer folgten dem Gottesdienst oben von der Empore aus. Die hatte einen eigenen Eingang, man erreichte sie über eine Treppe von außen. Frauen waren da oben nicht zugelassen. Man wusste auch nicht, was die Männer da oben machten, sie waren der Sicht von unten durch eine hohe Brüstung entzogen. Es gab die abenteuerlichsten Unterstellungen. Sie würden da oben ihre Samstagsräusche ausschlafen, würden sich die ganze Zeit nur unterhalten, vielleicht sogar Zeitung lesen. Aber nichts davon war bewiesen. Nur eines stand fest: Sie hielten nie bis zum Schluss der Messe durch, sondern gingen immer schon nach dem Segen. Während die Frauen unten noch das Schlusslied sangen, begann auf der Empore bereits das Scharren und Füßetrappeln, und wenn zuerst die Frauen und dann die Schulkinder aus der Kirche kamen, standen die Männer in ihren schwarzen Sonntagsanzügen längst in Gruppen auf dem Kirchplatz und unterhielten sich.

Frau Firsching, die in der Kirche sauber machte, auch auf der Empore, hatte erst beim letzten Pfarrfrauenabend im Nebenzimmer den anderen Frauen von einem bedeutungsvollen Fund berichtet.

»Wisst ihr, was ich beim Putzen da oben gefunden habe? Unter einem Sitzkissen?«, hatte sie gefragt. »Ihr werdet es nie erraten!«

»Nun sag es doch schon!«, hatte Oma Mariechen gedrängt. »Spann uns nicht auf die Folter.«

»Eine Spielkarte! Und wisst ihr, welche? Den Herzkönig, den Maxl. Das ist die höchste Trumpfkarte beim Watteln.«

»Ich weiß, ich weiß«, hatte Tante Fanni gesagt, die mit der kleinen Oma zusammen bediente. »Erst letzten Freitag haben Sie mir mehr als siebzig Pfennig beim Watteln abgenommen.«

»Natürlich, stimmt ja!«, hatte Frau Firsching gesagt und weitererzählt. »Nicht nur, dass sie da oben während der Messe Karten spielen, was ja schon eine Sünde ist. Nein, sie spielen auch noch falsch! Die betrügen einander in der Kirche, stellt euch das vor!«

Die alte Frau Voigt hatte gefragt: »Woher weißt du, dass sie falschspielen? Das versteh ich jetzt nicht.«

»Na, wenn einer den höchsten Trumpf unter dem Sitzkissen versteckt, beim Mischen zum Beispiel, dann kann er doch während des Spiels so tun, als sei ihm eine Karte runtergefallen. Er bückt sich, holt den Herzkönig heraus, steckt ihn unauffällig zwischen seine Karten und schon hat er das Spiel so gut wie gewonnen!«

»Also, Frau Firsching, was Sie für Tricks kennen!«, hatte Tante

Fanni gerufen. »Sagen Sie mal, ist Ihnen letzten Freitag nicht auch zweimal eine Karte runtergefallen?«
Frau Firsching hatte einen roten Kopf gekriegt, schnell das Thema gewechselt und vom Pfarrer erzählt, der so ein großer Pflanzenfreund sei und sich über jede Blumenspende für die Kirche freue. Er sei überhaupt ein sehr umgänglicher Mensch und gar nicht eingebildet. Fast eine Viertelstunde wurde dann über den Pfarrer geredet. Aber über ihn und Verena wussten sie nichts zu berichten. Nicht eine einzige Andeutung hatten sie gemacht. Eine Andeutung, die Johanna damals bestimmt noch nicht verstanden hätte, an die sie sich aber jetzt, nach dem Gespräch mit Manni, ganz gewiss erinnern würde.
Also war das Ganze wohl wirklich nur eines dieser Gerüchte, wie sie Erwin Schellenberger so gern in die Welt setzte.

Die Tage schwammen gleichförmig dahin, werktags Schule, sonntags Kirche. Der März ging schnell vorbei, es wurde April, dann Mai.
Es passierte nicht viel Neues, das Essen blieb knapp, die Zeitungen berichteten nach wie vor von Hungertoten in den großen Städten. Dass es immer noch zu wenig Kohle gab, fiel nicht mehr so stark ins Gewicht, denn die Temperaturen stiegen auf fünfundzwanzig Grad.
Der Herd wurde nur noch fürs Kochen geschürt, nicht um das Zimmer zu heizen.
Ihren Mantel trug Johanna schon seit Wochen nicht mehr. Lange hing er im Nebenzimmer am Kleiderhaken. Schließlich, als sie sicher war, dass sich das warme Wetter hielt, nahm ihn Johanna mit nach oben und hängte ihn in den Schrank für die Winterkleider. Die kleine Oma steckte vorher noch weiße, stechend riechende Mottenkugeln in die Manteltaschen. Johanna wollte schon protestieren, weil sie den Geruch nicht ausstehen konnte. Dann machte sie sich klar, dass der Mantel im nächsten Winter sowieso nicht mehr passen würde, er war ja jetzt schon zu kurz. Also sagte sie nichts dagegen.
Früh, auf dem Weg zur Schule, wenn es noch kühl war, musste Johanna ihre langen, grauen Wollstrümpfe tragen. Ihre Mutter bestand darauf, die kleine Oma auch. Mittags auf dem Heimweg rollte sie die Strümpfe einfach bis zu den Knien herunter; wenn es sehr heiß war, auch bis zu den Knöcheln. Obwohl sie die Strümpfe ganz eng einrollte, hatte diese Art von Söckchen dann oben einen dicken, wulstigen Rand, der aussah wie eine graue Wurst.
Johanna ging jetzt immer mit Manni von der Schule nach

Hause. Die beiden hatten es sich zur Gewohnheit gemacht, dass Manni allein vorging und bei der Bäckerei Vollert auf sie wartete, wie bei ihrem allerersten Treffen. Das war Mannis Idee gewesen. Er wollte Johanna vor den spöttischen Bemerkungen der andern schützen.

Am Montag nach der Geburtstagsfeier hatte Johanna versucht, sich in der Pause ganz normal mit Manni zu unterhalten. Aber er hatte sich abgewandt und kaum geantwortet, sodass sie ihn allein hinten in seiner Bank sitzen ließ und fast ein bisschen beleidigt nach draußen ging.

Nach der Schule hatte Manni neben der Bäckerei auf sie gewartet und sich entschuldigt: »Ich wollte nicht, dass du vor den andern mit mir redest. Wo sie mich doch jetzt noch weniger leiden können, wegen Erwin und vorgestern Abend. Sonst haben sie bald auch was gegen dich. Wenn du magst, warte ich nach der Schule hier auf dich, dann können wir zusammen gehn.«

An der Schlossbergsteige blieben sie meist noch ein bisschen stehen und unterhielten sich, bevor sie dann nach Hause gingen zum Mittagessen.

Neuerdings roch es im Treppenhaus meist nach Fisch, wenn Johanna durch die hintere Tür ins Haus kam. Daran waren die Muliks schuld, sie kochten auf einer Elektroplatte oben im Flur neben ihrem Zimmer und fast jeden Tag gab es bei ihnen Fisch.

Die Muliks gehörten inzwischen zum Haus, als hätten sie schon seit ewigen Zeiten dort gewohnt. Sie waren wirklich ein seltsames Paar, man fragte sich, welches Schicksal die beiden zusammengeführt hatte. Herr Mulik ging trotz seines Alters noch kerzengerade, trug selbst werktags Anzug und Krawatte, wenn auch immer denselben Anzug, strahlte eine weltmännische Eleganz aus, küsste allen Frauen, die er stets »Damen«

nannte, die Hand und verstand es, eine ganze Abendgesellschaft stundenlang zu unterhalten, etwa die Pfarrfrauen am Freitagabend im Nebenzimmer. Seine Frau saß dann stumm daneben, verstand kein Wort der Unterhaltung und war darauf angewiesen, dass er ihr übersetzte, warum die Damen gerade in schallendes Gelächter ausgebrochen waren. Er tat dies regelmäßig und ohne je die Geduld zu verlieren, wusste er doch, dass er der einzige Mittler zwischen ihr und der fremden Welt um sie herum war.

Frau Mulik glich mehr und mehr einer kleinen grauen Maus, die vergessen hatte im Frühjahr ihr Winterfell abzulegen. Tagaus, tagein sah man sie in ihren Filzstiefeln, ihrer hohen Pelzmütze und ihrem Kaninchenfellmantel, den sie unten abgeschnitten und so zu einer Jacke gemacht hatte, selbst bei strahlendem Sonnenschein und fünfundzwanzig Grad Wärme. Ihre ganze Leidenschaft war das Angeln. Morgens ging sie aus dem Haus, aufmerksam geleitet von ihrem Mann, mit einer langen Angelrute in der einen, einem Marmeladeneimer in der anderen Hand. Herr Mulik begleitete sie hinunter zum Fluss, zum Main, und kehrte dann allein zurück. Fast jedes Mal, wenn Johanna aus einem der Fenster im ersten Stock guckte, konnte sie Frau Mulik reglos zwischen den Büschen am Ufer stehen und angeln sehen. Wenn Frau Mulik dann am späten Nachmittag zurückkam, war der Marmeladeneimer oft bis zur Hälfte mit Fischen gefüllt.

Während seine Frau angelte, widmete sich Herr Mulik seinen Steckenpferden. Eines davon war das Briefmarkensammeln. Er brachte sogar Johanna dazu, mit dem Sammeln von Briefmarken anzufangen.

»Nach meiner Theorie braucht ein junges Fräulein wie du eine Freizeitbeschäftigung«, sagte er. »Du solltest Briefmarken sammeln wie ich.«

»Warum sammelt man Briefmarken?«, fragte Johanna.
»Damit man tauschen kann. Es macht einfach Spaß, mit anderen Sammlern zu tauschen. Hättest du nicht Lust, mit mir Marken zu tauschen?«
»Wie soll ich tauschen, ich hab doch keine Marken«, sagte Johanna.
»Du hast keine, aber du könntest dir leicht welche beschaffen«, erklärte ihr Herr Mulik. »Ich durfte letzte Woche zufällig einen Blick in die Kommode deiner Oma werfen, als sie mir liebenswürdigerweise mit einem Briefumschlag aushalf ...«
»Und?«, fragte Johanna. Herr Mulik meinte zweifellos Oma Mariechens Kommode, denn die große Oma hatte keine.
»Dabei habe ich ein ganzes Bündel Briefe gesehen. Wahrscheinlich von deinem verstorbenen Großvater. Und alle frankiert, zum Teil mit sehr hübschen Marken. Du könntest eine Schere nehmen und einfach die Marken ausschneiden ...«
»Und was sagt Oma Mariechen dazu?«
»Was soll sie schon sagen? Erstens wird sie es gar nicht bemerken und zweitens kommt es ihr bestimmt nicht auf die Marken, sondern auf den Inhalt der Briefe an. Und der bleibt unverletzt. Wenn du diese Marken mit mir tauschst, hättest du schon einen schönen Grundstock für eine Sammlung.«
»Wenn ich Omas Briefmarken behalte, habe ich dann nicht auch einen Grundstock?«, fragte Johanna.
»Natürlich. Aber womit willst du dann tauschen?«, fragte Herr Mulik. »Ich habe dir doch gerade erklärt, dass das Tauschen die Seele des Sammelns ist.«
Bevor Johanna die Marken ausschnitt, bat sie doch erst die kleine Oma um Erlaubnis. Die brummelte zwar unwillig, gestattete es aber unter der Bedingung, dass Johanna die Briefe nicht lese. »Weil es nämlich Liebesbriefe sind«, gestand Oma Mariechen verlegen.

Herr Mulik freute sich sehr, als Johanna mit den Marken zu ihm ins Zimmer kam. »Es soll ein gerechter Tausch werden, eins gegen eins«, versicherte er. »Ich komme dir sogar entgegen, biete dir wesentlich neuere und modernere Marken gegen diese alten da. Und wenn ab und zu eine Zacke oder ein kleines Eckchen bei meinen fehlt, so ist das der Ausgleich dafür, dass deine noch auf dem Briefumschlag festgeklebt sind. Wer weiß, was passiert, wenn ich die da ablöse!«

Manni meinte am nächsten Tag auf dem Heimweg von der Schule, Herr Mulik habe Johanna nach Strich und Faden betrogen, alte Marken seien nämlich wertvoller als neue. Aber Johanna war darüber nicht weiter erschüttert, sie hatte das Interesse am Briefmarkensammeln schon wieder verloren. Es war nicht das letzte Mal, dass Herr Mulik Anlass zu Misstrauen gab.

Auf der Hauptstraße fuhren häufig amerikanische Armeelastwagen vorbei, auf denen Soldaten saßen. Es hatte sich eingebürgert, dass die Amerikaner ihre Zigarettenkippen aus dem Wagen warfen, wenn sie durch eine Ortschaft fuhren. Wahrscheinlich hatte es ihnen am Anfang einfach Spaß gemacht zuzusehen, wie sich die Deutschen um weggeworfene Zigarettenkippen stritten, manchmal sogar prügelten, denn Ami-Zigaretten waren sehr begehrt.

Mit der Zeit hatten sie es sich dann angewöhnt, die Kippen nicht irgendwo auf freiem Feld zwischen zwei Orten aus dem Wagen zu schnippen, sondern sie aufzuheben und erst hinauszuwerfen, wenn sie jemand winkend am Straßenrand stehen sahen.

Johanna winkte zwar nie, bekam aber doch häufig angerauchte Zigaretten zugeworfen, die sie aufhob und mit nach Hause nahm. Dort pellte sie das Zigarettenpapier ab und sammelte den Tabak in einer leeren Trockenmilchdose. War die Dose voll, meist nach zwei oder drei Wochen, brachte Johanna sie zu Herrn Viehring, dem Bauern mit den meisten Kühen im Dorf. Herr Viehring war Kettenraucher und tauschte nur zu gern den Doseninhalt gegen einen Liter Milch ein.

Als die Dose wieder einmal voll war und Johanna sich gerade auf den Weg zu Viehrings machen wollte, traf sie Herrn Mulik im unteren Flur. »Oh, Tabak! Sogar amerikanischer, wie man riecht«, sagte Herr Mulik entzückt. »Und was geschieht nun damit? Ich nehme nicht an, dass du rauchst, oder?«

»Nein, den bring ich Herrn Viehring«, sagte Johanna und schwenkte die leere Milchkanne. »Dafür bekomm ich einen Liter Milch, und Oma Elsbeth kocht daraus Vanillepudding.«

»Ich habe mal eine Theorie gehört, nach der es nicht nur auf den Inhalt, sondern auch auf die Verpackung ankommt. Sieh dir diese Dose an, sie ist ja schon rostig!«

»Nur außen«, sagte Johanna.

»Trotzdem! Ich werde dir eine Tüte aus Papier falten, und du wirst sehen, dass dein Tabak noch viel mehr Zustimmung findet als in dieser Blechbüchse. Komm mit, du wirst es sehen!«

Etwas zögernd folgte Johanna Herrn Mulik in dessen Zimmer.

»Ich falte dir die Tüte, du darfst dir solange meine Briefmarken-Alben anschauen«, sagte Herr Mulik und begann den Inhalt der Dose auf ein Zeitungsblatt zu leeren. Es dauerte recht lange und erforderte manches Umfüllen des Tabaks, einiges Hin- und Zurückkippen, bis die kunstvoll gefaltete Tüte endlich die richtige Größe hatte und alles eingefüllt war.

»So, damit wirst du mehr Erfolg haben als mit dieser Dose«, sagte Herr Mulik abschließend und schob Johanna aus dem Zimmer.

Die Tüte kam ihr merkwürdig schlaff vor. Als Johanna sie Herrn Viehring überreichte, füllte er den Inhalt wie immer in seine Tabaksdose.

»Na, heute ist es aber nicht mal halb so viel wie letztes Mal«, sagte er enttäuscht. »Dafür gibt's keinen Liter Milch, höchstens einen halben.«

Später am Tag sah Johanna Herrn Mulik im Hof. Er drehte sich gerade eine Zigarette aus Zeitungspapier, zündete sie mit dem Benzinfeuerzeug an und stieß den Rauch genüsslich durch die Nase aus.

»Das ist doch amerikanischer Tabak, den Sie da rauchen!«, sagte Johanna. »Wo ist der denn her?«

»Wo soll ich ihn schon herhaben?«, antwortete Herr Mulik. »Vorhin fuhr ein Ami-Wagen vorbei, ich habe ein bisschen gewunken … Wie man das halt so macht!«

»Es war aber nur halb so viel Tabak in der Tüte wie sonst!«, sagte Johanna streng. Herr Mulik zeigte sich wenig erschüttert.

»Wer behauptet das?«, fragte er.

»Herr Viehring.«

»Nach meiner Theorie ist Herr Viehring einer Augentäuschung zum Opfer gefallen«, sagte er. »Die neue Verpackung ließ den Tabak einfach weniger erscheinen.«

Diese neue Theorie widersprach zwar krass der anderen, die er vorher geäußert und zum Anlass der Tütenfaltung genommen hatte, aber das störte Herrn Mulik weiter nicht. Er hatte es nun mal mit den Theorien, entwickelte jeden Tag eine neue und verkündete sie allen, die sie hören mochten. Einige waren äußerst merkwürdig, etwa wenn er behauptete, dass sich Wanzen nur bei Licht vermehren könnten und tagsüber geschlossene Fensterläden das beste Mittel gegen diese Blutsauger darstellten. Andere waren einleuchtender. So hatte er die Theorie, dass ein warmer Januar zwangsläufig zu einer »Maikäferschwemme« führen müsse.

Dieser Januar war warm gewesen, und tatsächlich gab es schon

in der ersten Maiwoche so viele Maikäfer wie seit Menschengedenken nicht mehr.
Am Abend schwärmten sie aus, dann erfüllte ein Brummen wie von einem fernen Flugzeugmotor die Luft, die Straßenlaternen waren von einem Mantel aus Käferleibern umhüllt und spendeten kaum noch Licht, knackend stießen Hunderte von Tieren gegen die Scheiben der erleuchteten Fenster, stürzten von dort zu Boden und blieben einen Augenblick betäubt liegen, ehe sie Luft in ihre Atemöffnungen pumpten und erneut starteten. Man konnte sie mit einem Besen unter den Fenstern aufkehren und schaufelweise in Eimer oder Kartons füllen.
Die Bauern hassten die Maikäfer, denn die Tiere fraßen die Bäume kahl und vernichteten die Ernte.
Oma Mariechen rückte den Käfern auf ihre Art zu Leibe: Sie kochte aus ihnen in einem großen Topf Maikäfersuppe für das Schwein.
Oma Elsbeth schaute angeekelt zu, wie die kleine Oma die Maikäferflügel abschöpfte, die oben auf der Flüssigkeit schwammen und die das Schwein verschmähte.
»Was du da treibst, ist widerlich, Mariechen«, sagte sie. »Widerlich! Dass du dich nicht schämst? Nächstens kochst du noch Würmer oder Schnecken.«
»Was hast du?«, fragte die kleine Oma. »Erstens sind Maikäfer schädlich. Zweitens ist es ein gutes Zusatzfutter für unser Schwein. Wann hat das zuletzt mal Fleisch gekriegt!«
»Ich will nicht, dass du so was hier in ... in der Küche machst!« Beinahe hätte sie gesagt: in *meiner* Küche machst. »Fanni, was hältst du davon?«
Tante Fanni stellte sich auf Oma Elsbeths Seite. »Ich sage das Mama schon jedes Jahr zur Maikäferzeit. Aber sie hört ja nicht auf mich«, beschwerte sie sich, und zur kleinen Oma gewandt: »Dass du auch noch unseren Einmachtopf für so was nimmst!«

»Wir haben keinen anderen großen Topf«, sagte die kleine Oma. »Soll ich mir vielleicht einen Extra-Maikäfertopf anschaffen? Ihr könnt immer nur meckern. Aber von mir verlangt ihr, dass ich das Schwein satt kriege.«
»Keiner verlangt das von dir, Mariechen«, sagte die große Oma mit Nachdruck. »Im Gegenteil: Es wäre schön, wenn das Schwein endlich *uns* satt machte!«
»Ich kann dieses Thema nicht mehr hören«, sagte die kleine Oma, ließ den Topf mit der Maikäfersuppe auf dem Herd stehen und ging aus der Küche.

Zwei Tage später kam Oma Mariechen vom Garten in die Küche, nahm ihr Kopftuch ab und sagte, während sie es zusammenfaltete und in die Tischschublade legte: »Die Platte vom Küchentisch sieht scheußlich aus. Wir sollten uns mal was Neues anschaffen.«
Das war ungewöhnlich für Oma Mariechen, denn sonst war sie es immer, die sich dem Neuen widersetzte.
Tante Fanni stimmte sofort zu. »Ich sag fast jeden Tag, dass der Tisch eine Schande für die ganze Küche ist«, behauptete sie. »Durch das ewige Zwiebelschneiden hat er schon richtige Mulden gekriegt. Und die Kaffee- und Blutflecken gehen einfach nicht mehr weg, da kann ich noch so viel scheuern.«
Die große Oma sagte: »Mich hat dieser Tisch von Anfang an gestört. Meine Untertasse wackelt auf dieser unebenen Platte hin und her, seitdem ich bei euch Kaffee trinke. Außerdem stinkt das Holz ganz penetrant nach Zwiebeln. Ich hab bis jetzt nur nichts gegen den Tisch gesagt, weil ich weiß, wie sehr Mariechen an dem alten Krempel hängt.«
»Von einem neuen Tisch war nicht die Rede!«, stellte Oma Mariechen richtig. »Ich habe nur von einer neuen Platte gesprochen. Die Beine sind noch ganz in Ordnung.«

Die kleine Oma holte auch gleich den Meterstab, maß Länge und Breite der Tischplatte ab und diktierte Tante Fanni die Zahlen. Der Zettel mit den Maßen wurde dem alten Schreiner Nöth übermittelt, zusammen mit dem Auftrag, eine neue Platte zu tischlern. Herr Nöth behauptete erst, er habe leider kein Holz. Doch als sich Oma Mariechen daran erinnerte, dass oben in ihrem Kleiderschrank noch eine Flasche Kartoffelschnaps versteckt war, fiel Herrn Nöth ein, dass ja auch noch einige große Bretter hinten in seiner Werkstatt lagerten. Der Ausführung stand also nichts im Weg.

Am Dienstagnachmittag pochte es heftig und hölzern an die Küchentür. Zufällig war die ganze Familie in der Küche versammelt, deshalb antwortete gleich ein mehrfaches »Herein« auf das Klopfen. Als trotz dieser lauten Aufforderung niemand eintrat und sich das Klopfen wiederholte, ging Johanna zur Tür und öffnete. Draußen stand der Schreiner Nöth, hielt eine nagelneue, glatt geschliffene Tischplatte in beiden Händen und versuchte gerade, damit ein drittes Mal gegen die Tür zu pochen. Er stellte die Platte in der Küche ab, rückte den Küchentisch in die Mitte des Raumes und betrachtete ihn von allen Seiten, während er sich nachdenklich unter der Mütze den Kopf kratzte.

»Nun?«, fragte die kleine Oma. »Was gibt's für Probleme?«

»Werkzeug!«, sagte der alte Nöth knapp. »Jemand soll meinen Werkzeugkasten bringen, er steht draußen im Hof auf dem Karren.«

Johanna ging hinaus und holte den Kasten.

Herr Nöth klopfte mit einem Holzhammer von unten gegen die alte Tischplatte.

»Ist festgeleimt!«, stellte er fest. »Lässt sich nur mit Gewalt abtrennen.«

»Dann tun Sie es!«, befahl Oma Elsbeth.

Herr Nöth versuchte vorsichtig einen Schraubenzieher zwischen die Platte und den Unterbau des Tisches zu zwängen. Das misslang. Jetzt probierte er zaghaft ein Stemmeisen aus. Die kleine Oma schaute ungeduldig zu, nahm ihm das Stemmeisen aus der Hand, trieb es mit ein paar Hammerschlägen in die Nahtstelle, stützte sich mit aller Kraft darauf ab und stieß es ruckhaft nach unten. Die Platte des Tisches hob sich ächzend, ein paar Holzteile splitterten ab.

»So geht die Platte kaputt«, warnte Herr Nöth.

»Die braucht nicht ganz zu bleiben, das wird sowieso nur Brennholz«, sagte die kleine Oma und gab ihm Hammer und Eisen zurück.

Herr Nöth arbeitete nach ihrem Vorbild weiter, deckte die Platte stückweise ab und hobelte glatt, was an Splittern und Unebenheiten stehen geblieben war.

Dann wärmte er auf dem Herd eine Dose Knochenleim an, bestrich damit den Unterbau des Tisches, hob mit Hilfe von Johanna und Tante Fanni die neue Platte auf das Beingestell und schraubte sie mit zwei großen Zwingen fest.

»Morgen früh dürft ihr die Schraubzwingen abnehmen, dann ist der Leim trocken«, sagte Herr Nöth. »Bis dahin bleibt der Tisch genau so stehn!«

Damit war die Arbeit vorerst beendet. Tante Fanni kümmerte sich um die großen Holzteile, Johanna um die Splitter, Oma Mariechen um Herrn Nöth. Die großen Holzreste wurden aufgesammelt, die kleinen ausgekehrt und Herr Nöth aufgefordert, seine Frau nicht länger mit dem Abendessen warten zu lassen. So war alles entfernt, was nicht in die Küche gehörte, und die kleine Oma konnte mit Johannas Mutter das Abendessen machen. Der Tisch blieb unberührt, man aß im Nebenzimmer.

Als am nächsten Morgen die Schraubzwingen abgenommen

und der Tisch an seinen alten Platz zwischen Nebenzimmertür und Küchenschrank geschoben und dort an die Wand gerückt war, stellte sich heraus, dass die neue Tischplatte gut dreißig Zentimeter länger war als die alte. Irgendjemand musste sich mit den Maßen geirrt haben.

Das war ein Unglück, denn nun passte Oma Elsbeths Stuhl nicht mehr zwischen Tisch und Schrank.

»So was kommt vor, da braucht sich keine von euch einen Vorwurf zu machen«, sagte die kleine Oma. »Die Tischplatte kann man jetzt auch nicht mehr ändern. Macht nichts, rücken wir Elsbeths Stuhl einfach *vor* den Tisch!«

Sie nahm den Stuhl und stellte ihn vor die Breitseite des Tisches, mitten in die Küche. Oma Elsbeth ließ sich aufseufzend darauf nieder.

Am nächsten Tag und auch am übernächsten hatte die kleine Oma im Garten zu tun. Sie kam nur kurz zum Mittagessen, aß hastig und nahm dazu nicht mal ihr Kopftuch ab. Am Tag darauf ließ sie sich überhaupt nicht in der Küche sehen, sie musste aus irgendeinem Grund nach Haßfurt.

Als sie am Samstag zum Frühstück kam, etwas später als sonst, ihre Töchter hatten schon geglaubt, Oma Mariechen ließe sich auch an diesem Tag nicht in der Küche sehen, wurde sie von Tante Fanni gleich ins Nebenzimmer gewinkt. Johannas Mutter kam mit ihr, die beiden Schwestern hatten es wohl so abgesprochen, und Johanna, neugierig, wie sie war, ging hinterher.

»Mach die Tür zu!«, flüsterte Tante Fanni ihr zu. »Deine Oma Elsbeth braucht das nicht zu hören.«

Johanna schloss die Tür.

»Was ist? Was macht ihr da drüben?«, rief die große Oma aus der Küche. »Die Tür ist zugefallen!«

»Ja, ja. Gleich, Schwiegermama!«, rief Johannas Mutter.

»Was soll die Verschwörung?«, fragte die kleine Oma.
»Es geht um Elsbeths Stuhl. Der Stuhl ist unmöglich, der kann da nicht stehen bleiben!«, flüsterte Tante Fanni. »Ständig sitzt sie uns im Weg. Hundertmal am Tag muss man um diesen Stuhl herumgehen, man kommt nicht mehr richtig an den Tisch, nichts funktioniert, nichts!«
»Fanni hat recht«, bestätigte Johannas Mutter. »Du hast es nur noch nicht erlebt, weil du die letzten Tage nicht in der Küche warst. Aber es ist so. Die Arbeit fließt nicht mehr, sie stockt. Ständig muss man um diesen Stuhl herumturnen. Bei allem Respekt vor Elsbeth: Es geht so nicht weiter!«
Die kleine Oma hörte sich die Klagen aufmerksam an und meinte: »Ihr werdet euch sicher daran gewöhnen.«
»Nie werde ich mich daran gewöhnen, nie!«, sagte Tante Fanni ganz laut.
»Wenn es nur eine andere Möglichkeit gäbe …«, überlegte die kleine Oma.
»Es gibt ja eine«, sagte Johannas Mutter.
»Welche denn?«, fragte Oma Mariechen.
»Warum setzen wir Elsbeth nicht hier ins Nebenzimmer? Die Tür kann ja immer offen bleiben. Sie sieht alles und hört alles, was in der Küche vor sich geht, fast so, als ob sie noch drüben säße«, sagte Johannas Mutter.
»Die Frage ist nur, wer Oma Elsbeth das beibringen soll!«, sagte Johanna, die bis dahin nur zugehört hatte.
Oma Mariechen opferte sich. »Ich sage es ihr. – Aber ihr müsst mich unterstützen!«, forderte sie.
So sah sich die große Oma plötzlich einer geschlossenen Mehrheit gegenüber, die von ihr verlangte, auf den Stammplatz in der Küche zu verzichten und ins Nebenzimmer überzusiedeln. Johannas Mutter bat um Verständnis, Tante Fanni schilderte die Ungelegenheiten, die das Ungetüm von Stuhl in der engen

Küche verursachte, Oma Mariechen wies die große Oma darauf hin, dass jeder im Leben mal Opfer bringen müsse.
So gab Oma Elsbeth schließlich nach und erklärte sich zwar widerwillig, aber einsichtig zum Umzug bereit.
Johannas Mutter führte sie am Arm ins Nebenzimmer, Tante Fanni folgte mit dem Stuhl, den ihr die kleine Oma drüben aus der Hand nahm und ein gutes Stück in den Raum hineintrug.
»So weit weg?«, rief die große Oma. »Da setze ich mich nicht hin. Ich will in die Küche gucken können.«
»Ist es so richtig?«, fragte Oma Mariechen und stellte den Stuhl unmittelbar vor die Türschwelle.
»Da kann er nicht stehen bleiben«, sagte Tante Fanni, nahm den Stuhl und trug ihn wieder ein Stück nach hinten. »Man braucht wenigstens so viel Platz, dass man mit einem Tablett in der Hand bequem durch die Tür gehen kann.«
»Hoffentlich einigt ihr euch bald, wo der Stuhl hinsoll!«, sagte die große Oma.
»Hierher, Elsbeth! Hier bleibt er jetzt stehen«, sagte die kleine Oma, und Oma Elsbeth setzte sich.

Von nun an saß die große Oma tagsüber im Nebenzimmer.
Johanna freute sich über diese Veränderung, hatte sie doch jetzt nachmittags Gesellschaft, wenn sie dort am kleinen Tisch ihre Hausaufgaben machte. Sie konnte nun Oma Elsbeth fragen, wenn ihr beim Aufsatz das passende Wort nicht einfiel oder wenn sie nicht wusste, wo der Weiße und Rote Main zusammenfließen.
Manchmal kostete es allerdings viel Geduld und erforderte gute Nerven, neben der großen Oma zu sitzen und Hausaufgaben machen zu wollen.
Alle zehn Minuten rief die zur Küche hinüber: »Fanni! Paula! Was macht ihr gerade?«, und wenn Johannas Mutter oder Tante Fanni nicht sofort antworteten, sagte sie zu Johanna: »Lauf doch mal nach drüben und schau, was die beiden da tun!«
»Ich kann nicht, Oma. Du siehst doch, dass ich Hausaufgaben mache«, antwortete Johanna.
Aber die große Oma sagte: »Geh bitte und sieh nach!«
Zweimal tat Johanna, was ihr die große Oma auftrug. Beim nächsten Mal sagte sie bockig: »Warum gehst du nicht selber und guckst nach? Ich muss gerade eine schwierige Bruchaufgabe ausrechnen.«
»Ich kann nicht. Mein Bein tut heute wieder weh, das Wetter ändert sich wohl«, sagte die große Oma. »Jetzt geh schon!«
So erhob sich Johanna widerwillig ein drittes Mal, streckte den Kopf durch die Tür, guckte um die Ecke, kam wieder und sagte: »Sie sitzen am Tisch und putzen Steckrüben.«
Dann setzte sie sich wieder und machte weiter ihre Hausaufgaben.

Die große Oma fragte: »Haben sie ein Zeitungsblatt untergelegt, damit die neue Tischplatte nicht gleich Flecken kriegt?«
»Ich weiß nicht«, sagte Johanna. »Ich habe nicht darauf geachtet.«
»Dann geh noch mal und sieh nach!«
Und noch widerwilliger als vorher legte Johanna den Federhalter beiseite, stand auf und guckte ein weiteres Mal.
»Ja, sie haben eine Zeitung untergelegt«, meldete sie der großen Oma.
Die sagte: »Dann ist es gut. Geh wieder an deine Hausaufgaben. Und frag mich ruhig, wenn du was nicht weißt.«
Aber keine zehn Minuten später begann die große Oma von vorn: »Fanni, Paula? Was macht ihr denn jetzt da drüben?«
Johanna versuchte die Lage mit Oma Elsbeths Augen zu betrachten. Es war sicher nicht leicht für die große Oma. Fast ein Vierteljahr hatte sie drüben in der Küche gethront wie eine Königin, hatte alles bestimmt, alles im Blick gehabt. Nun saß sie im Nebenzimmer, und der Türausschnitt war alles, was sie überblicken konnte. Es war, als hätte man bei einer Theatervorstellung des Kolping-Vereins aus Versehen den Vorhang nur einen kleinen Spalt weit aufgezogen und die Schauspieler kümmerten sich nicht darum, sondern spielten unbekümmert weiter.
Man hörte Gesprächsfetzen aus dem verborgenen Teil der Küche, ab und zu traten Tante Fanni oder Johannas Mutter unvermutet in den schmalen Bühnenausschnitt, schütteten Wasser aus oder holten etwas aus dem kleinen Wandschränkchen neben dem Spiegel und verschwanden genauso schnell, wie sie aufgetreten waren. Nie sah man den ganzen Ablauf des Stücks, immer nur die wenigen Szenen, die zufällig im kleinen, sichtbaren Teil der Küchenbühne vorgeführt wurden. Die vertrautesten Tätigkeiten wie Kartoffelschälen, Suppen-

kochen oder Teigkneten erschienen aus diesem Blickwinkel fremd und unvertraut und bewirkten, dass die große Oma immer wieder rufen musste: »Und was macht ihr jetzt? Warum holt Fanni eine Pfanne? Was tut ihr eigentlich da drüben?«
Bald wurde es den Frauen in der Küche lästig, immer wieder erklären zu müssen, womit sie gerade beschäftigt waren. Wenn die kleine Oma ihren Töchtern bei der Arbeit half, konnte es geschehen, dass sie ganz in ihre Tätigkeit vertieft mit dem Hinterteil oder der Ferse aus Versehen gegen die Tür stieß und sie dadurch halb oder sogar ganz schloss. Eines Morgens hatte irgendjemand das Türschloss frisch geölt. Ein winziger Stoß von Oma Mariechens Ellenbogen genügte und schon schnappte die Tür ganz leise zu.
Ihre Töchter machten die kleine Oma dann auf ihr Versehen aufmerksam: »Mama, die Tür!«
Die kleine Oma sagte: »Ist sie schon wieder mal zugefallen? Entschuldigung, das muss mir passiert sein«, und stellte die Verbindung zum Nebenzimmer wieder her.
Mit der Zeit wurden Tante Fanni und Johannas Mutter nachlässiger. Vielleicht hatten sie sich so an das leise Einschnappen des Türschlosses gewöhnt, dass es ihnen schon gar nicht mehr auffiel. Vielleicht hatten sie nur keine Lust, die kleine Oma ständig auf ihr Versehen hinzuweisen. Nur Johanna sagte jedes Mal, wenn sie dabei war: »Die Tür ist ja schon wieder zu!«, und öffnete sie.
Manchmal gab die kleine Oma der Tür mit voller Absicht einen Schubs. Zum Beispiel, als die Rede wieder mal aufs Schwein kam.
Den ganzen Mai über hatte Oma Mariechen unbeanstandet ihre Maikäfersuppe für das Schwein gekocht. An einem der letzten Maimorgen kam sie aus dem Stall zurück und erzählte mit einem seligen Lächeln: »Das Tier hat einen richti-

gen Sprung getan, gewichtsmäßig. Endlich wird es mal richtig satt, die Maikäfer tun ihm wirklich gut. Es ist überhaupt nicht mehr unterernährt, richtig rosig und rundlich.«
Die große Oma im Nebenzimmer hatte mitgehört und rief: »Da kann man es also bald schlachten, ja?«
Oma Mariechen rief zurück: »Im Sommer schlachtet man nicht. Das kannst du als Städterin natürlich nicht wissen. Glaubst du, das Fleisch würde sich bei der Hitze halten? Wir haben keinen Eisschrank wie die in der Brauerei.«
»Alles Ausreden!«, sagte Oma Elsbeth. »Du bist nur viel zu gutmütig. Du behandelst das Schwein, als wäre es dein Kind.«
»Viel zu gutmütig? Bitte, dann werde ich eben bösartig! Ich kann ja schon mal üben«, sagte die kleine Oma halblaut und trat gegen die Tür.
»Oma, die Tür ist zugefallen«, sagte Johanna.
»Na, das will ich auch hoffen. Warum, glaubst du, hab ich ihr sonst einen Tritt gegeben?!«, antwortete die kleine Oma und stellte den schmutzigen Schweineeimer an seinen Platz neben dem Herd.
Johanna lachte. »Du musst gar nicht üben, du kannst es schon recht gut, das Bösesein«, sagte sie und machte die Tür wieder auf.
Sie konnte die kleine Oma ja verstehen. Die hing nun mal an dem Schwein, das wusste die große Oma nur zu genau. Warum fing sie immer wieder damit an! Sie war selbst schuld. Aber musste ihr die kleine Oma deswegen gleich die Tür vor der Nase zuschlagen und sie aussperren? Wo Oma Elsbeth doch durch das schlimme Bein an ihren Platz gefesselt war. Oma Mariechen behauptete zwar, die große Oma würde maßlos übertreiben. Wenn sie wolle, könne sie noch sehr gut gehen, sogar ohne Stock. Erst letzte Woche sei sie neugierig ans Fenster gerannt, als draußen der amerikanische Jeep einen

platten Hinterreifen hatte und Tante Fanni dem Fahrer eine Limonade brachte und mit ihm herumalberte. Das mit dem kranken Bein sei alles nur Masche. Damit sie von allen bemitleidet und bedient würde.
Aber das stimmte nicht. Johanna kannte die große Oma inzwischen besser, sie waren ja fast jeden Nachmittag zusammen. Es ging Oma Elsbeth einfach unterschiedlich. Manchmal »gab das Bein Ruhe«, wie sie es nannte. Und manchmal tat es ganz gemein weh, besonders wenn das Wetter wechselte. Es war nicht gerecht von Oma Mariechen, der großen Oma so was zu unterstellen.
Oma Elsbeth hatte sowieso nichts mehr zu sagen, seitdem sie aus der Küche verbannt worden war. Alles lief wieder so, wie es die kleine Oma anordnete. Sie könnte ruhig ein bisschen großzügiger sein.
Sie machte es Johanna nicht gerade leicht, zu ihr zu halten. Im Gegenteil, es wurde immer schwieriger. Da war zum Beispiel dieses heimliche Gespräch im Garten.
»Johanna, komm mal mit in den Garten. Wir müssen endlich wieder die Kartoffelkäfer vom Kartoffelbeet aufsammeln«, sagte die kleine Oma am Nachmittag, als Johanna gerade im Nebenzimmer die Zeitung las. Neuerdings fing sie an, sich für die Nachrichten zu interessieren.
»Jetzt gleich? Geht's nicht auch in zehn Minuten?«, fragte Johanna.
»Nein. Komm mit, ich hab mit dir zu reden«, sagte Oma Mariechen leise. »Die anderen müssen das nicht unbedingt hören.«
Johanna und die kleine Oma nahmen je ein Einmachglas mit, für die Kartoffelkäfer. Das waren kleine, gelbschwarze Käfer, die sich über die Blätter der Kartoffelpflanzen hermachten und sie bis auf den Stiel auffraßen. Die Käfer sonderten eine gelbe

Flüssigkeit ab, stanken entsetzlich und konnten nicht einmal zur Strafe an die Hühner verfüttert werden, denn sie waren zu allem Überfluss auch noch giftig.
Oma Mariechen und Johanna gingen gebückt nebeneinanderher, jede in einer Ackerfurche, wendeten die Blätter um, denn die Tiere hielten sich bevorzugt auf der Blattunterseite auf, und warfen die gefangenen Käfer ins Einmachglas. Von da konnten sie nicht entkommen, die Wände waren zu glatt.
»Was wolltest du mir eigentlich sagen?«, fragte Johanna, als sie am Ende der Furche angekommen waren.
»Gestern nach der Mai-Andacht bin ich mit Frau Ebert ein Stück gegangen«, erzählte die kleine Oma.
»Und?«
»Sie hat fast den gleichen Heimweg wie wir. Sie wohnt vorne an der Ecke, an der Schlossbergsteige …«
»Ich weiß, wo Eberts wohnen. Warum erzählst du mir das alles?«, fragte Johanna.
»Wir haben uns unterwegs ein bisschen unterhalten …«
»Und?«
»Sie sagt, sie sieht dich jeden Tag stundenlang mit Emanuel vor ihrem Zaun stehen. Jeden Mittag, wenn sie aus dem Fenster schaut!«
»Stundenlang!«, wiederholte Johanna. »Um zwölf ist die Schule aus und um halb eins gibt's bei uns Mittagessen. Wie soll ich da stundenlang stehen können? Außerdem geht sie das gar nichts an, die alte Ziege!«
»Wie redest du von Frau Ebert, ich will das nicht gehört haben!«, sagte Oma Mariechen. »Ich bin ihr jedenfalls dankbar, dass sie mich auf diese … diese Bekanntschaft aufmerksam gemacht hat.«
»Was habt ihr eigentlich alle gegen Manni?«
»Er ist nicht der richtige Umgang für dich. Ich möchte nicht

wissen, was der zu Hause so alles mitkriegt, wo seine Mutter doch alle vier Wochen mit einem Neuen rumzieht. Der Apfel fällt nicht weit vom Stamm. Warum bist du eigentlich nur noch so wenig bei Erna Thürmer? Früher habt ihr doch ständig zusammengegluckt.«

»Erna will von mir nichts mehr wissen. Die ist jetzt meistens mit Erwin Schellenberger zusammen«, sagte Johanna. »Hättest du es lieber, wenn ich mit einem Schellenberger befreundet wäre?«

»Befreundet?« Oma Mariechen wurde hellhörig. »Damit sagst du also, dass dieser Emanuel dein Freund ist. So weit ist es schon gekommen! Ich muss ein ernstes Wörtchen mit dir sprechen. Du machst Schluss damit! Ich verbiet's dir ein für alle Mal. Du wirst diesen Emanuel nicht mehr treffen.«

»Nicht mehr treffen? Gut, dann geh ich eben ab morgen nicht mehr in die Schule, wenn du das unbedingt willst.«

»Dreh mir nicht das Wort im Mund um; du weißt, was ich meine!«

»Soll ich vielleicht zu Manni sagen: Hau ab, ich will nichts mehr von dir wissen?! Er hat mir doch nichts getan. Das geht nicht, Oma!«

»Widersprich nicht! Du kennst doch hoffentlich das vierte Gebot, oder? Müsst ihr in der Schule nicht mehr den Katechismus auswendig lernen?«

»Ja. Aber das handelt von den Eltern.«

»So? Und wie heißt es da von den Eltern: ›Wir sollen unsere Eltern in Ehren halten, ihnen dienen …‹ und?«

»Du weißt es doch, warum fragst du: … und gehorchen.«

»Gehorchen! Den Großeltern noch mehr als den Eltern, denn sie sind die Eltern der Eltern. Also gehorche und tu, was ich dir gesagt habe!«

Die beiden machten sich wieder ans Kartoffelkäfersammeln.

Schweigend gingen sie nebeneinanderher, schweigend reichte Johanna ihrer Oma das halb volle Glas, als sie mit der Arbeit fertig waren.
»Ich hoffe, ich habe nicht in den Wind geredet. Denk darüber nach!«, sagte die kleine Oma, ging mit den beiden Gläsern aus dem Garten und ließ ihre Enkelin dort zurück.
Johanna war verwirrt. Noch vor zwei Monaten wäre sie auf der Stelle zu Erna Thürmer gelaufen, sie hätten sich nebeneinander auf Ernas Bett gesetzt und alles besprochen. Aber seit dem Geburtstagsabend war alles anders. Erna benahm sich in letzter Zeit nicht gerade freundschaftlich, machte vor den anderen spitze Bemerkungen über Johanna und lachte am lautesten, wenn Erwin Schellenberger auf ihre Kosten seine Witze riss.
Es hätte auch wenig Sinn, sich bei Mama über die kleine Oma beschweren zu wollen. Mama würde ihre Mutter nur verteidigen und sagen: »Du musst sie verstehen, Johanna. Sie macht sich Sorgen um dich.«
Und Oma Elsbeth? – Die kannte ja Manni nicht einmal, die wüsste gar nicht, von wem die Rede ist.
Hatte der Rote Baron nicht mal gesagt, er würde sich freuen, wenn Johanna ihn besuchte? Und hatte der nicht sogar Oma Mariechen als »streng« bezeichnet? Er hatte wohl recht damit, damals hatte ihm Johanna nur noch nicht geglaubt.
Sie kletterte auf die Gartenmauer, hielt sich am tief hängenden Ast der Buche fest und ließ sich drüben im Park ins Gras gleiten.
Langsam stieg sie den Hügel hinauf. Die dicht belaubten Bäume verbargen jetzt das Schloss, sie sah es erst, als sie unmittelbar davorstand. Unschlüssig schlenderte sie über den schmalen Grasstreifen zwischen Schloss und Park, an den vergitterten Fenstern entlang. Eine Frau schüttete einen Kübel Wasser aus einem Fenster des ersten Stocks, Johanna konnte

gerade noch ausweichen. Die tiefe Pfütze unter dem Fenster ließ darauf schließen, dass sie das Abwaschwasser immer da hinauszuschütten pflegte.

Das Ofenrohr ragte nicht mehr aus dem Fenster des Stallmeisterzimmers. Ob der Rote Baron umgezogen war? Johanna öffnete die Stalltür, trat ein und rief: »Hallo?« Ihre Stimme hallte im leeren Stall. Niemand antwortete. Noch einmal rief sie, zaghafter, und wollte eben den Raum wieder verlassen, als sie Schritte auf der Treppe hörte.

»Ist da jemand?«, fragte der Rote Baron und beugte sich übers Geländer, um von der Treppe in den Stall blicken zu können. »Du bist es? Willst du zu mir?«

Johanna nickte.

»Dann komm doch! Hier geht's hoch!«, sagte er. »Hat dich jemand geschickt?«

Langsam legte sich Johannas Befangenheit, sie gewann ihre Stimme wieder.

»Nein«, sagte sie. »Sie haben mich doch eingeladen. Wissen Sie das nicht mehr?«

»Doch, doch«, sagte er und lachte in sich hinein. »Du musst nur entschuldigen, dass ich nach einem Vierteljahr nicht mehr damit gerechnet habe, dass du dich so plötzlich darauf besinnst. Und das nach unserem missglückten Winterspaziergang.«

»So missglückt war er gar nicht. Ich glaube, es stimmt, was Sie damals gesagt haben.«

Der Rote Baron ließ ihr den Vortritt ins Zimmer.

»Was bietet man denn einer jungen Dame am besten an? Einen Kräutertee?«, fragte er.

»Junge Dame!« Johanna setzte sich in einen Ledersessel mit geschwungenen Beinen. »Jetzt reden Sie aber genau wie Herr Mulik.« Sie blickte sich um. »Ihr Zimmer ist viel, viel größer, als ich mir das vorgestellt habe!«

»Ja, findest du?«, fragte er. »Wenn man in so riesigen Räumen groß geworden ist, kommt einem jedes normale Zimmer klein vor. Ich könnte übrigens wieder ins Schloss ziehen, vorletzte Woche sind zwei Zimmer frei geworden. Aber ich will gar nicht. Mir gefällt es hier besser. Zumindest im Sommer, wenn ich keinen Ofen brauche. Man hat den besten Blick von hier.«
Er räumte einen Stapel Bücher von einem Stuhl mit besticktem Bezug und legte sie auf die helle, hohe Kommode, die an der Wand stand. Dann rückte er den Stuhl neben den Sessel und setzte sich.
»Man sieht von hier oben den Main und dahinter den Steigerwald«, sagte er und wies aus dem Fenster. »Von meinem Zimmer im Schloss aus habe ich nicht so weit blicken können. Dort standen die hohen Bäume dazwischen. Rate, wie weit ich von meinem Fenster aus sehen kann!«
Johanna zuckte mit den Schultern. »Zwanzig Kilometer?«, fragte sie.
»Mehr. Viel mehr!«, antwortete er.
»Dreißig? Vierzig? Nein, so weit kann man nicht gucken. Wie weit denn?«
»Viel, viel mehr!«
»Dann sagen Sie's doch schon, ich habe heute keine Lust zum Raten!«
»Vierhunderttausend Kilometer weit«, sagte er lächelnd.
Johanna machte eine unwillige Geste. »Ich mag heute keine Witze. Ich will mit Ihnen reden. Über meine Oma und über die Menschen und überall so was …«
»Entschuldige, das kann ich nicht wissen«, sagte der Rote Baron. »Das letzte Mal habe ich dir versprechen müssen, nur Lustiges zu erzählen, und nun möchtest du ernste Gespräche führen. Übrigens war das kein Witz.«
»Wieso nicht?«, fragte Johanna. »Der Berg da drüben ist höchs-

tens zwanzig Kilometer weit weg. Und durch den Berg kann keiner durchsehen.«

»Heb mal den Kopf!«, forderte er sie auf. »Sieh mal nach oben!«

»Der Mond«, sagte sie. »Ja, der ist manchmal am späten Nachmittag schon zu sehen, wenn so klares Wetter …« Jetzt begriff sie und lachte.

»Ist der Mond vierhunderttausend Kilometer von uns weg?«, fragte sie. »Woher wissen Sie das?«

»Aus dem dicken Buch da drüben.« Er deutete auf ein Buch mit Ledereinband, das auf seinem Bett lag. »Aber du wolltest mit mir reden, ich will nicht ablenken. Hast du Schwierigkeiten mit deiner Oma?«

»Woher wissen Sie das?«, fragte sie.

»Warum sollte es dir anders gehen als deiner Mutter, als sie in deinem Alter war! Mach nur nicht den gleichen Fehler wie sie.«

»Welchen hat sie denn gemacht?«

»So einfach ist das nicht zu sagen. Jedenfalls hat sie immer das getan, was deine Oma von ihr wollte, und am Ende gar nicht mehr gewusst, was sie eigentlich selber will.«

»Ich weiß, was ich will!«, sagte Johanna.

»Was denn?«, fragte er.

»Ich will mit Manni befreundet bleiben. Ich will nicht mit ihm Schluss machen müssen.«

»Wer ist denn Manni?«

»Einer aus meiner Klasse.«

»Ich verstehe. Und warum verlangt deine Oma, dass du ›mit ihm Schluss machst‹? Ist er auch evangelisch?«

»Evangelisch? Nein, wie kommen Sie denn darauf?«, sagte sie. »Hier im Dorf sind doch alle katholisch.«

»Nicht alle. Ich zum Beispiel bin evangelisch getauft«, sagte der Rote Baron. »Was hat denn dein Manni für einen Makel?«

»Verena ist seine Mutter.«
»Verena ... Verena?« Er überlegte. »Wohnt die nicht direkt neben dem Park? Sie sieht hübsch aus, wenn es die ist ...«
»Ja, sie ist hübsch«, sagte Johanna. »Aber sie ist nicht verheiratet und hat einen Sohn, den Manni.«
»Ich verstehe. Und weil deine Oma eine fromme Frau ist, darfst du mit so einem nicht befreundet sein.«
»Sie meint es bestimmt nicht böse. Ich weiß, dass sie mich mag. Und ich mag sie.«
»Aber Manni magst du auch!«
»Ja!«, sagte Johanna. »Warum kann Oma ihn nicht leiden, sie kennt ihn doch kaum. Ich glaube, Frau Ebert hat sie gegen Manni aufgehetzt. Wenn einer hier im Dorf nur ein bisschen anders ist, sind alle gegen ihn. – Vorgestern nach der Schule haben Erwin Schellenberger und drei andere den Thaddäus einfach in den Bach geworfen. Thaddäus ist einer von den Flüchtlingsjungen aus Polen, er spricht kaum Deutsch. Sie haben ihn an den Armen und den Beinen gepackt und in den Bach geworfen, mit allen Kleidern. Nur so, er hatte ihnen nichts getan ...«
»Und du hast nichts dagegen unternommen?«
»Was sollte ich denn machen? Die sind doch viel stärker. Ich hab Erwin angeschrien: ›Lasst ihn los! Warum machst du das?‹ Er hat gelacht und gesagt: ›Damit seine Läuse ersaufen!‹ – Können Sie mir sagen, warum die so was tun?«
»Du hast es doch selbst erklärt: Weil er ein kleines bisschen anders ist, einen anderen Dialekt spricht oder in eine andere Kirche geht.«
Johanna nickte. »Und was soll ich jetzt tun?«, fragte sie.
»Du weißt es doch längst«, sagte der Rote Baron und fuhr sich mit den Fingern durchs weiße Haar. »Nehmen wir mal an, du würdest deine Oma und deinen Freund exakt gleich gern

mögen, falls es so etwas gäbe. Dann würdest du dich trotzdem für Manni entscheiden.«

»Stimmt«, sagte Johanna. »Jetzt müssen Sie mir nur noch erklären, warum ich das tue!«

»Wenn alle im Dorf gegen Manni sind, kommt es auf jeden an, der nicht so denkt. Deine Oma ist im Dorf geachtet, hat zwei Töchter, auf die sie sich verlassen kann, mindestens fünfzig Freunde und Freundinnen, und wenn sie einen runden Geburtstag hat, kommt der Gesangverein und bringt ihr ein Ständchen. Sie kann es verkraften, wenn sich mal jemand gegen sie stellt, es tut ihr vielleicht sogar recht gut. Manni hat wahrscheinlich nur dich und seine Mutter. Er ist auf dich angewiesen.«

»Ja, das ist er«, sagte Johanna überzeugt, trank den Tee aus, den der Rote Baron für sie gekocht hatte, plauderte noch ein bisschen mit ihm und ging dann getröstet nach Hause.

Tante Fanni fing neuerdings an, sich für die englische Sprache zu interessieren.

Sie hatte sich ein Wörterbuch besorgt, schlug die Vokabeln nach, die ihr wichtig schienen, schrieb die englische und die deutsche Bezeichnung nebeneinander in ein altes Schulheft und lernte sie auswendig.

Johanna musste sie am Nachmittag im Nebenzimmer abhören.

»Geld«, las sie vor und guckte Tante Fanni auffordernd an.

»Mohnei«, sagte Tante Fanni. Sie hatte keine Ahnung von der korrekten Aussprache.

»Stimmt nicht«, sagte Johanna. »Das weiß ich zufällig, weil es nämlich so wie der Sohn von Verena heißt.«

»Emanuel?«, fragte Tante Fanni.

»Nein: Manni!«, sagte Johanna.

»Da hast du was Falsches gehört«, behauptete Tante Fanni und schlug das Wort im Lexikon nach. »Siehst du, da steht es: money!«

Sie sprach das Wort wie »Mohnei« aus.

»Dann stimmt das Lexikon nicht«, sagte Johanna. »Von wem hast du es denn?«

Tante Fanni dämpfte ihre Stimme. »Verena hat's mir geliehen. Aber vielleicht hast du recht. Ich habe mal gehört, die Amerikaner sprechen die Wörter nicht so aus, wie sie geschrieben werden, sondern anders.«

»Dann frag Verena. Die kennt sich da besser aus«, schlug Johanna vor.

Das tat Tante Fanni am Sonntagnachmittag, während Oma Mariechen in der Kirche war. Daraufhin musste sie alle Wörter noch einmal neu schreiben. So, wie man sie nach Verenas

Erfahrung auszusprechen hatte: Manni, mai Frend, Görl, Sigaretts, Kahr oder Haudujuduh.
Johanna lernte mit. Es kostete sie keine Anstrengung, sie behielt die englischen Wörter allein durchs Zuhören.
Am frühen Abend, wenn die Hausarbeit getan war und Oma Mariechen ihnen freigab, saßen sie jetzt meist auf Gartenstühlen im Hof und fragten sich gegenseitig Vokabeln ab. Manchmal setzte sich auch Herr Mulik zu ihnen, der ein paar Brocken Englisch konnte, und machte mit.
Er hatte natürlich auch zum Sprachenlernen eine Theorie.
»Sie sollten sich umgehend in einen Engländer verlieben, gnädiges Fräulein«, sagte er zu Tante Fanni. »Es gibt dazu eine sehr einleuchtende Theorie. Ich weiß gar nicht mehr, ob ich sie irgendwo gelesen oder ob ich sie mir selbst ausgedacht habe. Aber sie ist höchst einleuchtend. Sie besagt, dass man eine fremde Sprache viel schneller lernt, wenn man sich in jemanden verliebt, der sie als Muttersprache spricht.«
Tante Fanni errötete heftig und sagte schnell: »Nach dieser Theorie müsste Ihre Frau aber längst Deutsch können. Dabei sagt sie nach so langer Zeit noch nicht einmal ›Grüß Gott‹!«
»Nun, ich spreche ja russisch mit ihr, das kommt aufs Gleiche hinaus«, sagte Herr Mulik. »Im Übrigen lernt sie nicht Deutsch, weil sie nicht will. Sie weigert sich einfach.«
»Weigert sich?«, fragte Johanna. »Warum denn?«
»Das ist, nach meiner ganz persönlichen Überzeugung, schlicht und einfach Trotz. Sie kann nicht verwinden, dass ich sie in dieses fremde Land gebracht habe. Manchmal frage ich sie, ob sie denn daheim lieber ins Gefängnis gegangen wäre oder sich hätte erschießen lassen, als hier in der Fremde zu wohnen. Wissen Sie, was Sie antwortet? ›Ja‹! – Nun, lassen wir das. Hätten die Damen nicht Lust, wieder mal Mensch ärgere dich nicht zu spielen? Man soll das Lernen nicht übertreiben.«

»Na gut. Aber dass Sie nicht wieder den finnischen Würfel verwenden!«, sagte Tante Fanni, legte das Heft mit den Vokabeln beiseite und nahm den Karton mit dem Mensch-ärgere-Dich-nicht-Spiel von der Fensterbank.
Beim vorigen Mal hatte Herr Mulik nämlich darauf bestanden, mit seinem ›ganz persönlichen Elfenbeinwürfel‹ spielen zu dürfen, an dem viele Erinnerungen hingen, und war mit großem Vorsprung Sieger geworden.
Nach Ende des Spiels hatte Johanna Herrn Muliks Würfel genauer betrachtet und dabei entdeckt, dass er zwei Sechsen hatte statt einer.
Herr Mulik war sehr erstaunt und ein bisschen bestürzt gewesen, als die beiden das Spielergebnis nachträglich nicht anerkennen wollten.
»Haben deutsche Würfel tatsächlich nur eine einzige Sechs?«, fragte er. »Das hier ist ein Würfel aus Finnland, dort sind zwei Sechsen üblich. Die Finnen sind überhaupt viel großzügiger als die Deutschen, nicht nur bei den Sechsen. Wenn Sie dazu meine Theorie hören wollen ...«
»Nein, das will ich nicht!«, hatte Tante Fanni gesagt. »Ich erzähle Ihnen lieber meine: Sie haben gemogelt und geben uns jetzt ganz schnell die vierzig Pfennig zurück, die wir dem Gewinner zahlen mussten!«
»Aber selbstverständlich, meine Damen. Wie können Sie unter diesen Umständen daran zweifeln«, hatte Herr Mulik geantwortet, sein Taschentuch aus der Jackentasche geholt, es ausgebreitet und die vier Groschen, die er bereits darin eingewickelt hatte, wieder herausgerückt.
Diesmal also musste Herr Mulik mit einem deutschen Würfel spielen und verlor auch prompt. Er weigerte sich allerdings, an die Gewinnerin Johanna zwanzig Pfennig zu zahlen.
»Die Abmachung mit dem Geld galt selbstverständlich nur für

das letzte Spiel«, erklärte er. »Solche Vereinbarungen müssen vor jedem Spiel neu getroffen werden.«
Tante Fanni war großzügiger und zahlte ihre zwei Groschen auch ohne Abmachung.

Johanna erzählte Manni am nächsten Tag von dem Spiel. Er regte sich darüber viel mehr auf, als Johanna es getan hatte. Er war sowieso sehr jähzornig und neigte zu Wutausbrüchen.
»Klau ihm doch die zwanzig Pfennig, dem alten Betrüger«, schlug er vor. »Hol sie dir, wenn er seine Frau vom Angeln heimbegleitet. Und deine Briefmarken nimmst du bei der Gelegenheit auch gleich mit. Lass dir nichts gefallen!«
Johanna lachte nur über diesen Vorschlag.
Manni sagte: »Wenigstens solltest du mit ihm nie mehr Mensch ärgere dich nicht spielen. Nur noch mit deiner Tante Fanni, die ist in Ordnung, die mag ich. Sie besucht immer meine Mutter, obwohl deine Oma das nicht mag.«
Bei diesem Gespräch mit Manni erfuhr Johanna auch, warum Tante Fanni am Vortag bei Herrn Muliks Theorie vom Sprachenlernen so auffällig rot geworden war.
Trotz Oma Mariechens Verbot gingen Johanna und Manni nämlich noch zusammen von der Schule nach Hause. Johanna hatte ihm von dem Gespräch mit der kleinen Oma im Garten erzählt. Manni war außer sich geraten. Auf Oma Mariechen war er gar nicht so wütend, sein Zorn richtete sich gegen Frau Ebert. Nur mit Mühe hatte ihn Johanna davon abhalten können, ihr einen Stein ins Wohnzimmerfenster zu werfen.
Neuerdings blieben sie immer gleich bei ihrem Treffpunkt neben der Bäckerei Vollert stehen, unterhielten sich dort und gingen erst, wenn es Zeit zum Mittagessen war. Kurz vor Eberts Haus drückten sie sich verstohlen die Hand und trennten sich schnell.

Seit ihre Freundschaft durch Oma Mariechens Verbot in Gefahr war, hatte sich die Art ihrer Beziehung verändert. Vor ein paar Wochen war es mit Manni noch wie mit Erna gewesen. Sie sahen sich gern, fanden sich nicht unsympathisch und hatten jede Menge gemeinsamen Gesprächsstoffs, weil sie dieselben Leute kannten und in eine Klasse gingen. Sie sprachen meist über andere, selten von sich, schon gar nicht über ihre Freundschaft.

Jetzt, da jeden Tag ein neues, strengeres Verbot von Oma Mariechen drohte, fingen sie an darüber zu reden, was wohl wäre, wenn sie sich nicht wiedersehen dürften. Und zaghaft erst und schließlich immer mutiger gestanden sie sich, wie sehr sie das traurig machen würde. Ein Gefühl von Heimlichkeit und Gefahr umgab sie. Manchmal, mitten im Gespräch, ergriff einer unwillkürlich die Hand des anderen und drückte sie schnell. Oder sie gingen so dicht nebeneinanderher, dass sich ihre Ellbogen berührten.

»Wenn Frau Ebert meiner Oma erzählt, dass wir immer noch zusammen gehen, holt die mich vielleicht von der Schule ab. Damit ich wirklich nicht mehr mit dir sprechen kann«, sagte Johanna. »Was machen wir dann?«

»Frau Ebert soll gefälligst den Mund halten, sonst kann sie was erleben!«, schimpfte Manni. »Wir bleiben ja gar nicht mehr vor ihrem Haus stehen, was will sie denn erzählen? Außerdem wird es deiner Oma zu dumm, wenn sie dich jeden Tag von der Schule abholen muss.«

»Und wenn sie es trotzdem tut?«

»Dann treffen wir uns eben heimlich am Nachmittag, bei uns.«

»Das merken doch die Nachbarn und sagen es der Oma.«

»Welche Nachbarn? Meinst du, die Dolle Kuni erzählt was? Stell dir vor, die Dolle Kuni kreuzt mit ihrem Hund bei deiner Oma auf und kreischt: ›Deine Enkelin trifft sich heimlich mit

Manni!‹, und dabei wirft sie mit Steinen! Da wäre was los, was?!«
Manni lachte über diese Vorstellung, Johanna mit ihm. Aber gleich wurde sie wieder ernst.
»Es gibt auch andere Nachbarn, weiter unten!«
»Lipperts meinst du? Die kümmern sich nicht darum. Oder haben sie schon mal was wegen deiner Tante gesagt?«
»Welche Tante?«
»Welche Tante! Du hast doch nur die eine. Fanni natürlich. Du weißt doch, dass sie sich bei uns mit ihrem Sammy trifft.«
»Sammy? Was für ein Sammy?« Johanna blieb überrascht stehen. »Wer ist das?«
»Na, ihr Freund. Weißt du das nicht? Sie lernt doch mit dir zusammen Englisch, hat sie meiner Mutter erzählt. Ich denke, du weißt Bescheid!«
»Überhaupt nichts weiß ich. Nicht zu fassen: Tante Fanni hat einen amerikanischen Freund! Er ist doch Amerikaner, oder? Hat sie ihn bei Verena kennengelernt?«
»Nein, direkt vor eurem Haus. Deine sämtlichen Omas haben sogar zugeschaut dabei. Er hatte eine Reifenpanne, hat sie gesehen, fand sie wohl hübsch und hat mit ihr ausgemacht, dass sie sich wiedersehen. Stell dir vor, er ist auch noch der beste Freund von Dave!«
»Dave? Und wer ist Dave?«, fragte Johanna.
»Der Freund von meiner Mutter. Hab ich dir das noch nie erzählt?«
»Dass sie einen Freund hat, schon. Aber nicht, wie er heißt.«
»Na gut, dann weißt du es jetzt«, sagte Manni.
Sie waren inzwischen bei Eberts Haus angelangt und mussten sich schnell voneinander verabschieden.
»Sag niemandem etwas davon, ja? Von Fanni und Sammy, meine ich«, bat Manni.

»Denkst du, ich renne zu Oma Mariechen und verpetze meine Tante?«, fragte Johanna.
»Nein, natürlich nicht. Ich meine, du sollst auch mit Fanni nicht darüber reden.«
»Mit niemandem!«, versprach sie, winkte Manni zu und ging nach Hause.

Am nächsten Tag kam Manni noch einmal auf die Dolle Kuni zu sprechen. »Du errätst nie, wer gestern zu mir ›Guten Abend‹ gesagt hat«, behauptete er.
»Stimmt, ich errate es nie«, antwortete Johanna. »Deswegen sagst du es mir ja auch.«
»Na gut. Es war die Dolle Kuni. Sie kam mit einem Eimer Wasser vom Brunnen die Schlossbergsteige hoch, als ich gerade unseren Garten gegossen habe. Erst wollte ich schnell ins Haus, damit sie nicht wieder anfängt zu schreien und den Hund auf mich hetzt. Dann habe ich gesehn, dass sie den Hund gar nicht dabeihat. Ich bin einfach stehen geblieben und habe ›Guten Abend‹ gesagt.«
»Und dann?«, fragte Johanna.
»Hat sie ›Guten Abend‹ geantwortet und ist weitergegangen, als ob sie die normalste Frau im Dorf wäre. Meine Mutter sagt, sie wird nur wild, wenn jemand in ihren Hof will, dann dreht sie durch.«
»Was sie nur mit ihrem Hof hat!«, fragte sich Johanna.
»Nicht mit dem Hof. Mit dem Haus!«, antwortete Manni. »Du hast es doch auch gesehn: Sie schließt immer die Tür ab, selbst wenn sie drei Schritte in den Hof geht, egal ob sie den Hund füttert oder ihre Kuh melkt. Was hat sie nur da drinnen? Was, glaubt sie, würde man ihr klauen, wenn sie mal nicht abschließt? Meinst du, sie hat Gold gefunden? Vielleicht ist das ganze Zimmer voller Goldbarren.«

»Du liest zu viele Bücher«, sagte Johanna. »Aber du hast recht. Ich würde gar zu gern mal bei ihr durchs Fenster gucken. Nur einen Augenblick.«
»Du weißt genau, dass das nicht geht. Sie verlässt das Haus höchstens für fünf Minuten. Und dann der Hund! Es ist unmöglich.«
»Du hast ja recht«, sagte Johanna. »Und trotzdem würde ich's gar zu gerne tun.«
Die Gelegenheit dazu kam schneller, als die beiden gedacht hätten.
Am 19. Juni stand in der Zeitung unter der Schlagzeile »Das Währungsgesetz«, dass zwei Tage später, am Sonntag, eine Währungsreform stattfinden würde.
Aufgeregt las Oma Mariechen beim Frühstück aus der Zeitung vor: »Das bisherige Geld wird am 21.6.48 ungültig. Jeder Einwohner der Westzone bekommt 60 Deutsche Mark, die gegen den gleichen Betrag Altgeld umgetauscht werden. Hiervon werden 40 Mark an diesem Sonntag ausbezahlt, die restlichen 20 Mark einen Monat später. Der Geldumtausch findet auf den Bürgermeisterämtern statt beziehungsweise da, wo gewöhnlich die Lebensmittelkarten ausgegeben werden.«
An diesem Vormittag begann die Schule mit erheblicher Verspätung. Hauptlehrer Schopper stand bei den Leuten, die sich überall im Dorf zu Gruppen zusammenfanden und über das neue Gesetz redeten. Alle waren sich einig, dass man das alte Geld ausgeben musste, solange es noch etwas wert war. Der Nachmittagszug nach Bamberg war überfüllt wie nie, die Leute fuhren auf den Trittbrettern mit und klammerten sich außen am Waggon fest. Die wenigen Waren wurden den Verkäufern aus der Hand gerissen, Kaufhäuser mussten wegen Überfüllung geschlossen werden. Es gab Leute, die Hunderte von Backpulver-Tütchen kauften, Taschen voller Lockenwickler

oder Lampenschirme aus Pergamentpapier. Die Preise explodierten. Bereits am Freitag hatte eine Ami-Zigarette 30 Mark gekostet, am Samstag musste man schon einen Hunderter dafür bezahlen. Die Packung war nicht unter 1000 Mark zu kriegen. Man sah Leute mit Einkaufstaschen voller Hundertmarkscheine, die von Laden zu Laden hetzten, um irgendetwas dafür zu kaufen. Jeder wusste: Gab er heute sein Geld nicht aus, konnte er es am Montag höchstens noch dazu verwenden, den Herd anzuschüren.

Sogar Oma Mariechen vergaß ihre Sparsamkeit, fuhr mit dem Zug nach Haßfurt und kam mit einer geblümten Kittelschürze, einem Päckchen Spielkarten und einem Karton voll Christbaumschmuck zurück.

Manni machte sich keine Gedanken, wie er sein altes Geld günstig ausgeben könne, er hatte sowieso keines. Die Sache mit der Währungsreform brachte ihn auf ganz andere Ideen.

»Morgen darfst du bei der Dollen Kuni durchs Fenster gucken«, sagte er am Samstag, als er sich mit Johanna vor der Bäckerei Vollert traf. »Morgen *muss* sie nämlich weggehen, sie muss das neue Geld abholen.«

»Vielleicht weiß sie gar nicht, dass es welches gibt«, sagte Johanna.

Manni schüttelte den Kopf. »Der Gemeindediener ist mit seiner Glocke durchs Dorf gegangen und hat es ausgerufen. Ich hab sie beobachtet: Sie hat die Haustür geöffnet und ihm zugehört. Sie weiß es! Wir warten in meinem Zimmer, bis wir sie weggehen sehn. Dann kannst du bei ihr übers Hoftor klettern. In aller Ruhe; es dauert mindestens eine Viertelstunde, bis sie wiederkommt.«

»Aber der Hund!«, sagte Johanna. »Du hast ihren Hund vergessen. Sein Strick ist so lang, dass er bis zum Hoftor rennen kann. Der zerreißt mich, sobald ich in den Hof springe.«

Manni hatte auch daran gedacht und entwickelte ihr seinen Plan, in dem eine unten zugespitzte Bohnenstange die entscheidende Rolle spielte. Johanna war einverstanden.

Manni fragte: »Kannst du überhaupt zu uns kommen am Sonntag? Was sagt denn deine Oma dazu?«

»Die merkt es nicht. Sie geht ja auch ihr Geld abholen«, sagte Johanna. »Außerdem ist sonntags die Wirtschaft immer voller Gäste.«

Am Sonntag ging Johanna mit Oma Mariechen, ihrer Mutter und Tante Fanni von der Kirche nach Hause, durch die Vordertür hinein, legte ihr Gesangbuch im Nebenzimmer auf die Bank, winkte Oma Elsbeth flüchtig zu, verließ das Haus durch die Hintertür, schlich geduckt unter den Fenstern der Gaststube vorbei und rannte zur Schlossbergsteige.

Manni saß schon an seinem Ausguckposten hinter dem Fenster. Er hatte eine Bohnenstange aus dem Garten in sein Zimmer geholt, sie lag auf dem Fußboden und ragte weit in den Flur hinaus.

»Sie muss noch im Haus sein«, flüsterte er, als Johanna die Tür hinter sich geschlossen hatte. Unwillkürlich nahm sie sein Flüstern auf, obwohl kein Anlass dafür bestand. »Ich bin so gespannt, ob sie wirklich weggeht«, sagte sie leise, holte einen zweiten Stuhl und setzte sich neben Manni.

Ziemlich lange saßen sie nebeneinander, unterhielten sich halblaut und schauten ab und zu durchs Fenster. Manni legte den Arm um Johannas Schultern, sie ließ es zu, rückte ihren Stuhl sogar näher an seinen heran. Sie hatten schon fast den Grund ihres Wartens vergessen, als sich drüben plötzlich die Haustür öffnete. Die Dolle Kuni trat zögernd hinaus, eine kleine, schwarze Ledertasche in der Hand, und blickte sich misstrauisch um. Sie schloss die Haustür ab, steckte den Schlüssel in die Handtasche, ging zum Hund und löste seinen

Strick vom Halsband. Johanna und Manni waren aufgestanden und guckten nach drüben.

»Sie lässt den Hund frei laufen. So ein verfluchter Mist!«, schimpfte Manni leise. »Alles umsonst!«

Die Dolle Kuni beobachtete eine Weile ihren Hund. Er rannte durch den Hof, schlug Haken, tobte sich aus. Sie rief nach ihm, er kam schweifwedelnd zu ihr hin und sprang an ihr hoch. Sie machte eine abwehrende Geste und fasste ihn am Halsband.

»Schau doch! Sie bindet ihn wieder fest«, flüsterte Johanna.

Gleich darauf öffnete die Dolle Kuni das Hoftor, guckte nach rechts und links, schloss hinter sich ab und rannte dann die Schlossbergsteige hinauf, die Handtasche unter den Arm geklemmt.

Manni öffnete das Fenster.

»Warte! Sie guckt bestimmt noch mal zurück«, warnte ihn Johanna.

»Wir haben nicht viel Zeit, du siehst doch, wie sie rennt«, sagte Manni, ergriff die Bohnenstange, schob sie zum Fenster hinaus und kippte sie nach unten, bis ihre Spitze den Boden berührte. Er hatte jetzt das andere, das stumpfe Ende der Stange in der Hand und musste sich nur wenig aus dem Fenster beugen.

»Jetzt nimm den Knochen! Dort, auf dem Zeitungspapier. Wirf ihn nicht zu weit weg!«, sagte er. »Genau unters Fenster ins Gras!«

Johanna nahm den Suppenknochen, den Manni bereitgelegt hatte, und ließ ihn aus dem Fenster fallen. Er landete auf dem schmalen Grasstreifen neben dem Haus.

»Komm, Sultan! Hier, Sultan, friss! Komm!«, lockten die beiden.

Der Hund kam quer über den Hof auf Verenas Haus zu. Der Strick, mit dem er am Haus der Dollen Kuni festgebunden war, straffte sich, schleifte nicht mehr über den Boden. Sultan

beschnüffelte den Knochen und nahm ihn mit den Zähnen auf. In diesem Augenblick hob Manni die Bohnenstange, angelte damit nach dem Strick, zog ihn ganz nahe an die Hauswand heran und stieß die Spitze der Stange fest in den Boden.
»Hilf mir! Wir haben ihn!«, schrie er. Johanna drückte mit ihm die Stange fest nach unten, die Spitze versank zwischen den Grashalmen in der Erde. Der Hund merkte, dass sein Strick nun straffer gespannt war und ihm kaum noch Bewegungsfreiheit ließ. Er stemmte sich dagegen, zog an seiner Leine. Manni hatte das obere Ende der Stange fest gepackt, das untere steckte im Boden, die Stange wölbte sich ein bisschen nach außen, aber sie hielt stand.
Der Hund fand sich schnell mit seiner eingeschränkten Freiheit ab, er war es gewohnt, angebunden zu sein. Langsam ließ er sich ins Gras nieder, hielt den Knochen mit der Vorderpfote fest und benagte ihn mit schief gehaltenem Kopf.
»Jetzt schnell! Ich hab ihn, er kann nicht weg«, sagte Manni. »Und beeil dich!«
Johanna rannte aus Verenas Haus, ein paar Meter die Schlossbergsteige hoch, zum Hoftor der Dollen Kuni, hielt sich oben fest, stemmte den Fuß auf eine Holzleiste, kletterte hinauf und sprang auf der anderen Seite in den Hof.
Der Hund ließ von seinem Knochen ab, zerrte an seinem Strick und bellte sie wütend an.
Ängstlich blieb Johanna beim Tor stehen. Dann, als sie erkannte, dass Manni das Tier wirklich zurückhalten konnte, ging sie vorsichtig auf das Haus zu. Der Hund bellte noch lauter, noch wütender.
Die Haustür war fest verschlossen. Johanna trat an eines der Fenster und schaute hinein. Erst konnte sie durch die Scheibengardinen nichts erkennen. Aber als sie die Stirn fest an die Scheibe presste und beide Hände wie einen Trichter links und

rechts an die Schläfen hielt, sah sie deutlicher. Ein ganz gewöhnliches Zimmer, ein Tisch, ein Sofa, ein Teppich, ein … sie fuhr erschrocken zurück. Doch gleich darauf starrte sie wieder durch die Scheibe. Auf dem Teppich saß ein Junge, hatte eine Puppe im Arm und wiegte den Oberkörper hin und her. Er war schon groß, mindestens so alt wie ein Zweitklässler. Johanna hatte ihn noch nie im Dorf gesehen. Jetzt schien er sie draußen vor dem Fenster entdeckt zu haben. Er erhob sich unbeholfen, kam zum Fenster, blieb da stehen, nickte und lächelte freundlich. Er hatte ein rundes Gesicht und kleine Augen, die merkwürdig schräg standen.

Manni schrie ihr drüben vom Fenster aus etwas zu. Johanna winkte unwillig ab, hörte nicht hin und starrte fasziniert auf das seltsame, unbekannte Kind, das ihr durch die Scheibe zulächelte.

Mit einem Mal wurde das Tor aufgestoßen, die Dolle Kuni stürmte in den Hof. Das Bellen ihres Hundes hatte sie zurückgeholt. Ihre Haare flogen, sie schrie unartikuliert, warf die Handtasche von sich, reckte beide Fäuste und rannte auf Johanna zu.

Manni brüllte: »Johanna, lauf weg! Schnell, lauf weg!«

Er konnte den tobenden Hund kaum noch zurückhalten, die Stange drohte durchzubrechen.

Johanna, unfähig, sich zu bewegen, blieb einfach neben dem Fenster stehen, bleich vor Schreck, und hob nicht einmal die Arme vors Gesicht, um sich gegen die drohenden Schläge zu verteidigen.

Da war auch schon die Dolle Kuni bei ihr. Aber sie schlug sie nicht, sie stand mit weit aufgerissenen, erschrockenen Augen vor ihr, schaute auf das Fenster, dann zu Johanna, ließ die Schultern sinken und sagte tonlos: »Du weißt es. Du hast ihn gesehen.«

Johanna nickte stumm.
Die Dolle Kuni fing an schreiend zu weinen, griff Johannas Hände, beugte sich darüber, küsste sie immer wieder und stammelte dabei: »Bitte, sag es niemandem! Verrat es nicht! Bitte! Sie holen ihn sonst ab, sie bringen ihn doch um! Bitte nicht! Bitte!«
Johanna versuchte vergeblich, der Dollen Kuni ihre Hände zu entziehen. Hätte die sie mit Fäusten traktiert, Johanna wäre weniger erschrocken gewesen. Sie versuchte die Frau zu beruhigen.
»Niemand holt ihn ab! Hören Sie doch zu, Frau Kuni, er wird nicht abgeholt, bestimmt nicht!«, sagte sie. »Ich erzähle es trotzdem nicht weiter. Ganz bestimmt!«
»Schwöre es!«, bat die Dolle Kuni. »Leg drei Finger auf dein Herz und schwöre es!«
»Ich schwöre es«, sagte Johanna.
Die Dolle Kuni flüsterte: »Es weiß nur der alte Doktor Brander, sonst niemand. Sie holen ihn nämlich sonst ab, das ist doch bekannt. Der alte Brander verrät mich nicht, er hat es versprochen.«
»Der Doktor Brander ist schon gestorben, als ich noch in der ersten Klasse war«, sagte Johanna.
»Er ist tot? Dann weiß es niemand mehr, nur du. Schwöre mir, dass du es niemandem sagst! Leg drei Finger auf dein Herz und schwöre!«
»Das hab ich doch gerade getan«, antwortete Johanna verzweifelt.
»Dann geh jetzt! Geh!«, schrie die Dolle Kuni. Plötzlich schien sie wieder wütend zu werden. Johanna ging hastig zum Hoftor und warf es hinter sich zu.
Manni zog die Bohnenstange nach oben, befreite so den Hund, schloss schnell das Fenster und rannte vor die Haustür.

Johanna lehnte am Gartenzaun. Sie war bleich wie der Mond und atmete stoßweise.
»Geht's dir gut?«, fragte Manni. Johanna nickte kaum merklich.
Manni fragte: »Was war denn plötzlich mit der Dollen Kuni? Warum war sie auf einmal so anders? Hat sie geweint? Was habt ihr zusammen geflüstert? Kommst du nicht mit rein? Warum sagst du nichts? Was war denn?«
Johanna schüttelte den Kopf. Sie konnte jetzt keine Fragen beantworten, schon gar nicht so viele.
»Sag doch endlich was!«, drängte Manni.
»Sie ist ... sie ... sie war einfach verwirrt«, versuchte sie zu erklären.
Manni guckte sie an. »Ich glaube, du bist auch ganz schön verwirrt. Was war denn nun im Zimmer? Was hast du gesehn?«
»Nichts«, sagte Johanna und schüttelte abwehrend den Kopf, heftiger als vorher. »Da ist nichts. Gar nichts.«
»Gar nichts? Keine Möbel? Ganz leer?«, fragte Manni verblüfft.
»Doch, schon. Ganz normale Möbel, sonst nichts«, sagte Johanna. »Ich muss jetzt nach Hause. Sei nicht böse, Manni, aber ich will heim. Mir ist doch nicht gut.«
»Ja, ja, natürlich«, sagte Manni. Fürsorglich fragte er: »Soll ich dich begleiten?«
»Nein, nicht nötig. Sonst sieht uns noch Frau Ebert. Ich geh lieber allein. Bis morgen nach der Schule, Manni«, sagte Johanna und ging.

Es war wirklich erstaunlich, was es nach der Währungsreform alles zu kaufen gab. Die Geschäftsleute schienen ihre Waren in Speichern und Lagern gehortet und auf den Tag gewartet zu haben, an dem das Geld mehr wert sein würde. Schon am Montag waren die Schaufenster voll mit Kochtöpfen und Einmachgläsern, es gab wieder Fahrradschläuche, sogar Glühbirnen wurden ohne Bezugsschein verkauft.
Auf dem Markt in Bamberg boten die Bauern Gemüse und Eier an, wenn auch zu sehr hohen Preisen. Sogar in Hesterhausen zeigten sich bald die Auswirkungen der Währungsreform: Die Bäckerei Vollert verkaufte wieder Brot und beim Metzger Husslein gab es fast jeden Tag Fleisch, manchmal sogar Griebenwurst oder weißen Presssack.
Auch im Gasthaus zum Elefanten konnte man daran denken, den Gästen wenigstens am Wochenende warme Mahlzeiten anzubieten.
Anfang Juli, kurz vor dem Beginn der großen Ferien, schloss die kleine Oma einen Vertrag mit den Streckenarbeitern der Bahn, die gerade in Hesterhausen neue Gleise legten.
Oma Mariechen verpflichtete sich, den Arbeitern vier Wochen lang ein Mittagessen zu servieren, natürlich gegen Bezahlung und Abgabe von Lebensmittelmärkchen. Die Streckenarbeiter verpflichteten sich, die vielen Flaschenbiere, die bei der warmen Witterung zwangsläufig anfallen würden, ausschließlich im Gasthof zum Elefanten zu kaufen und nicht etwa in der Gastwirtschaft zum Wilden Mann im Oberdorf.
Selbstverständlich durften sie auch in Oma Mariechens Gasthaus ihre Frühstückspause absitzen, ein Bier bestellen oder

auch zwei und dabei ihre mitgebrachten Brote verzehren. Und zwar am besten im Nebenzimmer, um den normalen Gastwirtschaftsbetrieb nicht zu stören, wie ihnen Oma Mariechen dringend nahelegte.
So sah sich Oma Elsbeth, die sich gerade an ihren neuen Platz im Nebenzimmer gewöhnt hatte, von einem Tag auf den anderen von einem Trupp gut gelaunter Streckenarbeiter umringt, der bereits morgens um neun lärmend über sie hereinbrach. Die Männer machten sich einen Spaß daraus, die Henkelverschlüsse der Flaschen so mit dem Daumen aufzuschnippen, dass es laut knallte und das Bier schäumend vom Flaschenhals tropfte. Die Gläser, die Tante Fanni für sie auf den Tisch stellte, ließen sie unberührt. Sie tranken aus der Flasche, nahmen tiefe Züge, worauf sie einen Moment mit leerem, nach innen gerichtetem Blick vor sich hin starrten, um schließlich laut und gefühlvoll zu rülpsen und die Flasche abzustellen.
Oma Elsbeth war empört. »Das ist unmöglich, einfach eine Schande«, beschwerte sie sich nach dem Mittagessen in der Küche bei den anderen Frauen. »Ihr könnt mich nicht inmitten einer Horde schwitzender und schmatzender Männer sitzen lassen, die ständig dumme Witze reißen und ›Mutti‹ zu mir sagen!«
»Du hast ganz recht, Elsbeth«, sagte die kleine Oma. »Es ist unmöglich da drinnen für eine Frau wie dich. Aber was sollen wir tun? In der Küche gibt es noch weniger Platz als vorher. Wir müssen jetzt jeden Tag vierzehn Mittagessen kochen, fünf für uns, neun für die Arbeiter. Wir brauchen hier jeden Zentimeter.«
»Dann schick diese Männer doch einfach weg!«, forderte die große Oma.
Oma Mariechen sagte: »Das geht nicht, Elsbeth, ich habe einen Vertrag geschlossen. Den muss ich einhalten.«

»Wenn diese Männer nicht wegbleiben, geh ich hinauf in mein Zimmer und komme nicht mehr herunter!«, drohte die große Oma.
»Das ist eine gute Idee, das wollte ich dir auch schon vorschlagen«, sagte Oma Mariechen. »Da oben hast du deine Ruhe, bist ganz ungestört, keiner schwitzt, keiner schmatzt, keiner redet dir rein. Du kannst tun, wozu du Lust hast.«
»Ja, wir bringen dir auch das Essen hoch, dann brauchst du nicht immer die Treppen zu steigen mit deinem schlimmen Bein«, fügte Tante Fanni hinzu, und Johannas Mutter sagte: »Es ist vielleicht wirklich das Beste für alle. Wir können uns recht wenig um dich kümmern hier, es gibt so viel zu tun zurzeit.«
»Was soll ich denn da oben machen, den ganzen Tag?«, fragte die große Oma. »Da gibt's doch nichts zu sehen.«
»Wir können dir deinen Stuhl ja ans Fenster stellen, dann kannst du hinausschaun«, schlug Oma Mariechen vor. »Man sieht das ganze Maintal von da oben. Du kannst sogar Frau Mulik beim Angeln zugucken.«
»Vielleicht magst du was stricken oder häkeln?«, fragte Johannas Mutter zaghaft. »Ich habe noch Wolle in meinem Nähkorb.«
»Wenn du es willst, kann ich dir immer die Kartoffeln hochtragen. Dann kannst du sie schälen wie bisher auch«, sagte Tante Fanni. Und ehe die große Oma so recht begriffen hatte, was mit ihr geschah, geleitete man sie schon zur Treppe, half ihr die Stufen hoch, trug ihr den Gehstock hinterher, schob ihren Sessel vor das Fenster, legte zwei Kissen unter, stützte sie, während sie sich darauf niederließ, und fragte, ob sie auch bequem sitze und aus dem Fenster gucken könne. Oma Elsbeth nickte. Die drei Frauen entschuldigten sich, schließlich musste ein ganzer Berg Geschirr abgespült werden, vierzehn

Suppenteller, vierzehn Platten, dazu fünf Schüsseln und natürlich das ganze Besteck. Die kleine Oma, Johannas Mutter und Tante Fanni gingen schnell wieder nach unten.
Nur Johanna blieb oben bei der großen Oma stehen und schaute mit ihr aus dem Fenster.
»Du darfst ruhig mit den andern nach unten gehn, wenn du das lieber willst«, sagte die große Oma. »Es ist bestimmt langweilig für ein junges Mädchen, mit so einer alten Frau …«
»Du kannst ja machen, dass es nicht langweilig für mich wird«, sagte Johanna und setzte sich auf die Armlehne von Oma Elsbeths Sessel.
Die Oma fragte: »Und wie kann ich das?«
»Erzähl mir einfach was!«
»Was möchtest du denn hören?«
»Zum Beispiel wie es früher war, als du so alt warst wie ich«, sagte Johanna.
»Als ich so alt war wie du, hatten wir gerade Jahrhundertwende. Da regierte in Deutschland noch Kaiser Wilhelm«, fing Oma Elsbeth an.
»Von meinem Vater musst du mir dann auch was erzählen. Wie er so ist, ich kenne ihn ja gar nicht mehr«, sagte Johanna dazwischen. »Wie er meine Mutter kennengelernt hat und all so was …«
»Gut, gut. Vielleicht beginne ich damit, wie ich mich in deinen Opa Anton verliebt habe«, sagte die große Oma eifrig, fing auch wirklich damit an und erzählte den halben Nachmittag lang Familiengeschichten.

Von nun an blieb die große Oma in ihrem Zimmer im ersten Stock und kam nur noch ganz selten nach unten, auch als die Streckenarbeiter nach vier Wochen weiterzogen in den Nachbarort und das Nebenzimmer wieder frei wurde.

Johannas Mutter kam jeden Mittag nach oben und bat Oma Elsbeth, doch unten mit den anderen zusammen zu essen. Aber Oma Elsbeth wollte nicht. So brachten ihr Johannas Mutter oder Johanna das Essen hoch und holten später den leeren Teller ab.

»Warum ziehst du denn nicht wieder nach unten?«, fragte Johanna. »Macht es dir vielleicht Spaß, allein zu essen?«

»Die da unten wollen mich nicht in der Küche haben«, antwortete die große Oma.

»In der Küche vielleicht wirklich nicht, da ist kein Platz. Aber im Nebenzimmer!«

»Nebenzimmer, Nebenzimmer!«, murrte die große Oma. »Mein Platz ist nicht im Nebenzimmer. Ich bin kein Möbelstück, das man umstellt, wie man gerade Lust hat. Gestern drinnen, heute draußen, morgen hinauf, übermorgen hinunter. Nein, nein, ich bleibe hier oben.

Warte nur, wenn dein Vater kommt! Dann soll er mich hier vorfinden und sehen, was sie mit mir gemacht haben. Da werden sie erzittern. ›Er wird über die Gottlosen regnen lassen Blitze, Feuer und Schwefel und wird ihnen ein Unwetter zum Lohn geben.‹ So steht's in den Psalmen.«

»Wenn Papa kommt? Weißt du denn was? Hast du was von ihm gehört?«, fragte Johanna aufgeregt.

»Nein. Aber ich spüre, dass er bald kommt«, sagte Oma Elsbeth. »Er wird sie zur Rede stellen und sie müssen mich um Verzeihung bitten, ja, das müssen sie. Er wird mich nach unten bringen an meinen Platz, und ich setze mich mitten in die Küche, und mein Stuhl darf nicht beiseitegeschoben werden, keinen Zentimeter. Warte, ich lese dir die Prophezeiung vor!«

Oma Elsbeth griff nach der großen, schwarz eingebundenen Bibel, die vor ihr auf dem Fensterbrett lag, und blätterte darin. Bisher hatte Johanna nie den Eindruck gehabt, dass die große

Oma besonders fromm war. Vielleicht deshalb, weil sie wegen ihres steifen Beins selten in die Kirche ging. Aber seitdem Oma Elsbeth sich nur noch in ihrem Zimmer aufhielt, las sie stundenlang in der Bibel. Sie markierte sich Stellen, die ihr besonders gut gefielen, mit verschiedenfarbigen Wollfäden, die sie zwischen die Buchblätter legte. »Worte der Hoffnung«, wie sie es nannte, wurden durch einen grünen Faden bezeichnet, »Worte des Zorns« durch einen schwarzen.

»Hier steht es ja schon«, sagte Oma Elsbeth, legte einen grünen Wollfaden beiseite und las vor: »Ich will dein Gefängnis beenden, spricht der Herr, und will dich wiederum an den Ort bringen, von dem ich dich habe wegführen lassen.«

Sie klappte das Buch zu, schaute Johanna triumphierend an und sagte: »Ja, so steht es geschrieben.«

Zuweilen las die große Oma auch die eine oder andere Geschichte aus dem Alten Testament vor. Die Art, wie die Könige aus der Bibel mit den Einwohnern eroberter Städte umzugehen pflegten, sie bei lebendigem Leib mit Sägen und eisernen Dreschwagen zerteilten oder sie in Ziegelöfen verbrannten, erschreckte Johanna. Sie mochte nie lange zuhören und floh manchmal sogar aus dem Zimmer.

Oma Elsbeth sagte: »Was rennst du denn immer weg! Das sind Geschichten aus uralten Zeiten. Damals waren die Menschen eben noch grausam und wild, da musst du dich doch nicht derart aufregen!«

Wenn Johanna dann antwortete, dass es sie deswegen so aufrege, weil die Menschen noch genauso wild und grausam seien, und erzählte, was sie in den Zeitungen gelesen hatte, war es Oma Elsbeth, die nicht zuhören mochte. In Nürnberg standen die Nazi-Ärzte vor Gericht und jeden Tag kamen neue Verbrechen zur Sprache. Einer hatte über hundert Menschen nur deshalb getötet, um die Skelettsammlung der Straßburger

Universität zu ergänzen, sie hatten jüdische Kinder mit Krankheitserregern gespritzt und bei deren qualvollem Sterben kalt und interessiert zugesehen, hatten Gefangene in Druckkammern und Eiskästen ums Leben gebracht.
Johannas Mutter sagte, die Berichte in den Zeitungen seien wahr, aber sie sprach nicht gern darüber. Genau wie Tante Fanni. Die brachte die Rede auch immer schnell auf etwas anderes, wenn Johanna anfing Fragen zu stellen. Oma Elsbeth stritt alles ab und hielt es für Lügen. In diesem Punkt waren sie und Oma Mariechen ausnahmsweise einer Meinung.
Kam Johanna aus Oma Elsbeths Zimmer endlich wieder nach unten, empfing die kleine Oma sie oft mit Vorwürfen.
»Wo warst du denn so lange!«, sagte sie etwa. »Jetzt haben wir den ganzen Abwasch ohne dich machen müssen. Du hast dich wieder mal gedrückt und lässt deine alte Oma die ganze Arbeit allein tun.«
In Wirklichkeit störte es Oma Mariechen wenig, dass Johanna nicht mitgeholfen hatte. Es gab nicht viel abzuspülen, seitdem die Arbeiter weitergezogen waren, und die drei Frauen kamen sich dabei sowieso schon fast in die Quere. Nein, Oma Mariechen war eifersüchtig, weil Johanna jetzt immer so viel Zeit bei der anderen Oma zubrachte.
Vielleicht war sie deshalb besonders streng zu Johanna, fand immer etwas für sie zu tun und gab ihr selten frei. Vielleicht tat sie das aber auch, weil sie verhindern wollte, dass Johanna und Manni sich weiterhin trafen. Die großen Ferien hatten begonnen und es gab keinen gemeinsamen Heimweg von der Schule mehr, keine vertraulichen Gespräche vor Vollerts Bäckerei. Johanna und Manni sahen sich kaum noch. Das ganze Gespräch bestand manchmal nur aus der hastig vorgebrachten Mitteilung, wann sie sich das nächste Mal vielleicht sehen könnten.

Manni kam auf die Idee, den Park als Treffpunkt zu wählen. Oberhalb von Verenas Haus, nahe der Stelle, wo Sultan damals die Katze angebellt hatte, war ein Busch so an der Parkmauer hochgewachsen, dass Manni sie von der Schlossbergsteige aus überklettern konnte.

Johanna sprang von der Gartenmauer aus in den Park, wie sie das schon oft getan hatte. Sie trafen sich dann unter den tief hängenden Zweigen einer alten Fichte im ersten, unteren Drittel des Parks.

Einmal, als Johanna ein bisschen früher als ausgemacht zu ihrem Versteck kam, saß nicht Manni unter der Fichte, sondern der Rote Baron. Es war Zufall, dass er sich da niedergelassen hatte, er war auf einem seiner Spaziergänge dort vorbeigekommen und wollte sich ein bisschen ausruhn. Johanna unterhielt sich fast eine halbe Stunde mit ihm. Der Rote Baron erzählte, dass er nun doch ins Schloss umgezogen sei, beschrieb ihr sein Zimmer und fragte, ob sie nicht Lust habe, mal wieder auf eine Tasse Pfefferminztee vorbeizukommen.

Als sich Manni immer noch nicht blicken ließ, sagte Johanna zum Roten Baron: »Wenn Ihnen zufällig hier im Park ein Junge begegnet, der groß ist, schwarze Haare und besonders schöne Augen hat, blaue nämlich, dann grüßen Sie ihn bitte von mir und sagen ihm, ich hätte nicht länger warten können, meine Oma schimpft sonst.«

»Ist das am Ende dieser ›Manni‹, mit dem du Schluss machen solltest?«, fragte er.

»Ja, genau der«, sagte Johanna, rannte zur Mauer und schaffte es zum ersten Mal, ohne fremde Hilfe hinüberzuklettern.

Am nächsten Tag kam Manni auch nicht zum Treffpunkt.

Am übernächsten sah sie ihn auf der Straße, als sie Milch holen ging. Er machte ein abweisendes Gesicht, grüßte knapp und war überhaupt sehr kurz angebunden.

»Was hast du? Bist du beleidigt? Hab ich dir was getan?«, fragte Johanna. »Dabei sollte ich beleidigt sein, weil du vorgestern nicht zu unserem Treffen gekommen bist.«
»Na, wenn du mit einem Mann zusammensitzt, denkst du, ich gehe dann zu dir hin?«, sagte Manni.
»Du hast mich gesehn? Warum bist du nicht zu uns gekommen?«, fragte Johanna. »Der Rote Baron hätte dir nichts getan. Der ist sehr freundlich, er ist sogar eine Art Freund von mir.«
»Das hab ich gesehn, dass ihr Freunde seid!« Manni trat gegen einen Stein und kickte ihn quer über die Straße. »Ihr habt dagesessen wie ein Liebespaar!«
»Was soll das denn heißen?«, fragte Johanna. Nun war sie beleidigt. »Darf ich mich vielleicht nicht mit ihm unterhalten, nur weil du mein Freund bist?«
Manni wich einer Antwort aus: »Worüber habt ihr denn gesprochen?«, fragte er.
»Zum Beispiel über dich. Er hat gesagt, ich soll nicht auf Oma Mariechen hören und zu dir halten.«
»Ist das wahr?«, fragte Manni und fasste nach Johannas Hand. Nach einer Weile sagte er: »Weißt du, wir sollten uns trotzdem nicht mehr im Park treffen. Ich hab eine bessere Idee. Jetzt sind doch die Waldhimbeeren reif und viele aus dem Dorf gehen zum Beerenpflücken. Kannst du deine Oma nicht überreden, dass du morgen in den Wald darfst, Himbeeren pflücken? Ich warte ab drei Uhr oben beim Storchenbrünnlein, ja?«
»Ich glaube, das erlaubt sie«, sagte Johanna.
Es war aber gar nicht leicht, Oma Mariechens Erlaubnis zu kriegen. Die kleine Oma machte Einwände. »Ein junges Mädchen allein im Wald? Wie stellst du dir das vor? Nein, nein, das wird nichts!«, sagte sie.
»Warum nicht? Wenn wir jetzt keine Himbeeren sammeln, haben wir im Winter keine Marmelade«, sagte Johanna. »Ein-

mal behauptest du, ich würde mich vor der Arbeit drücken, jetzt will ich mal was tun, dann ist es dir auch nicht recht!«
»Es ist mir sogar sehr recht«, antwortete die kleine Oma. »Und du sollst auch Himbeeren sammeln. Aber nicht allein! Tante Fanni wird dich begleiten, Fanni ist nämlich zufällig auf die gleiche Idee gekommen.«
»Tante Fanni? Kann ich nicht alleine?«, fragte Johanna.
»Was hast du gegen deine Tante?« Oma Mariechen wunderte sich. »Fanni freut sich bestimmt, wenn du mitkommst.«
Das tat Fanni keineswegs. »Johanna will auch in den Wald?«, fragte sie, als sie vom Garten hereinkam und alles erfuhr. »Muss das sein? Ich wollte eigentlich mal alleine weggehen. Immer ist einer aus der Familie dabei. Willst du nicht lieber morgen mitkommen, Johanna? Jemand muss doch das Gemüse putzen!«
»Geh du nur mit deiner Tante, Johanna! Das Gemüse putze ich in der Zwischenzeit«, sagte die kleine Oma. »Und dass auch was drinnen ist in euren Eimern, wenn ihr aus dem Wald zurückkommt!«
Missmutig schweigend gingen Johanna und Tante Fanni nebeneinanderher, die Schlossbergsteige hinauf, durchs Oberdorf, dann am Schafhof vorbei den Feldweg entlang, der zum Wald führte.
Johanna überlegte gerade, ob sie es wagen könne, Tante Fanni von ihrer Verabredung mit Manni zu erzählen, als die anfing zu reden.
»Johanna, ich muss dir was im Vertrauen erzählen. Aber versprich mir, dass du es nie, nie deiner Oma weitererzählst!« Sie dämpfte ihre Stimme, obwohl niemand da war, der hier auf freiem Feld hätte lauschen können. »Ich bin verabredet. Ich möchte gern allein sein. Können wir uns nicht einfach in zwei Stunden wieder treffen und zusammen heimgehen?«

Johanna blieb stehen und begann laut zu lachen. »Sag bloß, du willst dich hier mit deinem Sammy treffen?«, schrie sie laut. »Sie ist verabredet!«

»Psst, nicht so laut!« Tante Fanni schaute Johanna erschrocken an. »Woher weißt du von Sammy? Wer weiß es noch? Weiß es die Oma?«

»Keine Angst, ich weiß es von Manni. Von Emanuel. Ich erzähle es bestimmt nicht weiter.«

»Oh, dieser Manni!«, schimpfte Tante Fanni. »Dass der doch nie seinen Mund halten kann! Dem werde ich vielleicht was erzählen!«

»Das kannst du gleich«, sagte Johanna. »Ich bin nämlich auch verabredet.«

Jetzt fing Tante Fanni an zu lachen. Immer noch lachend und kichernd kamen die beiden am Waldrand an, beim Storchenbrünnlein, wo Sammy und Manni etwas betreten nebeneinander saßen und nichts miteinander anzufangen wussten, weil Manni kaum Englisch und Sammy nur ein paar Worte Deutsch sprach.

Johanna gab Sammy die Hand und sagte »Haudujuduh«, wie sie es mit Tante Fanni gelernt hatte. Er freute sich offensichtlich über die englische Anrede, antwortete auch »Haudujuduh« und fragte Fanni in gebrochenem Deutsch, wen er denn da eigentlich begrüßt habe. Er war nicht sehr groß, ein bisschen kleiner sogar als Manni, und hatte freundliche, schokoladenfarbene Augen.

Eine Weile schlenderten sie gemeinsam am Waldrand entlang, pflückten Beeren und unterhielten sich.

Mit der Zeit blieben Tante Fanni und Sammy immer weiter hinter den beiden anderen zurück und bogen schließlich in einen Seitenweg ein.

»Wir brauchen gar nicht auf die zu warten«, sagte Manni.

»Ich glaube, die wollen allein sein. Ich kann mir auch schon denken, warum.«
»Warum denn?«, fragte Johanna lächelnd.
»Du weißt es ganz genau!«
»Du meinst, sie wollen sich küssen?«
Manni nickte.
»Hast du schon mal jemanden geküsst?«, fragte sie.
»Nein, natürlich nicht. Höchstens meine Mutter, als ich klein war«, antwortete er. »Warum fragst du?«
Johanna zuckte mit den Achseln und gab keine Antwort.
Manni räusperte sich und fragte zögernd: »Und du? Hast du schon jemanden geküsst?«
Johanna schüttelte den Kopf.
Sie standen sich jetzt gegenüber und sahen sich an. Manni legte seine Hände auf Johannas Schultern, beugte sich zu ihr hin und küsste sie auf die Wange.
»Ich glaube, man küsst sich auf den Mund«, sagte Johanna. »So!«
Ein bisschen verlegen lösten sie sich dann voneinander und gingen stumm nebeneinanderher. Nach ein paar Schritten griff Johanna nach Mannis Arm und hängte sich bei ihm ein, bis sie bei der nächsten Himbeerhecke angelangt waren.
Als es dämmerte, trafen sich die Paare wieder, zeigten sich stolz, wie viele Beeren sie gepflückt hatten, und machten sich dann auf den Heimweg. Johanna und Fanni gingen voraus, Manni und Sammy folgten eine Viertelstunde später, damit die Leute im Dorf nichts mitkriegten.
Auf diese Weise sammelten sie nun oft Waldhimbeeren. Sammy hatte Urlaub, und da er seine freien Tage lieber mit Fanni im deutschen Wald verbrachte als allein zu Hause in New Haven, Connecticut, trafen sie sich, sooft Fanni Zeit hatte.

Oma Mariechen war mit Johanna und Fanni sehr zufrieden. »Ihr seid fleißig, das muss ich anerkennen«, sagte sie. »Jeden Tag sind die Eimerchen randvoll. Wirklich fleißig!«
Hätte sie geahnt, dass die Eimer nicht zuletzt deshalb so voll waren, weil Manni und Sammy eifrig beim Pflücken halfen, hätte sie die beiden Himbeerpflückerinnen bestimmt nicht so sehr gelobt.

Der September kam, ein trauriger Monat.
Die Himbeerzeit war vorbei, die Schule fing wieder an und dann geschah auch noch das mit Herrn Mulik.
Johannas Mutter sagte: »Merkwürdig! Frau Mulik geht neuerdings ohne ihren Mann zum Angeln. Ob er krank ist?«
»Am Sonntag habe ich ihn noch gesehn, da sah er ganz gesund aus«, erzählte Johanna. »Er hat mit Herrn Mattenheimer Kopf oder Zahl gespielt, um ein Viertel Wein. Sie haben Münzen geworfen und Herr Mulik hat gewonnen.«
»Das wird wohl eine finnische Münze gewesen sein«, murmelte Tante Fanni.
Auch die kleine Oma machte sich Gedanken. »Heute ist Donnerstag. Wenn du ihn am Sonntag gesehen hast, ist das immerhin vier Tage her. Ich bin ihm auch nicht mehr begegnet seitdem. Vielleicht ist er wirklich krank?«
»Bestimmt nicht. Sonst würde Frau Mulik nicht angeln gehn«, sagte Johanna.
»Wenn man sie doch nur fragen könnte. Warum spricht sie auch kein einziges Wort Deutsch!«, beklagte sich die kleine Oma.
»Frag sie trotzdem!«, schlug Johanna vor.
Als Frau Mulik wie immer am späten Nachmittag mit ihrem Marmeladeneimer und der Angelrute in den Hof kam, stellten sich ihr Oma Mariechen und Tante Fanni in den Weg.
»Wo ist Herr Mulik?«, fragte Tante Fanni. Sie bemühte sich, ganz langsam und deutlich zu sprechen. »Ist er krank?«
Frau Mulik antwortete etwas Unverständliches, es klang unwillig.

»Krank? Herr Mulik krank?«, fragte die kleine Oma, presste ihre Handflächen aneinander und legte den schief gehaltenen Kopf darauf wie auf ein Kissen. Eine Geste, mit der man eigentlich kleinen Kindern bedeutet, dass sie schlafen sollen.
Frau Mulik verstand auch das nicht oder wollte es nicht verstehn, schob die kleine Oma fast grob zur Seite, murmelte etwas auf Russisch, lehnte die Angel neben der Hintertür an die Hauswand, stapfte in ihren Filzstiefeln schwerfällig die Treppen hoch zum zweiten Stock und ließ die beiden Frauen ratlos im Hof zurück.
Auch der nächste Tag brachte keine Aufklärung. Frau Mulik verließ morgens allein das Haus, kam nachmittags allein wieder und gab auf Fragen keine Antwort.
Beim Abendbrot sagte Oma Mariechen: »So geht's nicht weiter. Vielleicht ist er schwer krank. Ich will jetzt wissen, was sich da oben tut. Morgen sollten wir etwas unternehmen.«
Alle stimmten zu. Die kleine Oma erklärte sich bereit, am nächsten Tag nach oben zu gehen und nach dem Rechten zu sehen, wenn Frau Mulik wieder allein zum Angeln aufgebrochen war.
Johanna hatte an diesem Samstag schon um elf Uhr schulfrei. Sie blieb nicht bei Manni stehen, unterhielt sich diesmal nicht mit ihm, rief ihm nur eine Erklärung zu und rannte nach Hause.
Als sie durch die Hintertür hereinkam, fand sie die ganze Familie auf dem Treppenabsatz im ersten Stock versammelt. Sogar Oma Elsbeth hatte ihr Zimmer verlassen und stand bei den anderen, die rechte Hand aufs Fensterbrett, die linke auf den Knauf ihres schwarzen Stocks gestützt.
»Was ist? Wisst ihr schon was?«, fragte Johanna.
Die kleine Oma schüttelte den Kopf. »Wir wollten erst sicher sein, dass Frau Mulik nicht umkehrt. Sie steht jetzt unten am

Main, wir haben sie von Elsbeths Fenster aus beobachtet.« Sie gab sich einen Ruck und sagte: »So, dann werde ich jetzt hinaufgehn!«
Als sie die Treppe zum zweiten Stock schon fast hochgestiegen war, versuchte Tante Fanni sie noch einmal zurückzuhalten. »Warte, Mama!«, rief sie halblaut. »Und wenn Herr Mulik einfach verreist ist? Daran haben wir noch gar nicht gedacht.«
»Das soll mich nicht hindern in sein Zimmer zu gucken«, sagte die kleine Oma und stieg ein paar Stufen höher.
»Warte!« Jetzt rief Johannas Mutter. »Sollen wir nicht lieber mitkommen?«
Oma Mariechen schüttelte den Kopf. »Stellt euch nur mal vor, er ist tatsächlich krank und liegt mit Halsweh im Bett. Da geht auf einmal seine Tür auf und fünf neugierige Weiber schaun ins Zimmer. Nein, ihr bleibt, wo ihr seid.«
Die vier blieben also auf dem Treppenabsatz stehen. Oma Mariechen klopfte oben an, man konnte es deutlich hören, dann öffnete sie die Tür. Ein paar Sekunden blieb es still. Plötzlich fing Oma Mariechen an zu schreien. »Oh, mein Gott, mein Gott! Maria und Josef und alle Heiligen! Mein Gott!«
Alle rannten zur Treppe, Oma Elsbeth humpelte hinterher, so schnell sie konnte. Die kleine Oma kam ihnen entgegen, sehr langsam. Ihr Gesicht war bleich wie ein Leichentuch. Johanna hatte sie noch nie so erschüttert gesehn. Sie sah alt aus wie eine Achtzigjährige und wirkte noch kleiner als sonst.
»Bleibt unten, geht nicht hinauf!«, sagte sie. »Herr Mulik ist tot. Tot liegt er in seinem Bett. Weiß der Herrgott, wie lange er schon so da oben liegt. Der arme Herr Mulik.«
»Und die arme, arme Frau Mulik«, fügte Johannas Mutter leise hinzu.
Nachdem sich der erste Schrecken ein wenig gelegt hatte, beratschlagte man, was nun zu tun sei.

»Wir sollten einen Arzt holen. Der muss einen Totenschein ausstellen und alles Weitere anordnen«, sagte Johannas Mutter. Tante Fanni ging mit Johanna zu Frau Schumm, um von der Poststelle aus den Doktor Stubenrauch in Haßfurt anzurufen. Seit der alte Doktor Brander gestorben war, gab es in Hesterhausen keinen Arzt mehr.

Am Nachmittag kam Frau Mulik wie immer mit dem Eimer und der Angelrute vom Fluss zurück. Oma Mariechen und Johannas Mutter standen im Hof und erwarteten sie. Als Frau Mulik die beiden mit ernsten Gesichtern und verweinten Augen auf sich zutreten sah, schrie sie auf, warf Angel und Eimer von sich, ein paar silberglänzende Fische glitschten über den Boden. Sie rannte an den Frauen vorbei durch die Tür und drinnen stolpernd die Treppen hoch. Johanna, die aus der Küche dazukam, hörte, wie Frau Mulik die Zimmertür zuschlug und zweimal den Schlüssel im Schloss drehte.

Eine halbe Stunde später kam Doktor Stubenrauch mit dem Auto aus Haßfurt an, ließ sich die Lage schildern und ging nach oben. Alle außer Oma Elsbeth folgten ihm auf den Fersen. Er klopfte, rüttelte an der Türklinke und bat Frau Mulik mit lauter Stimme, doch aufzuschließen. Frau Mulik schrie etwas auf Russisch, ihre Stimme klang zornig. Herr Stubenrauch versuchte es noch einmal, wieder ohne Erfolg.

»Sie versteht Sie nicht, sie spricht nur Russisch«, erklärte ihm Tante Fanni.

»Wie kann man ihr nur klarmachen, dass sie aufschließen soll?«, fragte er. »Ich fürchte, wir müssen die Tür aufbrechen lassen.«

Johanna sagte schnell: »Der Baron spricht bestimmt Russisch, er war ja in Russland.«

»Benno?«, fragte ihre Mutter. »Das stimmt vielleicht sogar. Aber wir können ihn doch nicht einfach hierher bitten.«

»Ich kann ihn ja fragen«, sagte Johanna. »Ich geh ihn holen. Bitte, schlagt nicht die Tür ein!«
»Ihn holen? Wie stellst du dir das vor? Das geht nicht!«, rief Oma Mariechen hinter ihr her. Doch Johanna war schon die Treppen hinuntergerannt.
Sie traf den Roten Baron oben im Schlosshof. Er war bereit zu kommen, nachdem ihm Johanna alles geschildert hatte, weigerte sich allerdings, über die Gartenmauer zu klettern, und lief mit ihr die Schlossbergsteige hinunter.
Manni sah gerade aus dem Fenster, als die beiden bei Verenas Haus vorbeikamen. »Wo rennst du hin?«, rief er hinter Johanna her. »Bleib doch mal stehn, warte auf mich!«
»Keine Zeit!«, schrie Johanna zurück. »Ich erklär's dir später.«

Der Rote Baron klopfte an Frau Muliks Tür und sagte etwas auf Russisch. Sie antwortete von drinnen. Er begann sich mit ihr durch die geschlossene Tür zu unterhalten, stockend, nach Worten suchend.
Alle lauschten gebannt, obwohl sie kein Wort verstanden.
»Was sagt sie?«, fragte Doktor Stubenrauch flüsternd.
»Sie sagt: Mein Mann schläft nur!«, flüsterte der Rote Baron. Er redete weiter beschwörend auf sie ein, nannte sie »Mulika«. Plötzlich hörte man, wie drinnen der Schlüssel im Schloss gedreht wurde. Der Rote Baron gab den anderen Zeichen, forderte sie stumm auf sich zurückzuziehn. Langsam öffnete Frau Mulik die Tür, der Rote Baron trat ein. Wenig später rief er den Doktor ins Zimmer.
»Lasst uns hinuntergehn und für den armen Herrn Mulik ein Vaterunser beten«, sagte die kleine Oma. »Wir werden hier nicht mehr gebraucht.«
Eine Viertelstunde später kamen auch der Doktor und der Rote Baron nach unten. Doktor Stubenrauch gab ungefragt

Auskunft: »Er ist eines natürlichen Todes gestorben, wahrscheinlich Herzversagen. Unnatürlich ist nur, dass sie ihn drei oder vier Tage tot in seinem Bett liegen lässt. Offensichtlich hat sie jede Nacht neben ihm geschlafen. Ich fürchte, sie ist nicht ganz zurechnungsfähig.«

»Ich denke, sie hat es einfach nicht wahrhaben wollen«, sagte Johannas Mutter. »Jetzt hat sie doch niemanden mehr, mit dem sie reden kann.«

Der Rote Baron schaute sie an, während sie sprach, und nickte. Er schien ihre Meinung zu teilen. Johannas Mutter reichte ihm die Hand und sagte: »Wir müssen uns alle bei dir bedanken, Benno. Wenn du nicht mit ihr gesprochen hättest …«

»Nun, es war ein trauriger Anlass für ein Wiedersehn. Ich hätte mir eine andere Gelegenheit gewünscht, eine schönere … Nun ja …«, sagte der Rote Baron, drückte flüchtig ihre Hand, drehte sich dann hastig zur Tür und ging, ohne sich von den anderen zu verabschieden.

Doktor Stubenrauch hatte sich währenddessen am Tisch niedergelassen, füllte vorgedruckte Papiere mit Kopierstift aus, ließ sich Angaben über Namen und Stand des Verstorbenen machen und sagte, während er die Formulare in der Mitte faltete und den Knick mit dem Daumennagel glatt strich: »So, erledigt. Ich werde alles Weitere veranlassen. Der Tote wird heute noch abgeholt.«

Das Begräbnis fand am Montag statt.

Oma Mariechen und Johannas Mutter gingen direkt hinter dem Sarg, dann folgten Tante Fanni und Johanna, die sich bei der Hand gefasst hielten. Viele aus dem Dorf waren zum Friedhof gekommen, auch der Rote Baron. Frau Firsching legte im Namen des Katholischen Frauenbundes einen Kranz mit Schleife nieder.

Frau Mulik nahm nicht an der Beerdigung teil.

Die Trauergäste, die in ihren schwarzen Gewändern vom Friedhof nach Hause gingen, konnten Frau Mulik in ihrer Kaninchenfelljacke unten am Flussufer angeln sehn. Sie stand an ihrem gewohnten Platz zwischen den Weidenbüschen, den Marmeladeneimer zu ihren Füßen.

Am darauffolgenden Sonntag nach dem Frühstück, Johannas Familie wollte sich gerade auf den Weg zur Kirche machen, kam plötzlich Frau Mulik unten in die Küche. Sie trug ein Bündel im Arm, das sie wortlos auf den Tisch legte, wo es sich als zusammengerollter Kissenbezug entpuppte, aus dem sie silberne Löffel, Gabeln und Messer auswickelte. Sie drückte abwechselnd Oma Mariechen, Tante Fanni und Johannas Mutter ein Besteckbündel in die Hand, verteilte das ganze Silber unter die drei. Nur einen kleinen Löffel behielt sie zurück, den überreichte sie Johanna mit einer Verbeugung.
»Der ist vielleicht winzig«, sagte Johanna entzückt. »Ist das ein Puppenlöffel?«
»Sacharem«, antwortete Frau Mulik und zeigte mit dem Finger in die kleine Löffelmulde. »Sacharem. Mokka!«
Johannas Mutter erklärte: »Sie will dir sagen, dass es ein Mokkalöffelchen ist.«
»Aber was bedeuten all die Löffel und Gabeln?«, fragte Oma Mariechen. »Möchten Sie mit uns tauschen? Tauschen?« Sie versuchte, es Frau Mulik durch Gesten zu erklären.
Frau Mulik schüttelte den Kopf. »Njet, njet!« Sie zog die Tischschublade heraus, nahm den drei Frauen ihre silbernen Sträuße wieder aus der Hand, legte alles Besteck in die Schublade und schob sie zu. Dann nickte sie und ging ohne ein weiteres Wort aus der Küche.
»Sie kann uns doch das Silber nicht einfach schenken«, sagte Tante Fanni. »Das dürfen wir nicht annehmen.«

»Vielleicht hat der Doktor recht, vielleicht ist sie nicht zurechnungsfähig?«, fragte sich Oma Mariechen.
Johannas Mutter war nicht ihrer Meinung. »Auf mich hat sie einen klareren und normaleren Eindruck gemacht als je zuvor«, sagte sie.
»Wie dem auch sei: Jetzt müssen wir erst mal in die Kirche. Höchste Zeit, es läutet schon zum dritten Mal!« Oma Mariechen griff nach ihrem Gebetbuch, öffnete die Tür und ging mit gutem Beispiel voran.

An diesem Nachmittag kam Frau Mulik nicht vom Angeln zurück. Als es dämmerte, begann man nach ihr zu suchen. Erst Tante Fanni und Johanna, dann auch Johannas Mutter und Oma Mariechen, schließlich die halbe Dorfbevölkerung. Man fand nur ihren Eimer. Er stand am Ufer und war leer.
Zwei Tage später fand man auch die arme Frau Mulik. In der Zeitung stand eine kurze Notiz darüber. Tante Fanni las sie mit gepresster Stimme vor:
»Tödlicher Angelunfall. Eine 62-jährige Frau aus Hesterhausen verunglückte auf tragische Weise beim Angelsport. Sie stürzte offenbar in den Main und ertrank, bevor man ihr zu Hilfe eilen konnte. Ihre Leiche wurde sieben Kilometer unterhalb des Unglücksortes aus dem Fluss geborgen.«
Frau Muliks Begräbnis fand am Donnerstag statt, zehn Tage nach dem ihres Mannes.
Als Johanna von der Beerdigung zurückkam, zog sie sich um, kletterte über die Gartenmauer in den Park, ging zum Schloss und suchte nach dem Roten Baron. Sie musste einfach mit jemandem über Frau Muliks Tod und die Umstände ihres Sterbens sprechen, und der Rote Baron war der Letzte gewesen, mit dem sich Frau Mulik unterhalten hatte.
Der Rote Baron empfing Johanna mit sichtlicher Freude,

kochte einen Hagebuttentee, reichte ihr mehr als einmal sein großes, kariertes Taschentuch, damit sie ihre Tränen abtrocknen konnte, und versicherte ihr, dass sie sich keine Vorwürfe zu machen brauche. Niemand habe wissen können, was es bedeutete, als Frau Mulik ihr Silber verschenkte.
Sie saßen sich eine ganze Weile in seinem neuen Zimmer im Schloss gegenüber und unterhielten sich. Der Rote Baron war ein geduldiger Zuhörer und machte es Johanna leicht, von sich zu sprechen. Sie war sogar versucht, ihm von der Dollen Kuni zu erzählen und von deren Kind, das sie vor aller Welt versteckte. Sie tat es dann doch nicht. Weniger, weil sie es der Dollen Kuni geschworen hatte. Es war wegen Manni. Sie hätte es als Verrat empfunden, wenn sie dem Roten Baron das Geheimnis preisgegeben, es ihrem Freund aber verschwiegen hätte.

Sie traf Manni auf dem Rückweg durch den Park. Er hatte auf sie gewartet, an die Gartenmauer gelehnt, und ging ihr entgegen, als er sie oben vom Schloss kommen sah.
»Wo warst du?«, fragte er, packte Johanna bei den Handgelenken und hielt sie fest.
»Beim Roten Baron. Es ist wegen Frau Mulik …«, fing sie an.
Er unterbrach sie. »Schon wieder! Ich will nicht, dass du zu ihm gehst. Hörst du!« Seine Hände pressten ihre Unterarme.
»Au, lass mich! Du bist vielleicht roh!« Sie machte sich von ihm frei. »Ich kann mich treffen, mit wem ich will. Was hast du gegen ihn?«
»Dem werfe ich das Fenster ein. Ja, das mach ich!«, sagte Manni grimmig.
»Wenn du das tust, rede ich nicht mehr mit dir!«
»So viel ist er dir wert? Gut, dass ich das weiß!« Manni ließ Johanna stehen und rannte davon.

Johanna kletterte über die Mauer, ging durch den Garten ins Haus zurück.
In der Nacht erschütterte ein Knall wie von einer Explosion die Stille. Im Oberdorf begannen die Hunde wie rasend zu bellen, Vögel flatterten kreischend aus ihrem Schlafversteck auf, in einigen Häusern gingen Lichter an, Fenster wurden geöffnet. Nach kurzer Zeit hatten sich die Hunde wieder beruhigt, es wurde still, einer nach dem anderen knipste das Licht wieder aus, das Dorf schlief weiter.
Am Morgen sprach sich die Neuigkeit schnell herum: Im Schloss hatte jemand gegen Mitternacht eine Bombe gezündet, genauer gesagt vor der Stallmauer, direkt unter dem Stallmeisterzimmer. Das Fenster war dabei zu Bruch gegangen. Gut, dass der Baron schon vorher umgezogen war, die Splitter hätten ihn verletzen können. Von den Tätern, sagte man, fehle jede Spur. Vielleicht seien da alte Nazis am Werk gewesen, die dem Baron einen kleinen Denkzettel verpassen wollten. Der alte Schellenberger habe erst unlängst gesagt, der Rote Baron trage seinen Spitznamen zu Recht, denn er sei ein Nestbeschmutzer und rede schlecht über sein Volk.
Manni wartete nach der Schule nicht am Treffpunkt. Als Johanna zur Bäckerei Vollert kam, sah sie ihn am Ende der Gasse um die Ecke biegen. Sie lief ihm nach, konnte ihn aber nicht mehr einholen, er war schon zu weit voraus. Bei Eberts Haus blieb sie stehen, zögerte kurz, dann bog sie entschlossen nach rechts ab in die Schlossbergsteige und klopfte bei Verena an die Haustür. Da niemand darauf reagierte, öffnete sie und stieg die Treppe hoch zu Mannis Zimmer.
Manni war überrascht, als sie eintrat. Er hatte auf seinem Bett gesessen, sprang nun auf und kam unsicher lächelnd auf sie zu. »Johanna! Du kommst zu mir? Ich hab schon gedacht, du … wegen gestern … weißt du, das war nicht … Ich …«

Johanna ging nicht darauf ein. »Wo ist die Handgranate?«, fragte sie. Als Manni nicht antwortete, sondern sie nur enttäuscht anblickte, zog sie die Tischschublade auf und verlangte: »Zeig mir die Handgranate, die da drinnen war!«
»Bist du deswegen gekommen?«, fragte Manni. »Was willst du mit der Handgranate?«
»Nichts. Ich will sie nur sehen. Zeig sie mir!«
»Keine Lust«, sagte Manni. »Jetzt nicht.«
Johanna beugte sich über das Fach, griff hinein. »Leer! Sie ist nicht mehr da«, sagte sie.
»Na und?«, fragte er. »Du hast selber gesagt, ich soll sie wegbringen. Ich habe sie weggeworfen.«
»Wann? Heute Nacht?«
»Nein. Ich hab sie in den Main geworfen. Schon im Sommer …«
»Du lügst!«, schrie Johanna. »Ich weiß genau, dass du lügst!«
Manni sagte: »Ich lass mich von dir nicht beschimpfen. Du nimmst das zurück oder …«
»Oder?«
»Oder du kannst gleich wieder gehn!«
Johanna drehte sich wortlos um, rannte aus dem Zimmer, die Treppe hinunter und lief nach Hause. Sie ging durch die Hintertür und stieg leise hinauf zum zweiten Stock. Sie wollte jetzt niemanden sehen, mit keinem sprechen müssen. Wenn sie doch wenigstens ein eigenes Zimmer hätte wie Manni! Dass man in diesem Haus auch niemals allein sein konnte! Sie öffnete die Tür zum Dachboden. Hoffentlich waren Oma Mariechen oder ihre Mutter nicht gerade dabei, Wäsche aufzuhängen. Nein, da war niemand.
Johanna setzte sich auf einen der schwarzen Koffer, den die Muliks hier abgestellt hatten, legte den Schulranzen neben sich und starrte aus dem kleinen Fenster in der Dachschräge.

Eine steingraue Wolke fraß behäbig den Himmel in sich hinein und füllte schließlich das Fensterviereck aus. Es würde Regen geben.
Der September war wirklich ein trauriger Monat!

Im Oktober nahm Tante Fanni eine Stelle im einzigen Kaufhaus Haßfurts an, als Verkäuferin in der Kurzwarenabteilung.

Sie hatte wenig Schwierigkeiten, diesen Entschluss bei Oma Mariechen durchzusetzen, es gab ja auch nichts dagegen zu sagen. Tante Fanni wohnte weiterhin in Hesterhausen, fuhr mit dem Morgenzug zur Arbeit und abends zurück. Die Hausarbeit schafften Oma Mariechen und Johannas Mutter gut allein. Und sonntags, wenn in der Wirtschaft Hochbetrieb war, konnte Tante Fanni mithelfen wie eh und je.

Die Familie konnte das zusätzliche Geld gebrauchen, das durch Tante Fanni in die Haushaltskasse kam. Die Wirtshausgäste waren seit der Währungsreform merklich sparsamer geworden, das Geld war knapp, die Bauern drehten jeden Groschen zweimal um. Im Frühjahr hatte die kleine Oma an manchen Sonntagen gut und gern vierzig Liter Bier ausgeschenkt. Jetzt, wo man mit der neuen D-Mark bezahlen musste, war Oma Mariechen schon froh, wenn sie an warmen Sonntagen fünfundzwanzig Liter verkaufte.

Abends, wenn Tante Fanni von der Arbeit zurückgekommen war, saßen sie und Johanna oft in ihrem Zimmer zusammen und hörten Radio. Tante Fanni hatte das Gerät in ihrem Kaufhaus zum Sonderpreis erstanden und die erste Rate schon vom eigenen Gehalt gezahlt.

Am liebsten stellten sie AFN ein, den amerikanischen Soldatensender, der brachte einfach die beste Musik. Außerdem konnte man dabei sogar noch ein bisschen Englisch lernen.

»Ich glaube, ich weiß, warum du in Haßfurt arbeiten wolltest,

Fanni«, sagte Johanna, während sie am Samstagnachmittag auf Fannis Bett saßen und »In the mood« von Glenn Miller hörten.
In letzter Zeit ließ Johanna das »Tante« in der Anrede weg. Fanni hatte nichts dagegen, sie war lieber Johannas Freundin als ihre Tante. Mit Fanni war es jetzt fast so wie früher mit Erna. Die zwei hockten zusammen, unterhielten sich über die Schule und über die Arbeit, und manchmal trösteten sie sich auch gegenseitig.
»So? Und warum arbeite ich da?«, fragte Fanni.
»Damit du dich mit deinem Sammy treffen kannst, ohne dass es das halbe Dorf erfährt!«
Fanni nickte. »Vor allen Dingen: ohne dass es deine Oma erfährt! Ich darf mir gar nicht ausmalen, was das für ein Geschrei gäbe. Ich glaube, sie würde mich ohrfeigen.«
»Siehst du Sammy oft?«
»In der Mittagspause, immer wenn er Zeit hat«, sagte Fanni. »Bald werden wir uns vierzehn Tage lang nicht treffen können. Das wird hart! Im November fährt er mit seiner Unit nach Grafenwöhr, dem Truppenübungsplatz.«
»Mit wem fährt er dahin?«
»Mit den anderen Soldaten aus seiner Truppe halt«, erklärte Fanni. »Ich weiß nicht, wie das auf Deutsch heißt.«
»Ich hab schon gedacht, das wäre eine andere Frau!«, sagte Johanna. »Du hast es immer noch besser als ich, auch wenn du ihn zwei Wochen nicht siehst. Wenn er wieder da ist, freut ihr euch und redet miteinander. Ich sehe Manni jeden Tag in der Schule, aber wir sprechen kein Wort. Das ist viel schlimmer.«
Fanni widersprach. »Das stimmt nicht«, sagte sie. »Wir sehen uns nicht, weil diese doofe Army uns trennt. Da kann keiner was dagegen tun, und das ist schlimm. Ihr redet ja nur nicht miteinander, weil ihr so verdammte Dickschädel seid. Warum

sprecht ihr euch nicht endlich aus? Du bist doch selbst schuld, was beklagst du dich!«

»Du weißt genau, dass es bei euch nur vierzehn Tage dauert. Das kann man aushalten. Aber ich habe keine Ahnung, wann wir uns versöhnen. Vielleicht nie!«

»Selber schuld! Ich dagegen …«

Die kleine Oma beendete den sich anbahnenden Wettstreit, wer von beiden schlimmer dran und stärker zu bedauern sei, indem sie den Kopf durch die Tür streckte und rief: »Hier seid ihr! Habt ihr nichts Besseres zu tun, als diese Ami-Musik zu hören, dieses Gedudel?«

Sie kam ins Zimmer und stellte das Radio ab.

»Jetzt warte doch wenigstens, bis das Stück zu Ende ist!«, sagte Fanni, stellte das Radio wieder an und drehte den AUS-Knopf erst nach links, als die letzten Takte von »In the mood« verklungen waren.

»Also, was gibt's zu tun?«, fragte sie dann.

»Das Zimmer, das da oben, ihr wisst schon«, sagte die kleine Oma. »Es kann ja nicht ewig so bleiben, wie es die Muliks zurückgelassen haben. Wir sollten es herrichten, sonst mag da niemand wohnen.«

»Wohnen?«, fragte Johanna. »Kommen denn neue Flüchtlinge?«

»Nein, nein, das war nur allgemein gesagt.« Oma Mariechen suchte nach einer Erklärung. »Übernachtungsgäste, zum Beispiel. Reisende! Oder Verwandtenbesuch, man kann nie wissen.«

Erst räumten Fanni und Johanna das Zimmer der Muliks leer und verstauten deren Hinterlassenschaften in einem Verschlag unter der Treppe. Dann trugen sie die Matratzen aus Herrn Muliks Bett zum Fenster und warfen sie hinaus in den Hof, von wo sie später am Nachmittag Herr Ostmann, der

Gemeindediener, abholte, um sie zu verbrennen. Schließlich gab die kleine Oma dem Malermeister Gessner abends beim Bier den Auftrag, das Zimmer neu zu tünchen.
Am Montag, Herr Gessner stand gerade im ehemaligen Mulik-Zimmer auf der Stehleiter und wusch die Zimmerdecke ab, besuchte die kleine Oma die große.
»Der Maler ist gerade im Haus«, sagte sie. »Dein Zimmer hätte mal wieder einen neuen Anstrich nötig, das Muster auf den Wänden ist auch nicht gerade modern, findest du nicht? Wenn du willst, kann er es morgen oder übermorgen neu tünchen und rollen.«
»Und wo bleibe ich so lange?«, fragte die große Oma.
»Du kannst für zwei, drei Tage nach oben ziehen, ins ehemalige Mulik-Zimmer.«
»Nein!« Die große Oma weigerte sich entschieden. »Niemals.«
»Warum denn nicht?«, fragte die kleine Oma.
»In diesem Zimmer sterben die Leute.«
»Welche Leute? Ich weiß nur von Herrn Mulik.«
»Und seine Frau, lebt sie vielleicht noch?«
»Die ist im Fluss gestorben, nicht im Zimmer.«
»Dann eben nur Herr Mulik. Das reicht ja auch schon«, sagte die große Oma. »Ich will nicht in einem Sterbezimmer wohnen.«
»Da musst du aber ganz schnell ausziehn. Hier in diesem Zimmer ist nämlich vor achtzehn Jahren mein Mann gestorben!«
»Und das erzählst du mir erst jetzt!«, sagte die große Oma empört.
Die kleine Oma nahm es gelassen hin. »Was willst du? Das Haus steht jetzt mehr als dreihundert Jahre, da hat bestimmt in jedem Zimmer schon mal irgendjemand die Augen für immer zugemacht.«

»In deinem bestimmt nicht!«
»Doch. Erst mein Vater, später meine Mutter.«
»Und wenn da drüben auch noch dein Großvater und deine Großmutter gestorben wären: Mich kriegst du hier nicht raus!«, sagte die große Oma. »Langsam kenne ich deine Tricks. Du willst mich nur in den zweiten Stock abschieben und für immer oben lassen. Aber ich ziehe nicht hinauf. Wenn ich noch mal umziehe, dann nach unten!«
»Ins Nebenzimmer?«, fragte die kleine Oma.
»Nein, in die Küche. Mitten in die Küche, du wirst es bald erleben, denn mein Sohn ist nah.« Sie griff nach der Bibel. Oma Mariechen, die Oma Elsbeths Drohungen und Beschimpfungen in Form von Bibelsprüchen inzwischen kennen und fürchten gelernt hatte, zog sich schnell aus dem Zimmer zurück. So konnte die große Oma ihren Bibelspruch nur noch der geschlossenen Tür entgegenschleudern, als sie endlich die mit einem grünen Wollfaden markierte Stelle gefunden hatte: »Freue dich nicht, meine Feindin, dass ich darniederliege! Ich werde obsiegen, auch wenn ich im Finstern sitze. Der Herr wird meine Sache ausführen und mir Recht schaffen, er wird mich ans Licht bringen. Meine Feindin wird's sehen müssen und mit aller Schande bestehen.«
Oma Elsbeth klappte das Buch zu. »Ja, fliehe nur!«, sagte sie zufrieden. »Denn bald wird mein Sohn kommen und mich aus meinem Gefängnis hinwegführen. Ja, das wird er.«
Das hatte Oma Elsbeth zwar schon oft vorhergesagt, aber diesmal traf es wirklich ein!
Am zweiten Samstag im November kam – lange herbeigewünscht und trotzdem völlig unerwartet – Johannas Vater aus der Gefangenschaft zurück. Johanna hätte ihn wahrscheinlich nicht wiedererkannt, wenn sie ihm auf der Straße begegnet wäre. Er sah so anders aus als auf den Fotos, wie er da, ohne

anzuklopfen, durch die Küchentür trat. Aber als ihre Mutter aufsprang und dem unrasierten Mann im langen Soldatenmantel mit einem Freudenschrei in die Arme fiel, wusste sie, dass ihr Vater heimgekehrt war.
Sie wartete ungeduldig, bis sich ihre Mutter endlich von ihm gelöst hatte, legte die Arme um seinen Hals, stammelte: »Papa! Papa, dass du endlich wieder da bist!«, und brach in Freudentränen aus.
»Johanna? Das ist Johanna?«, fragte Vater, hielt sie mit ausgestreckten Armen, um sie besser betrachten zu können, zog sie dann zu sich heran, streichelte ihr übers Haar, weinte auch und sagte: »In meiner Vorstellung warst du immer noch ein Kind, ein kleines Mädchen. So lange bin ich fort gewesen! Hast du am Ende schon einen Freund?«
Johanna schüttelte den Kopf.
Später, als auch die anderen aus der Familie den Heimkehrer gehörig begrüßt und umarmt hatten und Vater und Mutter sich nach oben zurückzogen, um allein zu sein, überlegte Johanna, ob sie jetzt ihren Vater zum ersten Mal angelogen hatte. Denn auch ein Kopfschütteln kann ja eine Lüge sein. Aber sie wusste wirklich nicht mehr, ob Manni noch ihr Freund war. Jetzt hatten sie schon sechs Wochen kein Wort mehr miteinander geredet. Es wäre eine größere Lüge gewesen, wenn sie Vaters Frage mit einem Nicken beantwortet hätte.
Letztlich gab die Heimkehr ihres Vaters dann den Anstoß, dass Johanna ihr Schweigen brach und sich mit Manni aussöhnte. Sie wollte es einfach allen erzählen, ihre Freude mit allen teilen, auch mit Manni. Gerade mit ihm sogar.
»Mein Vater ist wieder da! Stellt euch vor, am Samstag ist er heimgekommen!«, rief sie, als sie am Montag ins Klassenzimmer kam. Sonst hatte sie es vermieden, Manni direkt anzusehen, diesmal schaute sie ihm ins Gesicht dabei. »Er ist

einfach so gekommen, ohne Brief vorher. Plötzlich stand er in der Küche!«

Manni wartete nach der Schule neben der Bäckerei Vollert auf sie. Das hatte er nach ihrem Streit nie mehr getan. Er war verlegen, schaute sie halb an, halb an ihr vorbei. Er fürchtete wohl, sie würde an ihm vorübergehen, ohne ihm einen Blick zu schenken.

Johanna blieb neben ihm stehen.

»Hallo, Johanna«, sagte er leise.

»Hallo, Manni«, antwortete sie.

Sie schwiegen eine Zeit lang, weil weder er noch sie wussten, wie sie nach so langer Pause beginnen sollten. Schließlich, das Schweigen war so drückend geworden, dass beide es kaum noch aushielten, sagte Manni: »Du freust dich bestimmt, dass dein Vater wieder da ist.«

»Ja, sehr«, antwortete sie.

»Dann willst du sicher gleich heimgehen, um bei ihm zu sein«, sagte Manni.

»Ich will wenigstens nicht zu spät zum Essen kommen«, antwortete sie und setzte sich in Bewegung; Manni ging neben ihr.

»Er wird sich bestimmt freuen, dass er endlich was Richtiges zu essen kriegt«, malte sich Manni aus. »In Russland mussten doch alle hungern. Wie sieht er denn aus? Sicher ganz mager.«

»Nein, stell dir vor: Er ist richtig dick. Mama sagt, das ist alles Wasser. Man wird aufgeschwemmt, wenn man sehr lange Hunger leidet. Er darf auch gar nicht mit uns essen. Er bekommt nur Haferschleim und solche Sachen, wie ein Baby. Wenn er fettes Fleisch isst, bricht er alles wieder aus. Das ist sein Magen nicht mehr gewohnt. Gestern lag er den ganzen Tag im Bett.«

»In welchem Bett eigentlich?«, fragte Manni.

»In meinem. Also in seinem, genauer gesagt. Ich muss jetzt oben schlafen, im zweiten Stock.«
»Doch nicht im Zimmer, wo der Mulik tot gelegen hat? Hast du denn da keine Angst?«
Johanna zuckte mit den Achseln. »Ich schlafe ja nicht im Bett von Herrn Mulik, sondern im anderen«, erklärte sie ihm. »Was sollen wir denn machen? Es ist ja sonst kein Zimmer frei.«
Sie waren inzwischen bei Eberts Haus angelangt und blieben stehen.
Manni fragte: »Bist du jetzt enttäuscht von deinem Vater?«
»Enttäuscht? Wie kommst du darauf?«
»Wenn er doch nur im Bett rumliegt und Säuglingsnahrung kriegt.«
»Immer noch viel besser als *kein* Vater«, sagte Johanna.
Mannis Gesicht versteinerte, er wandte sich ab. »Ich verstehe!«
Es dauerte ein paar Sekunden, bis auch Johanna verstand.
»Ich meine doch nicht dich damit! Mensch, Manni, warum musst du immer so schnell beleidigt sein! Geht das schon wieder los?«
Am Fenster hinter ihnen wurde die Gardine beiseitegeschoben, Frau Ebert beobachtete wieder mal, was draußen vor sich ging.
Manni rief: »Ich? *Ich* beleidigt? Wer hat denn kein Wort gesprochen, die ganze Zeit über? Ich etwa?!«
»Ja, hast du. Aber lass uns in Ruhe darüber sprechen, Frau Ebert guckt schon wieder!« Johanna wies mit dem Kopf zum Fenster. »Am besten gleich heute Nachmittag.«
»Gern. Und wo?«
»Unter unserer Fichte, wie früher?«
Manni schüttelte abwehrend den Kopf. »Da ist es viel zu kalt! Außerdem gehe ich sowieso nie mehr in den Park.«

»Wo dann?«
Manni überlegte. »Komm doch einfach zur Schwarzen Brücke, ich warte da auf dich.«
»Gut, abgemacht. So gegen drei«, sagte Johanna und ging nach Hause.
Die Schwarze Brücke überspannte unterhalb des Ortes die Eisenbahnschienen und bestand aus drei gemauerten Bögen, über die ein schmaler Fahrweg führte. Durch den hohen, weit geschwungenen Bogen in der Mitte fuhren die Züge, links und rechts schloss sich je ein kleinerer mit kreisförmiger Wölbung an. Der Ruß der Dampflokomotiven hatte die Brücke im Lauf der Jahrzehnte kohlschwarz gefärbt und ihr so zu ihrem Namen verholfen.
Manni wartete unter dem äußeren, kleinen Bogen der Schwarzen Brücke. Er saß auf einem Stapel Eisenbahnschwellen, den die Streckenarbeiter dort errichtet hatten, und schnitzte mit dem Taschenmesser kleine Karomuster in die Rinde eines Holunderzweiges.
Als er Johanna die Böschung herunterkommen sah, warf er den Zweig achtlos beiseite, rückte ein wenig nach hinten, um ihr Platz zu machen, und fing gleich an, heftig auf sie einzureden, kaum dass sie sich begrüßt hatten.
Er hatte offensichtlich die ganze Zeit darüber nachgedacht, was er ihr sagen wolle, und musste es auf der Stelle loswerden.
»Warum sagst du so was wie heute Mittag?«, fragte er. »Warum behauptest du, ich wäre zu schnell beleidigt? Und dann sagst du auch noch, ich würde *schon wieder* anfangen! Warum schon wieder? Wann habe ich denn schon mal angefangen? *Du* bist doch damals weggerannt und hast nie mehr mit mir geredet.«
»Und du? Hast du vielleicht mit mir gesprochen?«, fragte Johanna.

Manni wurde lauter. »Warum ich? Wenn du mit so was anfängst!«
»Ich? Ich soll angefangen haben? So ein Witz!«, rief Johanna. Die steinerne Wölbung warf ihre Stimmen zurück, der Nachhall verzerrte und verstärkte sie. Die beiden vergaßen darüber einen Augenblick ihren Streit und lauschten.
»So ein Witz!«, wiederholte Johanna. Sie rief es noch lauter als vorher, diesmal aber nicht aus Wut. Sie wollte das Echo hören.
»Du hast angefangen!«, schrie Manni mit zurückgelegtem Kopf zur Wölbung hinauf, die Hände links und rechts an den Mund gelegt.
»... ah ... ahh«, hallte das Echo durch den Bogen.
»Klingt gut!«, stellte Manni fest. »Der beste Ort zum Streiten in ganz Hesterhausen.«
Beide lachten.
Manni rückte ein bisschen näher an Johanna heran. »Gibst du wenigstens zu, dass du zu mir gesagt hast: ›Wenn du das tust, rede ich nie mehr ein Wort mit dir‹? Was soll es dann noch für einen Zweck haben, etwas zu dir zu sagen? Ich weiß ja, dass ich keine Antwort kriege. ›Nie mehr‹ hast du gesagt!«
»Ich versteh dich nicht. Wann rede ich angeblich nie mehr mit dir? Wenn du was tust?«
»Na, das Fenster einwerfen bei deinem Baron. Weißt du nicht mehr, wie du mir gedroht hast? Deswegen hab ich's wahrscheinlich dann getan ...«
»Du hast es eingeworfen?«
»Eingeworfen direkt nicht ...« Er bückte sich und nahm den Holunderzweig wieder auf. »In die Luft gesprengt halt, du weißt es doch ...«
»Du warst es also!«, schrie Johanna. »Du hast wirklich die Handgranate geworfen?!«
»Schrei nicht so! Ja. Was regst du dich so auf, du hast es doch

die ganze Zeit gewusst. Warum warst du denn sonst böse mit mir?«
»Das sagst du einfach so! Und wenn der Rote Baron noch im Stallmeisterzimmer gewohnt hätte? Du wolltest ihn umbringen, und ich soll mich nicht aufregen.«
»So ein Unsinn! Wenn ich das gewollt hätte, dann wäre meine Handgranate bei ihm durchs Fenster geflogen. Ich hab sie ins Gras geworfen, ich wollte ihn nur erschrecken. Ich hatte so eine Wut auf ihn und auf dich. Auf alles.«
Eine Weile saßen sie still nebeneinander, bis Johanna fragte: »Tut es dir wenigstens leid?«
»Ja«, sagte Manni. »Wenn ich das Ding nur gleich in den Main geworfen hätte! Als du mir dann aus dem Weg gegangen bist, hab ich manchmal überlegt, ob ich nicht abhauen soll von daheim. Als blinder Passagier wegfahren oder so was. Dann hättest du mir vielleicht nachgetrauert ...«
»So, meinst du?« Johanna lächelte. »Vielleicht!«
»Bist du jetzt wieder meine Freundin?« Manni legte den Arm um Johannas Schulter. »Gehn wir jetzt wieder miteinander?«
Johanna stand auf. »Ja, wir gehen jetzt miteinander ins Dorf zurück.«
»Du weißt genau, dass ich das anders gemeint habe!«, sagte Manni.
»Stimmt. Aber ich weiß nicht, ob ich mit jemandem gehen will, der mit Handgranaten nach meinen Freunden wirft.«
»Und wann weißt du das?« Manni stand nun auch auf, zusammen stiegen sie die Böschung hoch und gingen dann den Feldweg entlang, der zum Dorf zurückführte.
Johanna zuckte mit den Achseln.
Manni fragte: »Aber du redest jetzt wieder mit mir wie früher?«
»Ja.«

»Treffen wir uns auch ab und zu? Nicht nur nach der Schule?«
»Ja. Aber nicht gleich morgen oder übermorgen, wo doch jetzt mein Vater da ist.«
»Wie ist das eigentlich, wenn man plötzlich einen Vater hat?«, fragte Manni.
»Schön.«
»Hat sich deine Mutter sehr gefreut?«
»Ja, sehr!«
»Und deine Oma Elsbeth? Das ist doch seine Mutter, oder? Die muss sich ja am allermeisten gefreut haben.«
»Am allermeisten?« Johanna blieb stehen und überlegte. Sie waren jetzt bei den ersten Häusern angekommen, es war ratsam, getrennt weiterzugehen. »Nein, eigentlich nicht. Oma Elsbeth ist vielleicht sogar ein bisschen enttäuscht.«
»Enttäuscht?« Manni wunderte sich. »Das glaube ich dir nicht. Wenn ich wirklich abgehauen und irgendwann wiedergekommen wäre, hätte sich meine Mutter am meisten gefreut.«
»Deine Mutter ist ja auch die Verena und nicht meine Oma«, sagte Johanna. »Meine Oma ist nämlich manchmal ein bisschen merkwürdig!«
Johanna hatte vor Manni nicht übertrieben. Oma Elsbeth war nicht nur enttäuscht, sie war geradezu gekränkt.
Die große Oma hatte nach all den biblischen Prophezeiungen wohl geglaubt, ihr Sohn käme wie Elias in einem feurigen Wagen dahergefahren, das Schwert Davids in den Händen, und würde ihr unverzüglich inmitten der Küche einen Thron errichten. Nun kam er krank und schwach, und in die Küche wollte er sie auch nicht zurückführen.
Am Sonntag, als er gegen Mittag im Morgenmantel aus dem Schlafzimmer kam und sich neben sie auf einen Stuhl setzte, wartete sie absichtlich, bis auch Johannas Mutter dazugekommen war, bevor Oma Elsbeth die Frage stellte, die sie ihm in

der Vorstellung so oft gestellt hatte. Ihre Schwiegertochter sollte ruhig mit anhören, was sie nun fragen würde, und seine vernichtende Antwort gleich Oma Mariechen hinterbringen!

»Was hast du gefühlt, als du mich hier oben erblickt hast? Sag es offen!«, forderte sie ihren Sohn mit lauter Stimme auf.

»Gefühlt? Na, ich hab mich natürlich gefreut. Sehr, sehr gefreut!«, antwortete Johannas Vater und drückte Oma Elsbeths Hand.

»Nein, was du gefühlt hast, als du mich *hier* gesehen hast, hier in diesem Zimmer!«

»*Das* meinst du, Mutter! Darüber habe ich mich am allermeisten gefreut. Ich hatte dich hier ja gar nicht erwartet. In Russland hab ich oft gedacht: Die arme Mutter, wie geht's ihr wohl, allein in Nürnberg? Und dann warst du hier. Wir müssen der Schwiegermutter sehr dankbar sein, dass sie dich aufgenommen hat. Und Paula natürlich genauso!« Er griff nach der Hand seiner Frau und drückte sie mit beiden Händen.

»Nein, ich meine doch, was du empfunden hast, als du mich hier *oben* gesehn hast!« Oma Elsbeth schrie fast. »Oben, verstehst du, nicht unten, wo mein Platz wäre.«

»Wo unten?«, fragte er erstaunt.

Johannas Mutter mischte sich ins Gespräch, versuchte ihrem Mann die Situation zu erklären. »Deine Mutter möchte am liebsten tagsüber unten in der Küche sitzen. Aber das geht nicht, wir haben sowieso zu wenig Platz da.«

»In der Küche? Ist das wahr, Mutter?«, fragte er.

Die große Oma nickte ungeduldig, als wollte sie sagen: War das so schwer zu verstehen?!

Johannas Vater lächelte, legte Oma Elsbeth die Hand auf die Schulter und sagte: »Aber Mutter, das geht wirklich nicht. Eine Küche muss funktionieren, da kann niemand herumsit-

zen, ich als Koch weiß das am allerbesten. Das wäre ja ein Alptraum; was für eine fixe Idee!«
Oma Elsbeth wandte sich jäh ab, drehte ihm den Rücken zu.
»Was hast du, Mutter? Bist du gekränkt, weil ich dir das gesagt habe?«, fragte er. »Das musst du doch einsehen.«
Als sie immer noch nicht antwortete, sich weiter abwandte, stand er auf, beugte sich zu ihr hinunter und sagte: »Aber unten im Nebenzimmer könntest du bestimmt sitzen. Nicht wahr, Paula?«
»Natürlich kann sie das«, antwortete Johannas Mutter.
Die große Oma sagte: »Lasst mich! Ich will jetzt lesen«, griff nach ihrer Bibel, schlug sie auf, nahm einen dicken schwarzen Wollfaden heraus und las, während sie den Zeigefinger sorgfältig von Zeile zu Zeile wandern ließ, leise vor sich hin murmelnd Seite um Seite.
Johannas Mutter und Vater blickten sich an und gingen leise aus dem Zimmer, nach unten.

Langsam begann Johannas Vater die Folgen des Hungerns zu überwinden; die »Wassersucht«, wie Doktor Stubenrauch es nannte, ging mit jeder Woche weiter zurück. Seine Hände waren nun nicht mehr geschwollen, seine Füße nur noch am Abend. Er konnte wieder feste Nahrung zu sich nehmen und aß mit der Familie am großen Tisch im Nebenzimmer.

Auch Oma Elsbeth beteiligte sich am gemeinsamen Mittagessen, seitdem ihr Sohn heimgekehrt war. Zumindest am Sonntag. Da saß man dann zu sechst um den Tisch, weil ja auch Fanni sonntags zu Hause aß. Werktags allerdings ließ sich Oma Elsbeth wie bisher das Essen von Johanna aufs Zimmer bringen.

Jedes Mal, wenn Johanna das Tablett mit dem Teller, der Schüssel und dem Besteck oben auf dem kleinen Tisch absetzte, fragte die große Oma zuerst: »Hat mein Sohn das Essen für mich bereitet?«

Musste Johanna dann zugeben: »Nein, heute hat Oma Mariechen gekocht«, stocherte die große Oma lustlos mit der Gabel im Teller herum, schob die Kartoffeln von einer Seite zur anderen, aß fünf oder sechs Bissen vom Gemüse und sagte: »Ich habe keinen Hunger. Du kannst es wieder hinuntertragen.«

Hatte aber Johannas Vater gekocht, aß Oma Elsbeth alles bis zum letzten Happen auf, zerbröckelte noch eine halbe Scheibe Brot und wischte damit den Teller so blitzblank aus, dass man meinen konnte, er käme direkt aus dem Geschirrschrank.

Johanna versuchte jedes Mal, die große Oma zu überreden,

den Teller auch dann zu leeren, wenn die kleine Oma gekocht hatte. »Iss doch wenigstens ein paar von den Kartoffeln hier, bevor sie kalt werden«, sagte sie. »Darf ich dir diese schöne runde schon mal klein schneiden, Oma?«

Aber Oma Elsbeth weigerte sich. »Die hat Mariechen geschält. Ich esse nichts, was Mariechen schon in der Hand gehabt hat«, antwortete sie, schob die schöne runde Kartoffel, die ihr die Enkelin so warm empfohlen hatte, mit dem Messerrücken beiseite und ließ Johanna den Teller wieder nach unten tragen. Immer häufiger ging Oma Elsbeths Teller so zurück, denn Johannas Vater verspürte immer weniger Lust, das Mittagessen zu kochen. Genau genommen hatte er zu nichts mehr Lust, und das wurde von Tag zu Tag offensichtlicher.

Kaum war seine erste Freude über die Heimkehr und das Wiedersehen verflogen, hatte ihn eine niederdrückende Traurigkeit ergriffen, die sich nicht abschütteln ließ. Johanna machte manchmal einen scheuen Versuch, ihn zu trösten. Aber jedes Mal, wenn sie sich zu ihm setzte und mit ihm reden wollte, lächelte er ihr flüchtig und traurig zu, stand auf und zog sich nach oben ins Schlafzimmer zurück, wo er sich aufs Bett legte, die Hände hinter dem Kopf verschränkt.

Stundenlang konnte er allein in der Gaststube sitzen und vor sich hin starren, die zusammengefaltete Zeitung in der Hand. Kam gegen Abend der erste Wirtshausgast durch die Tür, schreckte er hoch, grüßte und verließ hastig den Raum. Wenn Fanni bei Tisch eine spaßige Bemerkung machte oder wenn Johanna einen Witz erzählte, den sie in der Schule gehört hatte, lachte er nie mit. So verging auch den anderen schnell das Lachen. Seine Traurigkeit wirkte ansteckend wie die Masern.

Johannas Mutter hatte jetzt häufig rote, verweinte Augen. Johanna hörte, wie sie einmal in der Küche zu Oma Mariechen

sagte: »Ich weiß nicht mehr, was ich machen soll, ich weiß es wirklich nicht. Ich komme einfach nicht an ihn heran. Er verschließt sich, er ist wie ein Fremder.«
Oma Mariechen tröstete sie. »Es ist die Stacheldrahtkrankheit. Die haben fast alle, wenn sie aus Russland kommen. Du brauchst Geduld, es wird bestimmt wieder besser.«
Johanna wollte ihrer Mutter nicht gestehn, dass sie das Gespräch belauscht hatte. Deshalb fragte sie Fanni aus, als die am Abend aus Haßfurt gekommen und hinauf in ihr Zimmer gegangen war.
»Stacheldrahtkrankheit?«, sagte Fanni. »Darüber habe ich in der Zeitung gelesen. Ja, das stimmt. Er hat genau das, was in diesem Artikel stand.«
»Aber was? Was ist das?«, fragte Johanna.
»So genau habe ich's damals auch nicht gelesen. Da konnte ich ja nicht wissen, dass mein Schwager auch die Krankheit kriegt«, sagte Fanni. »Warte mal, was haben die nur geschrieben … Dass die Kriegsgefangenen jahrelang in diesen Lagern zusammengepfercht waren; jeden Tag sind welche von ihnen gestorben, sie haben nur Schlimmes erlebt. Sie durften aber nicht traurig sein, verstehst du. Da mussten sie alles dransetzen, dass sie überhaupt am Leben bleiben. Und zu Hause kommt diese Traurigkeit plötzlich nach, verstehst du?«
Johanna nickte, auch wenn sie es nur halb begriff.
Fanni setzte sich neben Johanna aufs Bett. Sie sagte: »Ich glaube, er trauert auch den verlorenen Jahren nach. Das Leben ist hier weitergegangen, als ob nichts gewesen wäre. Ohne ihn, verstehst du? Als er dich das letzte Mal gesehen hat, warst du noch ein Kind, das musst du dir mal vorstellen. Er hat dich nie erlebt, wie du elf oder zwölf warst …«
»Gestern ist er aus dem Zimmer gegangen, nur weil ich mich mit Mama darüber unterhalten habe, ob bei meinem neuen

Pullover ein braunes oder ein rotes Bündchen besser aussieht«, erzählte Johanna. »Warum will er so was nicht hören?«

»Wenn er kurz vor dem Verhungern war und neben ihm seine Freunde gestorben sind, kommt es ihm wahrscheinlich lächerlich vor, wie wichtig ihr euer Bündchen nehmt und dass ihr euch stundenlang ernsthaft darüber unterhalten könnt.«

»Gar nicht stundenlang!«, verteidigte sich Johanna. »Höchstens zehn Minuten.«

»Und welche Farbe kriegt jetzt das Bündchen?«, fragte Fanni.

»Rot!«

»Rot? Ich hätte Braun besser gefunden«, sagte Fanni. »Rot ist eine Kleinkinderfarbe.«

»Braun wie amerikanische Schokolade?«, fragte Johanna und grinste.

»Genau so!«, bestätigte Fanni, beugte sich zum Radio hinüber und stellte AFN ein. »So braun wie ›Little Brown Sugar‹.«

»Dann kann Papa bestimmt auch nicht verstehn, warum wir zwei uns stundenlang streiten, ob ›Heimat, deine Sterne‹ besser ist oder ›Bella, bella, bella Marie‹«, sagte Johanna.

»Deshalb sollen wir gestritten haben? Das weiß ich gar nicht mehr. Mein Lieblingslied ist ›Über die Prärie‹.«

»Ach, das ist aber neu!« Johanna schaute Fanni prüfend an. »Ist es zufällig auch das Lieblingslied von einem gewissen Herrn Sammy? Von Mister Sammy Bone?!«

Fanni lachte. »Ja, Sammy mag es besonders gern«, gab sie zu. Johanna lachte mit. Sie genoss es, dass sie das mit Fanni noch tun konnte, ohne gleich ein schlechtes Gewissen zu bekommen. Aber dann wurde sie wieder ernst.

»Weißt du, wie lange diese Stacheldrahtkrankheit dauert?«, fragte sie. »Oder bleibt Papa jetzt immer so?«

»Darüber hat nichts in der Zeitung gestanden.« Fanni stellte das Radio leiser. »Hoffentlich geht es bald vorbei.«

Oma Mariechen machte sich auch Gedanken über die Krankheit ihres Schwiegersohns. Beim Geschirrspülen sprach sie mit Johannas Mutter darüber.

»Ich will dir mal sagen, warum dein Mann so rumschleicht und den Kopf hängen lässt wie ein krankes Huhn«, fing sie an, während sie die abgewaschenen Teller an ihre Tochter weiterreichte. »Weil ihr euch nämlich nie richtig aussprecht. Und warum nicht? Weil ihr nie allein sein könnt. Das ist es!«

Johannas Mutter rieb mit dem Handtuch heftig über einen Teller, obwohl der bereits trocken war. »Das stimmt«, sagte sie. »Ob wir in der Küche sitzen oder im Nebenzimmer, immer ist jemand aus der Familie dabei. Oder jemand kommt dazu.«

»Siehst du! Ihr braucht ein Zimmer ganz für euch, wo ihr mal zusammensitzen und Kaffee trinken könnt und miteinander reden, ohne die anderen«, fuhr Oma Mariechen fort. »Ihr müsst euch wirklich mal aussprechen. Das ist kein Zustand so!«

»Früher hatten wir noch das Wohnzimmer, das war schön«, sagte Johannas Mutter. »Da wohnt halt jetzt Elsbeth drin ...«

»Darüber denk ich schon die ganze Zeit nach.« Die kleine Oma schabte mit dem Kochlöffel in einer Bratpfanne hin und her, um die Reste verbrannter Milch vom Pfannenboden zu lösen. »Warum sollen wir nicht wieder ein Wohnzimmer da oben einrichten?«

»Wie stellst du dir das vor? Was wird aus Elsbeth?«, fragte Johannas Mutter.

»Sie kann doch ganz nach oben ziehen, ins Zimmerchen neben Johanna.«

»Das Zimmer steht voller Möbel!«

»Die kommen auf den Dachboden. Als die Muliks einzogen, haben wir das eine Zimmer ausgeräumt. Na gut, dann kommt halt jetzt das zweite auch noch dran ...«

»Aber was sagt Elsbeth dazu? Gern zieht sie nicht dahinauf.

Noch dazu mit ihrem steifen Bein.« Johannas Mutter schüttelte den Kopf. »Nein, nein, das geht nicht.«
Oma Mariechen tauchte die Pfanne in die große Schüssel mit Abwaschwasser, wischte sie mit dem Lappen aus und reichte sie an ihre Tochter weiter. Während Johannas Mutter die Pfanne abtrocknete, wrang die kleine Oma den Lappen aus, hängte ihn über die Herdstange, rieb ihre feuchten Hände an der Schürze ab und sagte: »Deine Schwiegermutter sitzt sowieso den ganzen Tag im Zimmer, egal ob im ersten oder im zweiten Stock. Das ist das eine. Das andere ist: Du solltest ruhig auch mal an dich denken, nicht immer nur an andere. Eure Ehe ist jetzt wichtiger als die Wünsche von Elsbeth. Sprich mit deinem Mann darüber, du wirst sehen, er denkt wie ich.«
Johannas Mutter befolgte den Rat der kleinen Oma.
So kam es, dass die große Oma ein drittes Mal von ihrem gewohnten Platz verbannt wurde und umziehen musste. Ausgerechnet ihr Sohn, auf den sie alle Hoffnung gesetzt hatte, ihr Sohn, der sie nach unten führen sollte in die Küche, er war es nun, der sie nach oben schickte. Zwar tat er es vorsichtig und liebevoll und erklärte ihr geduldig die Gründe, aber das änderte nichts an den Tatsachen: Ihr eigener Sohn hatte sie verraten und sich auf die Seite ihrer Feindin geschlagen.
Von nun an aß Oma Elsbeth auch dann ihren Teller nicht mehr leer, wenn ihr Sohn gekocht hatte.
Als Johanna ihr zum ersten Mal das Mittagessen in den zweiten Stock hochbrachte, fand sie die große Oma auf dem Bettvorleger ausgestreckt. Sie erschrak, weil sie glaubte, ihre Oma sei gestürzt oder ohnmächtig zu Boden gesunken, stellte das Tablett schnell ab und kniete sich neben Oma Elsbeth, um sie aufzurichten. Aber die große Oma fühlte sich da unten auf dem Boden recht wohl, dachte gar nicht daran aufzustehen und bat lediglich um ein Kissen.

»Du kannst da nicht auf dem Teppich liegen bleiben, Oma. Das geht doch nicht«, sagte Johanna. »Leg dich wenigstens aufs Bett, wenn du nicht stehen kannst.«
»Ich soll nicht stehen können? Behauptet sie das?«, fragte die große Oma und setzte sich. »Das sieht Mariechen ähnlich.«
»Oma Mariechen behauptet gar nichts«, sagte Johanna, fasste die große Oma am Arm und versuchte sie hochzuzerren. »Warum sitzt du denn hier unten? Komm doch, dein Mittagessen wird kalt.«
»Soll es kalt werden wie der Schnee auf dem Kilimandscharo! Ich esse sowieso nichts, ich faste. Ich faste wie König David, als man ihm den Sohn nahm«, erklärte Oma Elsbeth und ließ den Oberkörper wieder auf den Teppich zurücksinken.
»Ja, gut. Aber dazu musst du dich nicht auf den Boden legen«, sagte Johanna verzweifelt.
»Ich muss es, denn genau so steht es geschrieben.« Oma Elsbeth zeigte auf die Bibel, die auch im neuen Zimmer auf dem Fensterbrett lag. »Lies die Stelle vor!«
»Welche Stelle denn?«, fragte Johanna und nahm die Bibel vom Brett. »Willst du nicht doch erst essen?«
»Lies die Stelle mit dem roten Faden!«, befahl Oma Elsbeth.
Johanna fand den einzigen roten Wollfaden, der zwischen all den grünen und schwarzen seitlich aus dem Buch hing, schlug es auf und las die Stelle, die Oma Elsbeth durch einen Strich mit dem Daumennagel hervorgehoben hatte: »Und David suchte Gott um seines Sohnes willen und fastete und ging hinein und lag auf der Erde. Da standen die Ältesten seines Hauses auf und wollten ihn aufrichten; er wollte aber nicht und aß auch nicht mit ihnen.«
»Nun?«, fragte die große Oma zufrieden. »Steht nicht alles geschrieben?«
»Überhaupt nichts steht geschrieben«, sagte Johanna, nahm

den roten Faden einfach heraus und klappte das Buch zu. »Erstens bin ich nicht der Älteste, sondern die Jüngste im Haus. Zweitens ist dieser David ein Mann und keine Oma, und außerdem steht da, dass er sich auf die *Erde* gelegt hat. Und nicht auf den Teppich im zweiten Stock! Wenn sowieso alles nicht stimmt, kannst du auch aufstehen und etwas essen. Und bitte gleich, Oma, sonst ist das Essen wirklich kalt wie dein Schnee auf diesem Berg da aus der Bibel.«

»Findest du?«, fragte Oma Elsbeth und setzte sich. »Gib mir deine Hand und meinen Stock!«

Sie stand mit Johannas Hilfe auf, humpelte zum kleinen Tisch, setzte sich, griff zur Gabel und schob erst mal die Kartoffeln zu einem Hügelchen zusammen. »Schon wieder mal Schwarzwurzelgemüse. Das mag ich sowieso nicht«, sagte sie und legte die Gabel wieder hin.

»Hier, schau doch: Es gibt eingemachte Birnen zum Nachtisch!« Johanna stellte die Glasschüssel vor sie hin und reichte ihr einen kleinen Löffel.

»Nachtisch am Werktag? Was wird denn heute gefeiert?«, fragte Oma Elsbeth. »Ich kann's mir schon denken: Mariechen freut sich, dass sie nicht mehr mit mir in einem Stockwerk wohnt!«

»Niemand feiert irgendetwas«, versicherte ihr Johanna. »Ein Einmachglas ist aufgegangen. Oma Mariechen hat's entdeckt, weil die Birnen oben schon ganz braun waren …«

»Also doch Mariechen!« Oma Elsbeth lehnte sich in ihrem Stuhl zurück und verschränkte die Arme vor dem breiten Busen. »Die Birnen kannst du gleich wieder hinuntertragen.«

»Wenn du ein bisschen was isst, komm ich nach dem Essen zu dir. Ich hol meine Schulsachen von drüben und mache hier Hausaufgaben«, versprach Johanna. »Dann bist du nicht allein. Wir sitzen zusammen wie früher im Nebenzimmer, ja?«

»Was muss ich denn essen, damit du bei mir bleibst?«, fragte die große Oma unschlüssig, beugte sich tief über den Teller und schnupperte am Essen.
»Wenigstens vier Kartoffeln und zwei Löffel Schwarzwurzeln«, forderte Johanna.
»Nein!« Oma Elsbeth schüttelte den Kopf. »Schwarzwurzelgemüse mag ich nicht, hab ich dir doch gesagt.«
Johanna schraubte ihre Forderung etwas zurück: »Drei Kartoffeln und zwei von den halben Birnen?«
»Drei Kartoffeln und eine Birne!«
»Gut, einverstanden«, sagte Johanna. »Ich geh jetzt nach unten zum Mittagessen, die andern warten sicher schon auf mich. Wenn ich wiederkomme und du hast auch gegessen, bleib ich den ganzen Nachmittag bei dir.«
Als Johanna nach einer guten halben Stunde wieder nach oben kam, hatte Oma Elsbeth nicht nur die drei Kartoffeln aufgegessen, sondern sogar alle vier Birnenstücke. In der Glasschüssel war nur noch ein bisschen Birnensoße zurückgeblieben, die Johanna schnell ausschlürfte, bevor sie sich an die Hausaufgaben machte.
Sie blieb wirklich den ganzen Nachmittag drüben bei Oma Elsbeth, auch als sie mit den Aufgaben fertig war und die Schultasche in ihr Zimmer zurückgetragen hatte.
Gemeinsam blickten sie aus dem kleinen Dachfenster. Johanna saß auf der Armlehne des Sessels, in dem ihre Oma auf einem dicken, geblümten Kissen thronte, und unterhielt sich mit ihr. Erst war das Gespräch ein bisschen einseitig, weil die große Oma immer nur die Geschichten aus der Bibel erzählen wollte und Johanna sich weder für Hiob noch für Jeremia besonders erwärmen konnte und deren Klagelieder lange nicht so spannend fand wie die Oma. Aber nach einiger Zeit kamen sie aufs Wetter zu sprechen, dann auf das Dorf, auf den Roten Baron

und schließlich auf die arme Frau Mulik. Vom Fenster aus konnte man den Platz zwischen den kahlen Weidenbüschen sehen, wo Frau Mulik immer gestanden und geangelt hatte.
Johanna empfand es nicht einmal als lästig, dass sie der großen Oma Gesellschaft leisten musste. Draußen fiel der Regen mit Schnee vermischt in langen, schrägen Strichen aufs Dach. Sie hätte sich sowieso nicht mit Manni bei der Schwarzen Brücke treffen können, das Wetter war einfach zu schlecht.
Am nächsten Morgen schien sich der Winter endgültig gegen den Herbst durchgesetzt zu haben. Es regnete nicht mehr, es schneite dicke Flocken. Oma Mariechen hatte bereits vor dem Frühstück mit dem Reisigbesen einen Fußpfad zwischen der hinteren Haustür und dem Schweinestall in den Schnee fegen müssen. Als Johanna sich dann auf den Schulweg machte, versank sie schon bis zu den Knöcheln im klebrigen Weiß. Sie hatte sich die lange blaue Jacke ihrer Mutter ausgeborgt. Ihr UTSCH-ACH-Mantel war inzwischen viel zu klein, er hing gut eingemottet im Kleiderschrank. Schon vor Wochen hatte Fanni den Vorschlag gemacht, man solle doch eine Tauschanzeige in die Zeitung setzen: »Biete gut erhaltenen Kindermantel, suche Mantelstoff.« Aber Oma Mariechen war dagegen gewesen.
»So eine Anzeige kostet doch unser gutes Geld«, hatte sie gesagt. »Da warten wir lieber, bis jemand einen Mantel anbietet.«
Aber bis jetzt hatte niemand in der Zeitung einen Mantel oder Mantelstoff zum Tausch geboten.
Es schneite den ganzen Vormittag. Auf dem Heimweg von der Schule hatte Johannas Jacke schon nach wenigen Schritten weiße Schulterpolster. Manni schlug seinen Jackenkragen hoch und fuhr sich immer wieder mit der Hand über den Kopf, um den Schnee aus den Haaren zu stäuben. Dabei trug er eine

Wollmütze in der Tasche, die er aber nie aufsetzte. Er fand Zipfelmützen kindisch.
»Und deine Oma hat sich wirklich auf den Boden gelegt?«, fragte er, während er neben Johanna herging.
»Ja. Auf den Teppich«, erzählte Johanna. »Nur weil ein König aus der Bibel auch so um seinen Sohn getrauert hat.«
»Deine Oma spinnt«, sagte Manni. »Sie ist fast so verrückt wie die Dolle Kuni.«
»Wie du redest! Meine Oma ist höchstens ein bisschen stur. Sie hat halt ihren Dickkopf«, sagte Johanna. »Und die Dolle Kuni ist auch viel normaler, als du denkst.«
Hätte Manni ihr besser zugehört und gefragt, warum sie die Dolle Kuni nicht für verrückt hielt, hätte Johanna ihm wahrscheinlich ihr Geheimnis verraten, ihm von dem Jungen mit den schrägen Augen erzählt, der schon so groß war und noch mit Puppen spielte wie ein kleines Kind und den die Dolle Kuni vor allen Leuten versteckte.
Aber Manni lachte gleich los und sagte: »Was, die Dolle Kuni ist nicht verrückt? Kein Wunder, dass deine Oma dann für dich normal ist. Dabei gehören beide nach Lohr!«
»Oma Elsbeth nach Lohr?« Johanna war empört. In Lohr war eine Anstalt für Geisteskranke. »Du kannst doch nicht jeden, der ein bisschen anders ist, gleich nach Lohr schicken. Dass ausgerechnet du so was sagst!«
Manni blieb abrupt stehen. »Was soll das denn heißen?«, fragte er. »Willst du sagen, dass ich verrückt bin?«
»Nein, natürlich nicht«, versicherte Johanna ihm. »Aber ihr seid doch auch … auch anders, du und Verena. Nicht anders, aber …«
Hätte Manni sie ausreden lassen, hätte sie hinzusetzen können: »Das finde ich doch gut an dir, dass du anders bist als Erwin Schellenberger.«

Aber Manni unterbrach sie gleich.
»Wieso ist meine Mutter anders? Hast du jetzt auch was gegen sie?«, fragte er. »Hat dich deine Oma Mariechen schon angesteckt, was?«
»Nein, nein!« Johanna war wütend und niedergeschlagen zugleich. Warum war in letzter Zeit alles so schwierig! Ständig bekamen sie Streit, ohne dass sie es eigentlich wollten.
Schweigend gingen sie weiter. Als sie bei Eberts Haus anlangten, blieben sie stehen. Sie wechselten noch ein paar Worte, sprachen über den Schnee und über das Schlittenfahren. Manni versuchte sogar eine witzige Bemerkung über Frau Eberts Wackelgardine zu machen. Aber es klang gequält. Johanna merkte ihm deutlich an, dass er beleidigt war und es nur nicht zugeben wollte. So sagte sie: »Bis morgen!«, und stapfte durch den Schnee davon.
Ihr Vater saß im Nebenzimmer beim Ofen auf einem Stuhl und legte gerade ein Brikett nach, als Johanna durch die Tür kam. »Das ist vielleicht ein Schnee!«, rief sie ihm zu. »Ist das Essen schon fertig?«
Er hob die Schultern. »Weiß nicht. Frag Oma Mariechen.« Damit war das Gespräch für ihn beendet, er widmete alle Aufmerksamkeit seinen Händen, betrachtete eingehend den Schmutzrand unter seinem rechten Daumennagel und säuberte ihn mit dem Zeigefinger der linken Hand.
In der Küche bereitete Oma Mariechen gerade das Tablett für die große Oma vor. Sie war gut gelaunt und summte sogar leise vor sich hin, während sie eine kleine Schüssel mit Bohnengemüse füllte.
»Was hast du da für eine Schürze an?«, fragte Johanna. »Gehört die nicht Oma Elsbeth?«
»Ah, da kommt ja schon meine Kleine!«, sagte Oma Mariechen. »Du siehst aus wie ein Schneemann.«

Johanna ließ sich nicht ablenken und wiederholte ihre Frage, während sie die Jacke auszog und über den Haken an der Küchentür hängte. Oma Mariechen schaute an sich hinab, als sähe sie die groß gemusterte, bunte Schürze zum ersten Mal. »Die Schürze? Ja, ich glaube, die hat Elsbeth hier unten hängen lassen«, sagte sie leichthin. »Sie hat sicher nichts dagegen, sie braucht ja jetzt keine Schürze mehr da oben.«
Als Johanna mit dem Essen hinauf ins kleine Zimmer kam, ging das Spiel vom Vortag wieder von vorne los.
»Ich esse nichts, weil ich nämlich faste«, verkündete Oma Elsbeth.
»Heute liegst du wenigstens dabei nicht auf dem Boden, das ist schon ein Vorteil«, sagte Johanna, stellte das Tablett auf den Tisch und füllte den Teller. »Schau mal, es gibt Bohnengemüse, das magst du doch auch gern.«
Oma Elsbeth kam näher. »Wie viel muss ich davon essen, damit du heute Nachmittag wieder bei mir bleibst?«, erkundigte sie sich.
»Oma, das ist ja Erpressung!«, sagte Johanna streng.
»Erpressung?«, fragte die große Oma. »Ich wundre mich, dass du ein derartiges Wort überhaupt kennst. Also, sag mir: Wie viel?«
»Alles«, antwortete Johanna. »Den ganzen Teller leer.«
Oma Elsbeth schlug vor: »Fünf Löffel voll?«
»Den halben Teller«, sagte Johanna. »Ich esse die eine Hälfte, du die andere. Das ist mein letztes Wort.«
»Du fängst an!«, forderte Oma Elsbeth und guckte zu, wie Johanna den Teller zur Hälfte leerte.
»Und jetzt du!« Johanna schob ihr das Bohnengemüse zu.
Die große Oma behauptete, sie könne nicht essen, wenn jemand zuschaue. »Geh hinab zu den Deinen!«, sagte sie. »Wenn du gegessen hast, will auch ich gegessen haben.«

Nach einer guten halben Stunde kam Johanna wieder herauf. Oma Elsbeths Teller war leer. Also verbrachte Johanna den Nachmittag bei ihrer großen Oma und ging erst hinunter, als Fanni aus Haßfurt zurückgekommen war. Das wiederholte sich am nächsten Tag und auch an den folgenden. Nicht immer blieb Johanna den ganzen Nachmittag. Manchmal machte sie nur ihre Hausaufgaben in Oma Elsbeths Zimmer und rannte anschließend aus dem Haus, weil sie mit Manni zum Schlittenfahren verabredet war. Dann protestierte Oma Elsbeth und behauptete, Johanna würde sich noch weniger an Abmachungen halten als der Prophet Jonas.

Bis sich herausstellte, dass in Wirklichkeit Oma Elsbeth alle Vereinbarungen gebrochen hatte.

Von Tag zu Tag roch es merkwürdiger im Zimmer der großen Oma. Wie in Thürmers altem, muffigem Keller.

»Oma, was riecht hier nur?«, fragte Johanna, aber die große Oma konnte nichts Auffälliges erschnuppern.

»Ich glaube, es kommt dort aus dem Nachtschränkchen. Was ist da eigentlich drin?« Johanna ließ nicht locker. »Darf ich mal reinschauen?«

»Das ist leer wie die Erde am ersten Tag«, sagte die große Oma schnell und stemmte vom Sessel aus ihren Stock gegen die Nachttischschublade, damit Johanna sie nicht aufziehen konnte.

»Warum soll ich nicht in ein leeres Nachtschränkchen gucken?«, fragte Johanna, schob den Stock mit der Hüfte beiseite und zog die Schublade auf. »Oh, mein Gott!«, rief sie. »Das sieht ja wüst aus da drin! Was hast du gemacht, Oma?!«

Johanna war so erschüttert, dass sie sich erst mal auf Oma Elsbeths Bett setzen musste.

Das Fach war bis an den Rand gefüllt mit dem, was Oma Elsbeth angeblich gegessen hatte, während Johanna unten bei den anderen war: Birnen, Kartoffeln, Bohnengemüse, gekochte Pilze, auch zwei Klöße und ein kleines Häufchen Makkaroni, alles von einer pelzigen, grünschwarzen Schimmelschicht überzogen.

»Du hast alles versteckt! Warum machst du so was?!«

»Nicht alles versteckt«, verteidigte sich Oma Elsbeth. »Ich hab immer gegessen. Nur nicht so viel, wie du gefordert hast. Ich wollte nicht, dass du mir zürnst.«

»Zürnst!«, wiederholte Johanna. »Oma, was machen wir nur mit diesem schimmeligen Zeug? Am besten, ich trag das ganze Schubfach nach unten und werf alles ins Klo.«

»Nicht nach unten, nicht nach unten!«, bat Oma Elsbeth in weinerlichem Tonfall wie ein kleines Mädchen. »Mariechen soll es nicht sehen. Versprich mir, dass du es nicht Mariechen zeigst!«

Johanna tat ihr den Gefallen und trug das Schubfach auf den Dachboden. Dort hatte sie vor Jahren schon entdeckt, dass eines der Fußbodenbretter lose war, es angehoben und in den dunklen Hohlraum gefasst, der sich darunter befand. Damals hatte sich Johanna vorgestellt, dass sie das Versteck vielleicht eines Tages brauchen könne, um einen Schatz darin zu verbergen. Jetzt begrub sie Oma Elsbeths schimmelige Essensreste in dem schwarzen Loch und klopfte das Brett anschließend fest, damit sich der üble Geruch nicht im ganzen Dachboden ausbreitete. »Versprichst du mir, dass du es niemandem sagst?«, fragte die große Oma, als Johanna mit der leeren Schublade ins Zimmer zurückkam. Eigentlich hätte Johanna es zu gern weitererzählt, besonders Fanni. Aber Oma Elsbeth guckte sie so ängstlich an, dass sie antwortete: »Na gut. Du darfst aber nie mehr dein Essen da drin verstecken!«

Das versprach die große Oma. Allerdings legte sie ihr Versprechen so buchstabengetreu aus, dass selbst die Schriftgelehrten aus der Bibel von ihr hätten lernen können. Sie versteckte wirklich keine Essensreste mehr im Nachtschränkchen, nein. Aber als es ein paar Wochen später wieder in Oma Elsbeths Zimmer zu riechen anfing, fand Johanna eine ganze Sammlung verschimmelter Lebensmittel in einem Kartondeckel unter dem Kleiderschrank.

Johanna wurde richtig böse.

»Jetzt hab ich genug von deinen Spinnereien«, schimpfte sie. »Wir haben so wenig zu essen, und du lässt Bratkartoffeln mit Leberwurst und Zwiebeln absichtlich verschimmeln. Jetzt sag ich's Oma Mariechen oder wenigstens der Mama!«

Die große Oma bat so inständig um Schonung, vergoss sogar ein paar echte Tränen, dass Johanna, von Mitleid überwältigt, ein zweites Mal auf den Dachboden ging, noch einmal das Bodenbrett löste und den Hohlraum darunter mit den neuen Essensresten bis zum Rand füllte. Die alten waren in der Zwischenzeit von den Mäusen aufgefressen worden.

Danach ließ sich Johanna von Oma Elsbeth schwören, dass sie nie mehr ihr Essen im Zimmer, im Haus oder sonst wo verstecken würde.

Die Oma schwor, die Bibel in der Hand, und hielt sich auch daran. Aber all die Nudeln, Kartoffeln und Klöße auf dem Dachboden hatten längst Heerscharen von Mäusen angelockt, und Johanna bekam die Folgen von Oma Elsbeths Essensvergeudung erst richtig zu spüren, als eigentlich alles vorbei war. In diesem Jahr gab es ungewöhnlich viele Mäuse. Der frühe Wintereinbruch hatte sie mehr als sonst in die Häuser und Scheunen getrieben, und der unverhoffte Futterplatz unter dem Dielenbrett ließ dort wahrscheinlich mehr Mäuse zusammenkommen als in allen umliegenden Gehöften. Sie konnten Nester bauen und Junge bekommen, ohne sich um jedes Getreidekorn balgen zu müssen, der Futtervorrat reichte für viele.

Doch nun ging er zu Ende und ein verzweifelter Kampf ums Überleben begann.
Nachts, wenn Johanna in ihrem Bett lag, hörte sie das Trappeln der Mäuse über sich, das Rascheln, Nagen und Kratzen in den Wänden und in der Zimmerdecke. Die Tiere rauften und bissen sich, spitze Mäuseschreie schreckten Johanna immer wieder aus dem Schlaf. Die Geräusche hielten die ganze Nacht über an, waren von vier Seiten zu hören. Die Mäuse nagten alles an, sei es, um sich durchs Fressen von Mörtel, Holz, Stroh und Gips vor dem Hungertod zu bewahren, sei es, weil ein Instinkt sie zwang, sich in neue, andere Räume durchzunagen, wo es vielleicht Futter gab.
Besonders schlimm war es, wenn sich eine Maus durch die Zimmerdecke über Johannas Bett fraß. Stundenlang vorher war schon das trockene Schaben der Mäusezähne zu hören, und doch erschrak Johanna immer wieder neu, wenn plötzlich der Kalk von der Decke fiel und oben aus dem Loch die zuckenden, zappelnden Hinterbeine einer Maus ragten, die aufgeregt nach Halt suchte, um nicht nach unten zu stürzen. Manchmal gelang es dem Tier, sich ins Loch zurückzuziehen und sich oben zu verkrallen. Manchmal plumpste die Maus nach unten auf den Fußboden. Einmal war eine auf Johannas Zudecke gefallen, über ihren Arm gehuscht und unter dem Bett verschwunden. Seitdem fürchtete sich Johanna vor Mäusen in der Zimmerdecke.
Hatte sich wieder mal eine durchgenagt, sprang Johanna aus dem Bett, schrie und klopfte gleichzeitig mit ihrem Stuhl hart auf den Boden, damit ihr Vater durch die Erschütterung geweckt wurde, denn das Zimmer ihrer Eltern lag unter ihrem. Ihr Vater kam dann schlaftrunken zu ihr nach oben, gähnte, hielt seinen alten, gelbbraunen Bademantel vorn mit der Hand zu und besah sich das Loch in der Zimmerdecke, von Johanna

angstvoll beobachtet. Da er wusste, dass seine Tochter sonst nicht einschlafen würde, ging er noch in der Nacht hinunter und kam mit einer Tüte Gips, einer Dose Rattengift und einer Kante Brot zurück. Das Brot bestrich er dick mit der hellgrünen Giftpaste und schob es ins Mauseloch. Darauf strich er die Öffnung mit dem angerührten Gips zu.
Jetzt erst beruhigte sich Johanna, legte sich wieder ins Bett, bedankte sich bei ihrem Vater und wünschte schläfrig eine gute Nacht.
Vater nickte ihr zu, grinste sogar ein bisschen und war ganz anders als sonst am Tag, nicht so geistesabwesend und traurig, gar nicht mehr fremd.
Oma Elsbeth im Nachbarzimmer bekam von all diesen Aufregungen nichts mit. Sie hatte einen sehr gesunden Schlaf. Selbst wenn neben ihr die Mauern von Jericho eingestürzt wären, hätte sie sich wahrscheinlich nur auf die andere Seite gedreht und friedlich weitergeschlafen.

Die Mäuseplage hielt den ganzen Winter über an. Erst im Februar, als es wärmer wurde und der Schnee schmolz, verstummte das nächtliche Nagen allmählich. Entweder die Tiere hatten sich ins Freie retten können, oder sie waren alle an den vergifteten Brotstücken verendet, und ihre kleinen, pelzigen Leichname ruhten irgendwo in den Hohlräumen der Zimmerdecke.

Plötzlich, fast von einem Tag auf den anderen, fing Johannas Vater an, sich wieder für andere Menschen zu interessieren, für das Haus, die Küche und vor allem für seinen Beruf, das Kochen.
So unvermittelt, wie ihn die Stacheldrahtkrankheit überfallen hatte, ließ sie auch wieder von ihm ab, unerklärlich für die Familie.
Sonst war er morgens als Letzter aufgestanden, hatte bis zum späten Vormittag im Bademantel herumgesessen, unrasiert, mit hängenden Schultern und gebeugt, als hätte man ihm einen Zentnersack Kartoffeln aufgebürdet.
Nun saß er schon angezogen in der Küche, aufrecht, mit sorgfältig gescheitelten Haaren und frisch rasiert, wenn Johanna nach unten kam. Da Rasierklingen immer noch knapp waren, benutzte er wochenlang ein und dieselbe, schnitt sich häufig an der stumpfen, schartigen Klinge und stillte das Blut, indem er ein Stück vom Rand der Zeitung abriss, es befeuchtete und auf die Schnittwunde drückte. Fast jeden Morgen hatte er eines dieser Papierfetzchen am Kinn, am Hals oder auf der Wange kleben, wenn er mit den anderen frühstückte. Er pflegte sein Brot in den Malzkaffee zu stippen, es lange in die hellbraune Kaffeebrühe zu tauchen, bis es sich so vollgesaugt hatte, dass es fast zu zerfließen begann. Dabei stützte er sich auf beide Ellbogen und hielt den Kopf dicht über die Tasse. Kurz bevor sich das Brot ganz im Kaffee aufgelöst hatte, schleuderte er die weiche Masse mit einer raschen Bewegung in den Mund und schluckte sie, behaglich schlürfend.
Nach dem Frühstück besprach er mit Oma Mariechen den Küchenplan. Anfangs hatte die Besprechung darin bestanden,

dass die beiden gemeinsam überlegten, was es zum Mittagessen geben konnte. Mit der Zeit beschränkte er sich darauf, seiner Schwiegermutter morgens kurz mitzuteilen, was er an diesem Tag zu kochen gedachte.

»Das Kochen kannst du ruhig mir überlassen, das ist schließlich mein Beruf«, sagte er. »Du hast mit dem Haus und bald mit dem Garten schon mehr als genug zu tun, Oma.«

»Nenn mich nicht immer Oma!«, fauchte Oma Mariechen. »Ich bin nicht deine Großmutter.«

»Schon gut, Schwiegermama, schon gut«, sagte er und klopfte ihr auf die Schulter. »Wird nicht wieder vorkommen. Und bring heute mal ein bisschen mehr Schweinefett mit, wenn du einkaufst. Das letzte Mal hat's kaum gereicht. Sei nicht immer so sparsam.«

»Sparsam!«, wiederholte die kleine Oma. »Dann kauf du doch ein, wenn du für ein Hundert-Gramm-Märkchen mehr kriegst als ich!«

Vater lachte. »So weit kommt's noch, dass ich als Mann einkaufe!«, sagte er. »Du weißt genau, dass sie einem Fett auch ohne Lebensmittelmarken abgeben, wenn man ein paar Pfennige mehr bezahlt. Das Geld ist wieder was wert.«

»Denkst du, ich zahle nur einen Pfennig mehr, als ich muss? Da hast du dich aber geschnitten! Wir schwimmen nicht in Geld«, sagte Oma Mariechen. »Nein, das tun wir wirklich und wahrhaftig nicht.«

»Genau das ist das Problem, Oma …«

»Nenn mich nicht schon wieder Oma!«, schimpfte Oma Mariechen.

Vater fuhr ungerührt fort: »Wenn wir weiter nur an alte Bauern ein, zwei Bier pro Abend verkaufen, werden wir nie in Geld schwimmen. Das wird sich jetzt ändern!«

»So, ändern. Und wie?«, fragte Oma Mariechen.

»Ab Sonntag gibt es bei uns ein Mittagessen für die Wirtshausgäste.«
»Was für eine spinnerte Idee!«, klagte Oma Mariechen. »Die essen doch alle zu Hause. Kein Mensch wird hier was bestellen. Du bleibst auf deinem Mittagessen sitzen, das sag ich dir jetzt schon!«
»Bleib ich nicht! Ich koche ja nicht für deine Biertrinker und Kartenspieler hier. Da muss andere Kundschaft her, Leute aus der Stadt, die haben das Geld.«
»Aha. Und die kommen natürlich in Scharen nach Hesterhausen, nur weil mein Schwiegersohn kocht! Woher sollen die das denn wissen?!«
»Aus der Zeitung. Die Anzeige ist schon bestellt«, sagte Vater stolz. »Wartet nur mal ab.«
Als Johanna am Samstag von der Schule kam, ging sie gleich ins Nebenzimmer, wo die Zeitung wie immer auf dem kleinen Tisch lag, und blätterte sie durch.
»Wir stehen auf Seite zwölf!«, rief ihr die Mutter aus der Küche zu. »Ziemlich in der Mitte, nicht zu übersehen.«
Johanna nahm die Zeitung mit nach oben, als sie der großen Oma das Essen brachte, und las ihr die Anzeige vor. Da stand geschrieben, dass im Gasthaus zum Elefanten in Hesterhausen, dem »beliebten Ausflugslokal mit Blick auf den Main«, am Sonntag wieder Mittagessen angeboten würden, und zwar »gute, solide, fränkische Gerichte«.
»Ausflugslokal?«, fragte Oma Elsbeth. »Wie kann er so was schreiben lassen von diesem Haus? Seit wann ist es ein beliebtes Ausflugslokal?«
»Vielleicht schon ab morgen«, sagte Johanna.
»Blick auf den Main?«, fragte Oma Elsbeth weiter. »Als mein Platz noch im Nebenzimmer war, habe ich von da unten nie den Fluss gesehn. Wie will er seine Gäste auf den Main blicken

lassen? Will er ihnen im ersten Stock das Essen reichen, in seinem neuen Wohnzimmer?«
»Nein, natürlich nicht«, antwortete Johanna. »Vielleicht meint er, dass unser Haus auf den Main blickt.«
»Möge ihm der Herr gnädig sein und seinen Hochmut nicht bestrafen«, wünschte Oma Elsbeth und wandte sich ihrem Essen zu. »Kartoffeln mit Quark? Wie viel muss ich essen, damit du bei mir bleibst?«
»Ich kann heute Nachmittag nicht hier oben bleiben, Oma«, sagte Johanna. »Erstens muss ich in der Küche helfen, Papa will die Klöße für morgen vorkochen. Zweitens kommt Fanni gleich und wir wollen uns noch ein bisschen unterhalten.«
»Dann geh zu deiner Fanni!«, sagte die große Oma mürrisch. »Ich kann es sowieso nicht leiden, wenn du mir beim Essen zuschaust.«

Der Herr war Johannas Vater gnädig und strafte seinen Hochmut nicht. Am Sonntag strömten so viele Gäste in die Wirtschaft, dass sogar die beiden Tische im Nebenzimmer gebraucht wurden.
Die große Oma oben in ihrem Zimmer wartete darauf, dass Johanna oder ihr Sohn sie wie immer zum Mittagessen nach unten holten. Als niemand kam, machte sie sich allein auf den Weg und humpelte die zwei Treppen hinab, die linke Hand aufs Geländer, die rechte auf den Stock gestützt.
Vor der offenen Küchentür blieb sie stehen. Die Familie war so beschäftigt, dass keiner sie bemerkte. Johanna wusch Geschirr ab, Johannas Mutter stand am Herd und kochte, Fanni teilte das Essen in Portionen auf und reichte die Teller und Platten an Johannas Vater weiter, der damit in die Gaststube eilte. Mariechen schien unten im Keller zu sein, ein Fass rumpelte gerade über den Steinboden.

Als Oma Elsbeth sich schon umdrehen und wieder nach oben gehen wollte, kam ihr Sohn aus dem Nebenzimmer und rief: »Schwiegermama! Wo ist denn die Oma? Die Leute wollen Bier!«
»Kommt gleich. Oma holt schon ein neues Fass aus dem Keller«, sagte Johanna.
»Meine Güte! Muss gerade jetzt das Bier ausgehn!«, rief Vater und rannte zur Kellertreppe. »Ach, du bist auch da, Mutter«, sagte er im Vorübereilen. »Wir essen heute später. Erst muss mal der Rummel hier vorbei sein.«
Oma Mariechen hatte gerade das Fass auf die vierte Kellerstufe gewuchtet, verschnaufte einen Augenblick, fasste es mit beiden Händen, da war Vater schon neben ihr, versuchte sie beiseitezuschieben und sagte: »Gib mir das Fass, Oma! Komm, komm, wir haben es eilig.«
Oma Mariechen hielt den Fassrand fest umklammert.
»Kümmere du dich um dein Essen«, sagte sie. »Und lass mir mein Bier!«
»Niemand hat was dagegen, wenn du Bier ausschenkst«, antwortete Vater, nahm ihr das Fass endgültig aus der Hand und trug es nach oben. »Aber das hier ist Männerarbeit!«
Die kleine Oma blickte ihm nach, wollte wohl protestieren, wenn auch vergeblich, und entdeckte erst jetzt Oma Elsbeth, die sich neben der obersten Treppenstufe auf ihren Stock abstützte und zu ihr hinunterschaute.
Oma Mariechen senkte den Blick, blieb unschlüssig auf der Kellertreppe stehen, fast verlegen, und wischte sich die Hände an der Schürze ab.
»Gott möge ihm seinen Hochmut verzeihen«, sagte Oma Elsbeth, drehte sich um und stieg stumm die Treppen zu ihrem Zimmer wieder hinauf.
Johannas Vater versuchte währenddessen, das Fass durch die

Küche zu rollen, stieß es aber so ungeschickt an, dass es die Richtung verlor und gegen ein Tischbein prallte. Johanna riss die Tür zum Nebenzimmer auf, wie sie das immer bei Oma Mariechen getan hatte.
»Warum sagst du so was?«, fragte sie ihn. »Das ist überhaupt nicht Männerarbeit, das kann die Oma genauso gut wie du. Als du noch nicht da warst, hat sie es auch geschafft.«
Vater lachte. »Schon recht. Halte nur zu deiner Oma. Aber geh mir trotzdem aus dem Weg, die Gäste warten!«

Am nächsten Sonntag kamen noch mehr Leute zum Mittagessen, sogar ein Ehepaar aus Bamberg war dabei, am übernächsten musste Johanna sogar ihren und Fannis Stuhl von oben holen, weil die Plätze nicht reichten. Es wurde für Johannas Vater immer schwieriger, die nötigen Fleischportionen zu besorgen. Die Metzger in Haßfurt weigerten sich, ihm noch mehr abzugeben, obwohl er eine Mark mehr als üblich fürs Kilo bot. Sie wollten ja auch noch ihre übrigen Kunden bedienen können. Und Firschings Theo, der in Bamberg im Schlachthof arbeitete und schon zweimal für Johannas Vater einen Eimer voll Rindfleisch herausgeschmuggelt hatte, fiel als zusätzlicher Lieferant aus. Er war mit dem Daumen in die Knochensäge geraten und zwei Wochen krankgeschrieben.
So kam Vater auf die Idee mit Oma Mariechens Schwein.
»Ich weiß jetzt, wie wir's machen. Wir lassen unser Schwein schlachten und pökeln das Fleisch ein«, sagte er am Mittwoch beim Mittagessen im Nebenzimmer. »Dann sind wir für Monate unsere Sorgen los. Warum sind wir nicht schon letzte Woche auf die Idee gekommen, das hätte uns viel Geld gespart!«
»Das Tier wird nicht geschlachtet. Es ist immer noch *mein* Schwein«, sagte Oma Mariechen scharf.

»Natürlich ist es dein Schwein. Und du hängst an ihm, das weiß ich doch«, sagte Vater. »Aber es lebt nicht ewig. Willst du es an Altersschwäche sterben lassen? Einmal muss es geschlachtet werden. Warum nicht gleich?«
»Weil ...«, fing Oma Mariechen an und suchte nach Worten.
»Denk gar nicht darüber nach, dir fällt ja doch kein Grund ein. Es gibt nämlich keinen«, sagte er. »Schweine schlachtet man in der kalten Jahreszeit. Im Sommer ist es zu heiß, da verdirbt das Fleisch. Es ist also höchste Zeit. Ich habe dem Schlachter schon Bescheid gesagt.«
»Welchem?«, fragte die kleine Oma.
»Dem Husslein.«
»Wenigstens nicht dem Messerschmitt, dem Schwager vom Schellenberger«, sagte sie leise. »Wann kommt er?«
»Am 18. März. Früher ging's nicht, er hat viel zu tun.«
»Am 18. März? Ausgerechnet an meinem Geburtstag?«, rief Johanna. »Das geht doch nicht!«
»Du hast ja Geburtstag, das hatte ich ganz vergessen«, sagte Vater und schaute betreten zu Johanna hinüber. »Das tut mir leid. Aber das lässt sich jetzt nicht mehr ändern. Es war schon ein Entgegenkommen vom Husslein, dass er uns so schnell drannimmt. Ich koche dir auch ein extrakleines Leberwürstchen, nur für dich allein.«

Als Johanna an ihrem vierzehnten Geburtstag von der Schule nach Hause kam, hatte man das tote Schwein längst mit den Hinterbeinen an ein Querholz gebunden und an der Hauswand hochgezogen. Da hing es nun, der Länge nach durchgeschnitten, und sah schon nicht mehr aus wie ein Tier, das vor ein paar Stunden noch gelebt und geatmet hatte. Es glich nur noch einem gigantischen Batzen Schweinebraten.
Im ganzen Haus roch es nach Wurstsuppe. In der Küche war

Johannas Vater mit Herrn Husslein gerade dabei, in einem übergroßen Topf Leber- und Blutwürste zu kochen, Johannas Mutter füllte derweilen Einmachgläser mit rotem und weißem Presssack. Die kleine Oma war in den Garten geflüchtet. An diesem Tag gab es sehr spät Mittagessen. Oma Elsbeth kam nach unten, obwohl nicht Sonntag war, und auch der Metzger Husslein aß mit. Nur Oma Mariechen fehlte, als alle im Nebenzimmer vor einem Teller Wurstsuppe und danach frischen Leberwürstchen mit Sauerkraut saßen. Johannas Mutter ging hinaus in den Garten, um sie dazuzuholen. Erst weigerte sich die kleine Oma, dann sagte sie schließlich: »Johanna zuliebe komme ich. Sie hat ja heute Geburtstag, die arme Kleine.«
Erst nahm sich Oma Mariechen nur ein wenig von dem Sauerkraut auf den Teller, schließlich ließ sie sich überreden, ein winziges Stückchen von der Wurst zu kosten, holte sich daraufhin ein kleines Leberwürstchen auf den Teller, dann noch eines und sagte, während sie sich eine Träne mit dem Handrücken von der Wange wischte: »Das arme Tier. Ich hab mir geschworen, nichts davon zu essen, und jetzt haben die Würstchen so gut gerochen. Nun hab ich doch nicht widerstehen können!«
Vater tröstete sie. »Nimm's nicht so tragisch, Oma«, sagte er. »Nächste Woche kaufen wir dir ein neues. Ein junges Schwein, das kannst du wieder füttern, bis es groß ist …«
… »und du es schlachten lässt!«, ergänzte Oma Mariechen.

Am nächsten Schultag brachte Johanna Herrn Schopper eine kleine Kanne voll Suppe mit, in der drei Leberwürstchen schwammen. Oma Mariechen hatte es angeordnet, denn auf dem Dorf war es üblich, dass man dem Pfarrer und dem Lehrer etwas abgab, wenn ein Schwein geschlachtet wurde. Bevor Johanna ins Klassenzimmer ging, fischte sie schnell eines der

Würstchen heraus, wickelte es in kariertes Rechenpapier und schob es in ihre Jackentasche. Das war für Manni, Herr Schopper sollte froh sein, dass er überhaupt etwas abbekam!
Auf dem Heimweg sagte Manni: »Wenn dein Vater so weitermacht, seid ihr bald die Reichsten im Dorf. Reicher als der Schellenberger.«
»Das ist mir egal«, antwortete Johanna. »Früher hat's mir besser gefallen.«
»Warum?«, fragte Manni. »Ich finde es gut, wenn man genug Geld hat. Was gefällt dir denn nicht?«
»Vorher war's viel ruhiger. Jetzt ist immer nur ein Gerenne, am Wochenende meine ich, und ein Geschrei. Papa will aber auch alles bestimmen, alles!«
»Weißt du, wie du redest?«, fragte Manni. »So, als ob dir dein kranker Vater lieber gewesen wäre als der gesunde.«
»Nein, natürlich nicht«, sagte Johanna erschrocken. »Aber er macht immer alles, ohne vorher zu fragen. Den Metzger hat er einfach bestellt, und bei mir macht er es genauso! Er hat einfach bestimmt, dass ich in der Wirtschaft mithelfe, wenn ich dies Jahr mit der Schule fertig bin.«
»Und? Willst du es?«
»Nein, natürlich nicht. Ich will nicht immer in Hesterhausen bleiben wie Mama.«
»Du willst weg? Ohne mich?«, fragte Manni.
»Am liebsten zusammen mit dir. Du musst nur mitkommen.«
»Was du für Ideen hast«, sagte Manni.
»Kommst du mit?«
»Wohin denn?«
»Egal. Irgendwohin.«
»Das kann ich jetzt nicht so sagen. Du meinst es bestimmt auch nicht ernst, oder? Wir können doch nicht einfach so drauflosfahren, nach Bamberg oder nach München ...«

»Warum nicht nach Amerika!«
»Jetzt spinnst du aber!« Manni lachte. »Amerika! Als ob man da einfach so hinfahren könnte.«
»Hinfahren nicht. Aber hinschwimmen«, sagte Johanna. Sie wurde mit einem Mal ernst. »Wie Fanni. Ich weiß noch gar nicht, ob sie fliegt oder mit dem Schiff fährt …«
»Fanni?«, fragte Manni. »Heißt das, Fanni geht nach Amerika? Weiß das meine Mutter schon? Geht sie mit Sammy?«
»Es weiß noch keiner. Nur ich und jetzt du«, antwortete Johanna. »Sag es bitte niemand weiter, auch Verena nicht. Es ist noch ein Geheimnis. Es wär schlimm, wenn unsere Familie es von jemandem aus dem Dorf erfährt. Das muss Fanni selber sagen. Sie traut sich nur nicht …«
»Ich erzähl's nicht weiter«, versprach Manni. »Ist es denn schon ganz sicher? Oder ist es nur so ein Plan von deiner Tante?«
Johanna zuckte mit den Achseln.
»Du bist bestimmt traurig, wenn sie nicht mehr da ist«, sagte Manni.
»Ich bin jetzt schon traurig«, antwortete Johanna. »Ich kann's mir gar nicht vorstellen ohne Fanni.«
Als Johanna nach Hause kam, rührte Vater gerade in der Küche die Salzlake an, in der das Fleisch eingelegt werden sollte, und diktierte nebenher die Speisekarte für den kommenden Sonntag. Johannas Mutter saß am Küchentisch und schrieb mit.
Vater nahm ein rohes Hühnerei, legte es auf einen Esslöffel und tauchte ihn ins Wasser. Das Ei blieb oben, es schwamm.
»Du willst doch nicht das Ei in so viel Wasser kochen?«, fragte Johanna.
Vater lächelte. »Nein. Ich guck nur, ob genug Salz drin ist. Das Ei muss schwimmen, dann ist's richtig. Schau ruhig zu, du kannst dabei gleich was lernen für später: erst ganz viel Salz,

dann Lorbeer, Nelken und Wacholderbeeren. Das Fleisch ist schon unten im Keller in der Holztonne. Da wird die Salzlake drübergeschüttet ...«

Johannas Mutter unterbrach ihn. »Soll ich ›Kümmelbraten‹ schreiben oder ist ›Schweinebraten mit Kümmel‹ besser?«, fragte sie.

Vater dachte kurz nach. »Schreib ›Kümmelbraten vom Schweinerücken‹, das klingt am besten«, schlug er vor.

Oma Mariechen rief aus dem Nebenzimmer: »Mit wem redet ihr denn da drüben? Was macht ihr eigentlich? Ist Johanna schon da?«

»Jetzt nicht, Oma! Ich muss Paula gerade was erklären«, rief Vater zurück.

Johanna ging ins Nebenzimmer und begrüßte Oma Mariechen. Die saß fast an dem gleichen Platz, wo früher Oma Elsbeth gesessen hatte, und schälte Kartoffeln.

Oma Mariechen tat ihr leid.

In letzter Zeit hatte Johanna sich innerlich immer weiter von ihr entfernt. Ihr stand jetzt die große Oma näher, die den ganzen langen Tag allein in ihrem Zimmer saß, in der Bibel blätterte, Wollfäden zwischen die Seiten legte und dabei auf ihre Enkelin wartete. Johanna mochte sogar die kleinen, durchsichtigen Tricks, mit denen die große Oma täglich versuchte, ihre Enkelin für eine Stunde oder gar für den ganzen Nachmittag zum Bleiben zu bewegen.

Allmählich kam es, dass Johanna die kleine Oma mehr und mehr mit den Augen von Oma Elsbeth sah. Manchmal wich sie sogar unwillkürlich zurück, wenn ihr Oma Mariechen wie früher übers Haar streichen wollte.

Aber nun tat ihr Oma Mariechen leid, wie sie da klein auf ihrem Stuhl im Nebenzimmer saß, die sorgfältig geschälten Kartoffeln in eine Schüssel mit Wasser gleiten ließ und nichts von dem ahnte, was Johanna schon seit Tagen wusste: Fanni würde sie verlassen, würde Sammy heiraten und mit ihm nach Amerika ziehen.

Fanni schob es noch ein paar Tage vor sich her. Sie wagte nicht, es ihrer Mutter zu gestehen. Schließlich tat sie es doch, am Donnerstag nach dem Abendessen.

»Mama, ich will … ich muss …« Fanni stockte und schaute Hilfe suchend zu Johanna hin.

»Was willst du? Warum bist du auf einmal so feierlich?«, fragte Oma Mariechen unruhig.

Johanna nickte Fanni auffordernd zu.

»Ich will dir am Samstag jemand vorstellen«, sagte Fanni hastig. »Meinen Freund.«

»Deinen Freund? Du hast einen Freund? Seit wann denn? Warum erfahre ich davon nichts?«, fragte Oma Mariechen.

»Du erfährst es doch gerade!«

»Was ist er denn von Beruf?«, fragte Oma Mariechen. Das war typisch für die kleine Oma. Alle anderen in der Familie hätten sich zuerst erkundigt, wer er war und wie er hieß.

»Er hat zuletzt als Hausmeister gearbeitet. An einer Hochschule«, erzählte Fanni.

»Hochschule? Wo denn?«, fragte Oma Mariechen. Jetzt musste es heraus. Fanni schluckte erst einmal und sagte zögernd: »In New Haven, Connecticut.«

»Wo?«

»In Amerika.«

Oma Mariechen sprang auf. Endlich hatte sie begriffen. »Er ist Amerikaner?«, rief sie.

Fanni nickte.

»Oh, mein Gott! Fanni, Fanni, Fanni!« Oma Mariechen fuhr sich mit beiden Händen durchs Haar. »Dass du deiner alten Mutter so was antun kannst! Meine Tochter eine Ami-

Schickse! Nein, nein, ich will ihn gar nicht kennenlernen, deinen ›Freund‹, denn du wirst ihn nicht mehr sehn!«
»Doch, Mama«, sagte Fanni sanft.
»Ich verbiete es dir!«, rief Oma Mariechen.
Fanni gab noch nicht auf. »Mama, lern ihn doch erst mal kennen«, bat sie. »Du wirst ihn bestimmt mögen.«
»Einen Amerikaner? Womöglich spricht er nicht einmal Deutsch.«
»Mama, wir heiraten, Sammy und ich!«
»Heiraten?« Oma Mariechen setzte sich. »Und dann?«
»Ich geh mit meinem Mann nach Amerika. Sammy muss in sechs Wochen zurück. Sein Dienst bei der Army ist vorbei.«
Oma Mariechen stand wieder auf, stützte beide Hände auf den Tisch, beugte sich weit vor und sagte: »Wenn du das tust, enterbe ich dich. Keinen Pfennig kriegst du von mir. Dann bist du nicht mehr meine Tochter.«
»Mama, sei doch nicht so hart«, bat Fanni. Sie weinte.
Johannas Mutter suchte zu vermitteln. »Mama, wollen wir ihn nicht erst mal kennenlernen?«, fragte sie. »Fanni soll ihn am Samstag mitbringen. Dann sehen wir ja, was er für einen Eindruck macht …«
Aber Oma Mariechen blieb hart. »Du hast gehört, was ich gesagt habe, Fanni. Entweder dein Ami fährt allein zurück oder wir sind geschiedene Leute für immer!«
»Und wenn du dich auf den Kopf stellst: Ich heirate Sammy!«, schrie Fanni und rannte aus dem Zimmer.
Von diesem Abend an ging Oma Mariechen ihrer jüngsten Tochter aus dem Weg, redete kein Wort mehr mit ihr, und wenn sie sich zufällig im Haus begegneten, blickte sie durch Fanni hindurch, als wäre sie aus Glas.
Am letzten Apriltag hörte Fanni mit ihrer Arbeit in Haßfurt auf, blieb tagsüber zu Hause und packte ihre Sachen.

Johanna half ihr dabei. Mehr als einmal hörten sie unvermittelt mit dem Sortieren von Unterröcken, Blusen oder Strümpfen auf, fielen sich in die Arme und weinten.
»Ach, Johanna, wenn ich dich doch auch mitnehmen könnte«, schluchzte Fanni. »Wenn's uns drüben gut geht, hole ich dich einfach nach. Du besuchst uns. Nein, besser: Du bleibst ganz bei uns, ja?«
Johanna nickte, um Fanni zu trösten.
In der ersten Maiwoche war es dann so weit. Sammy kam mit dem Jeep, um seine Braut abzuholen. Johanna, ihre Mutter und ihr Vater halfen Fanni, die Koffer und Taschen hinunterzutragen.
Sammy stand verlegen dabei, besonders als alle anfingen zu weinen.
Johannas Vater schüttelte ihm die Hand. »Passen Sie gut auf meine Schwägerin auf«, sagte er. »Und viel Glück für Sie beide!«
Sammy nickte, obwohl er bestimmt nicht alles verstanden hatte.
Fanni stieg ein letztes Mal die Treppen zu Oma Elsbeths Zimmer hoch, um sich von ihr zu verabschieden. Dann stand sie unten neben dem vollgepackten Jeep und wartete.
Oma Mariechen kam nicht.
»In ihrem Zimmer ist sie nicht, ich habe nachgeschaut«, sagte Johanna.
Fanni fragte: »Hat sie denn nicht gewusst, dass ich heute wegfahre?«
»Doch. Das ist wahrscheinlich der Grund, warum sie nicht da ist«, antwortete Johannas Vater.
Zögernd stieg Fanni ins Auto, setzte sich auf den Beifahrersitz und sagte niedergeschlagen: »Dann muss ich eben unversöhnt fahren.« Sie wandte sich an Sammy: »Go on, Sammy! Go on!«

Sammy startete schon den Motor, da kam Oma Mariechen aus dem Schweinestall gerannt, schrie: »Fanni, Fanni!«, und nahm ihre Tochter weinend in den Arm. »Alles, alles Gute, Kind!«, sagte sie, klopfte Fanni unbeholfen auf den Rücken, riss sich los und ging zurück zum Stall, ohne sich umzusehen.
Der Jeep fuhr los. Fanni winkte, bis das Auto hinter der Straßenbiegung verschwand.
Langsam stieg Johanna die zwei Treppen zu ihrem Zimmer hinauf, ging hinein und schloss hinter sich ab. Gerade als sie sich aufs Bett werfen wollte, sah sie das Radio auf dem Tisch stehen, Fannis Radio. Dabei hatte Fanni doch gestern gemeinsam mit Johanna das Gerät in einen Karton verpackt und die Zwischenräume mit zusammengerollten Söckchen ausgestopft, damit es den Transport heil überstand.
Sie musste es heimlich herausgenommen und auf Johannas Tisch gestellt haben, als sie hinaufging, um sich von Oma Elsbeth zu verabschieden!
Ein Zettel lag daneben, unordentlich und hastig hinten aus Johannas Rechenheft geschlitzt. Da stand: »Liebste Johanna! Denke an mich, wenn du AFN hörst! Deine Fanni«

Der erste Brief von Fanni kam Ende Juni, er war länger als drei Wochen unterwegs gewesen.
»Entschuldigt, dass ich erst jetzt zum Postaustragen komme«, sagte Frau Schumm, als sie ihn am späten Nachmittag im Gasthaus zum Elefanten ablieferte. »Aber ich hatte heute große Wäsche. Der Brief ist von eurer Fanni, sie hat ihn am 6. Juni losgeschickt. Sie ist jetzt verheiratet.«
»Woher willst du das wissen? Liest du fremde Briefe?«, fragte Oma Mariechen.
»Natürlich nicht«, sagte Frau Schumm. »Ich seh's doch am Absender. Da steht ›Fanni Bone‹, so heißt sie wohl jetzt.«
Johanna holte die ganze Familie zusammen, sogar Oma Elsbeth kam nach unten, und alle saßen um den großen Tisch im Nebenzimmer und warteten gespannt, bis Vater den Briefumschlag mit dem spitzen Brotmesser aufgeschnitten und den Brief entfaltet hatte.
»Ihr Lieben!«, las er vor.
Oma Mariechen zog verstohlen ihr Taschentuch aus der Schürze und wischte sich die Augen.
»Endlich komme ich dazu, dass ich euch schreibe. Es ist so viel passiert. Aber mir geht es gut …«
»Das ist die Hauptsache!«, sagte Frau Schumm, die unaufgefordert dageblieben war und immer noch in der Tür stand.
»… Die Überfahrt von Bremerhaven ging auch gut. Sie hat zwei Wochen gedauert. Ich war nur einmal seekrank und konnte nichts essen. Sammy hat mich abgeholt, als ich in New York angekommen bin. Ich hätte mich sonst bestimmt verlaufen, die Stadt ist riesengroß …«

»Ja, ist sie denn nicht mit ihrem Sammy zusammen gefahren?«, fragte Johannas Mutter.
»Es klingt nicht so«, sagte Vater. »Ich hatte mich sowieso schon gewundert, dass Fanni mit der Armee reisen darf. Sammy war doch noch Soldat. Wahrscheinlich ist er sogar zurückgeflogen worden.«
»Das arme Kind!«, seufzte Oma Mariechen. »Ganz allein auf dem großen Schiff. Wäre sie nur hier geblieben.«
»Bestimmt hat sie es uns vorher nicht erzählt, damit wir uns keine Sorgen machen«, sagte Johanna. »Aber es ist ja alles gut ausgegangen. Lies weiter, Papa!«
»... Sammy hat seine alte Stelle gleich wiederbekommen. Er ist dort sehr beliebt. Die Hochschule, wo er arbeitet, heißt die Yale University. Da wohnen wir auch. Wir haben hier vier Zimmer und sogar ein Bad. Es ist alles sehr modern ...«
»Modern!«, murmelte Oma Mariechen mit einem Seitenblick auf Oma Elsbeth.
»... Die Leute sind ziemlich freundlich. Es ist aber schwierig, wegen der Sprache. Ich muss noch viel Englisch lernen. Ihr könnt euch gar nicht vorstellen, wie anders alles ist. Hier gibt es ganz viele Hochhäuser und jede Familie hat ein Auto ...«
»Wann schreibt sie denn endlich, wie ihre Hochzeit war!«, sagte Johannas Mutter.
»Ob Sammy und Fanni auch schon ein Auto haben?«, fragte Johanna.
»Er hat doch dieses flache, diesen Tschiep oder wie das heißt«, sagte Oma Mariechen.
»Nein, Oma, das gehörte doch seiner Armee. Das musste er wieder abgeben«, erklärte Vater ihr. »Kann ich jetzt weiterlesen?«
»Ja, bitte!«, sagte Frau Schumm aus dem Hintergrund. »Ich hab leider nicht viel Zeit, ich muss noch die Wäsche aufhängen.«

»… Ich helfe Sammy bei seiner Arbeit. Wir machen die Häuser sauber, wo die Studenten wohnen. Sammy kann auch alle Reparaturen. Elektrisch oder Wasser, er kann alles. Jetzt muss ich euch aber endlich von meiner Hochzeit erzählen …«
Johannas Mutter nickte zustimmend und beugte sich vor. Frau Schumm setzte sich auf einen freien Stuhl.
»… Hier heiratet man anders als bei uns. Es ist alles nicht so feierlich. Die Braut hat auch kein weißes Kleid an. Man geht zum Friedensrichter und das geht alles sehr schnell. Wir haben eine kleine Feier gemacht. Sammy hat seine alten Freunde eingeladen. Ein paar von ihnen waren da. Sogar der Präsident der University hat gratuliert und uns eine Karte geschickt. Verwandte von Sammy waren nicht dabei. Seine Eltern sind schon seit zwölf und vierzehn Jahren tot. Seine Schwester ist in Phönix/Arizona verheiratet und konnte nicht kommen. Das ist nämlich sehr, sehr weit weg von uns. Sammy hat ausgerechnet, es ist so weit von hier entfernt wie Hesterhausen von Saudi-Arabien …«
»Das ist noch weiter als Jerusalem!«, warf Oma Elsbeth sachkundig ein.
»… Schade, dass ihr nicht dabei sein konntet. Ich hätte euch so *gern* hier gehabt …«
»Das hat sie zweimal unterstrichen«, erläuterte Vater und las weiter:
»… Ich denke oft an euch. Jeden Tag. Denkt auch an mich und vergesst mich nie. Eure Fanni«
»Ein rührender Brief«, sagte Frau Schumm begeistert. »Wirklich sehr rührend!« Sie stand auf. »Jetzt muss ich aber schnell nach Hause. Höchste Zeit!«
»Hier steht noch ein Satz«, sagte Vater, der den Brief umgedreht hatte.
»Für Johanna!«

Frau Schumm setzte sich schnell wieder hin.
»Für Johanna! Einen dicken Extrakuss von deiner Fanni! Hier gibt es mindestens zwanzig Sender im Radio. Und alle bringen die gleiche Musik wie bei uns der AFN. Das würde dir auch gefallen, was?!!!«
»Also, mir würde das nicht gefallen«, sagte Frau Schumm und erhob sich. »Immerzu diese Ami-Musik. Dir bestimmt auch nicht, Mariechen, oder?«
Aber von der kleinen Oma kam keine Antwort. Sie war längst mit feuchten Augen aus dem Zimmer gelaufen. Wahrscheinlich stand sie jetzt im Stall und redete mit dem neuen Schwein.

Vier Wochen später war Johannas letzter Schultag. Hauptlehrer Schopper hielt eine kurze Ansprache und machte den Schulabgängern klar, dass nun das Leben auf sie warte und dass er sie dafür gut gerüstet habe. Seine Stimme schwankte und er musste sich heftig räuspern. Es geschah zum ersten Mal, dass Herr Schopper so etwas wie Gemütsbewegung zeigte. Das kam aber nicht daher, dass er Schüler entließ, die er vier Jahre lang unterrichtet hatte, sondern weil er selbst Abschied von der Schule nehmen musste. Er wurde pensioniert. Die Schülerinnen und Schüler verabschiedeten sich feierlich voneinander und versprachen, regelmäßige Klassentreffen abzuhalten. Sogar Manni und Erwin Schellenberger gaben sich die Hand.
Danach gingen Johanna und Manni zum letzten Mal zusammen von der Schule nach Hause.
»Am Montag muss ich in Schweinfurt anfangen«, sagte Manni.
»Diesen Montag schon?«, fragte Johanna.
»Ja, am ersten August. Das hab ich dir doch erzählt. Jetzt kann ich dich sechs Tage lang überhaupt nicht mehr sehn. Denn abends lässt dich deine Familie bestimmt nicht weg, oder?«

»Nein.«
Ein Vetter von Verena namens Bruno arbeitete in Schweinfurt als Verkäufer bei der Eisenwarenhandlung Krönlein. Er hatte Manni dort eine Stelle als Lehrling verschafft.
»Musst du das denn wirklich machen, das beim Eisen-Krönlein da?«, fragte Johanna.
Manni zuckte mit den Schultern. »Onkel Bruno sagt, das ist ein Glücksfall, andere müssen monatelang auf eine Arbeit warten. Irgendwas muss ich ja wohl tun nach der Schule. Ich kann doch nicht immer nur daheim sitzen und warten, dass du mich vielleicht besuchst.«
»Stimmt. Ich muss auch mithelfen bei uns. Lieber wär ich in Schweinfurt wie du! Fährst du mit dem Zug zur Arbeit?«
»Früh mit dem Arbeiterzug hin, abends zurück. Das machen viele in Hesterhausen.«
»Und am Sonntag, wenn du endlich freihast, ist bei uns Hochbetrieb. Da darf ich doch keine zehn Minuten weg. Ich muss jetzt immer zusammen mit Oma Mariechen bedienen, seitdem Fanni nicht mehr da ist.«
»Das heißt, wir sehn uns gar nicht mehr!«
»Doch. Am Sonntag in der Kirche.«
»Mach du nur deine Witze!«
»Was soll ich denn tun?«, sagte Johanna. »Vielleicht darf ich ja bald abends ausgehn, wenn ich ein bisschen älter bin …«
»Noch älter?«, fragte Manni. Er betrachtete Johanna von der Seite. Sie sah gut aus in dem neuen Kleid aus Haßfurt mit den kurzen Ärmeln. »Ich finde, dass du schon richtig erwachsen aussiehst. Sie könnten dir abends ruhig eine halbe Stunde Ausgang geben.«
»Ja, findest du?«, fragte Johanna. »Das liegt vielleicht daran, dass ich meine Haare wachsen lasse. Ich will mir so eine Frisur machen wie Fanni.« Sie blieb stehen und betrachtete sich in

der Glastür des kleinen hölzernen Aushängekastens vor Neuberts Haus, in dem immer Zettel mit den neuesten Bekanntmachungen angeheftet wurden. Manni folgte ihrem Blick.
»Guck mal, dein Baron!«, sagte er.
»Wo?«, fragte Johanna überrascht, wandte sich um und guckte.
»Nicht echt. Da drin!«, erklärte er ihr und wies mit dem Kinn auf den Aushängekasten. Auf einem der Zettel war zu lesen, dass Benno von Dithmar auf der Ortsversammlung der SPD eine der drei Reden halten würde.
»Benno von Dithmar. So ein Witz: Ein ›von‹ redet für die SPD!«, spottete Manni.
»Warum nicht?«
»Onkel Bruno sagt, die SPD ist eine Arbeiterpartei, und ein Baron ist kein Arbeiter. Der hat da überhaupt nichts zu suchen.«
»Das finde ich nicht. Zu der SPD sagen sie ›die Roten‹, und er ist der ›Rote Baron‹. Das passt doch zusammen.«
»Aha. Neuerdings verstehst du wohl was von Politik?«, fragte Manni.
»So viel wie du bestimmt!«
»Du weißt ja nicht einmal, warum jetzt ständig Versammlungen sind.«
»Willst du mich abhören wie der Schopper? Denkst du, ich lese keine Zeitung? Weil sie in zwei Wochen den Bundestag wählen, und dann gibt es wieder eine deutsche Regierung. In Frankfurt oder in Berlin, da streiten sie noch ...« Johanna stockte. Nachdenklich fragte sie: »Glaubst du, der Baron geht dann nach Berlin?«
Sie hatte den Roten Baron schon fast ein Jahr nicht mehr gesehen. Seit Mannis Handgranatenwurf war sie ihm aus dem Weg gegangen.
Nun verspürte sie plötzlich Angst, dass er nach Berlin ziehen

und genauso unvermittelt aus ihrem Leben verschwinden könnte wie Fanni.

Manni machte eine unwillige Geste. »Der doch nicht«, sagte er. »Der ist gar nicht für die Wahl aufgestellt, der hält nur große Reden. Warum interessierst du dich überhaupt so für den?«

»Ich? *Du* sprichst doch ständig von ihm. Komm, wir gehn weiter!« Johanna fasste Manni am Ärmel und zog ihn vom Aushängekasten weg. Er war nahe dran, wieder einmal einen seiner Eifersuchtsanfälle zu kriegen. Besser, sie wechselte das Thema. »Wir reden lieber von was anderem!«

Nach ein paar Schritten fragte sie dann aber doch noch: »Wen würdest du eigentlich wählen, wenn du dürftest?«

Manni überlegte.

»Sag doch!«, drängte Johanna. »Warum grinst du denn?«

»Weil es mir grad eingefallen ist«, sagte Manni. »Ich würde *dich* wählen.«

Am Nachmittag des 14. August saß Johannas Vater verdrießlich in der Küche, den Aschenbecher vor sich auf den Knien, und rauchte eine Old-Joe-Zigarette nach der anderen.

Er hatte sich verschätzt, hatte zwanzig Portionen vorgekocht, vier mehr als am Sonntag vorher. Und nun waren nur sechs Gäste gekommen.

»Lass dir deswegen keine grauen Haare wachsen«, sagte seine Frau. »Die Leute sind heute daheimgeblieben, weil sie wählen. Wer macht schon am Wahlsonntag einen Ausflug?!«

»Hoffentlich liegt's nur daran.« Vater zerdrückte eine Zigarette im Aschenbecher. »Neuerdings gibt's auch in Haßfurt Mittagessen ohne Lebensmittelmarken wie bei uns. Jetzt sind wir nicht mehr der Geheimtipp. Die Konkurrenz wird immer größer.«

»Aber du kochst besser als alle andern«, tröstete sie ihn.
Johanna kam in die Küche und fragte: »Darf ich für eine Stunde weggehen? Ich werde doch nicht gebraucht, es ist ja nichts los.« Sie hätte sich keinen ungünstigeren Zeitpunkt für ihre Frage aussuchen können.
»Hast du nichts Besseres zu tun?«, polterte Vater gleich los. »Andere machen eine Ausbildung, wenn sie mit der Schule fertig sind. Meine Tochter geht spazieren oder sie liest Zeitung.«
»Das ist so was von ungerecht!«, sagte Johanna. »Wer lässt mich denn keine Ausbildung machen! Ich muss doch jeden Tag hier mithelfen.«
»Nur sonntags, nur sonntags!« Vater stellte den Aschenbecher auf den Tisch. »Werktags gibt's in der Wirtschaft kaum was zu tun und das erledigt dann die Oma. Da könntest du ruhig eine Lehre machen als Köchin. Es genügt, wenn du am Sonntag hier mitarbeitest. Du könntest gut nach Haßfurt gehn unter der Woche.«
»In Haßfurt kochen sie auch nur sonntags«, sagte Johanna. »Da musst du mich schon in eine größere Stadt schicken. Nach Schweinfurt!«
»Schweinfurt?« Vater überlegte. »Mein Freund Edmund kocht da im Hofbräu in der Brückenstraße. Wir haben zusammen gelernt und die Prüfung gemacht. Dem werde ich schreiben.«
Vater schrieb wirklich, Edmund antwortete, und Johanna fing am ersten September in Schweinfurt als Küchenhilfe an.
»Bei Edmund kannst du viel lernen. Eine bessere Stelle findest du in ganz Deutschland nicht«, behauptete Vater. »Und dass er dir auch noch sonntags freigibt für Hesterhausen, da können wir ihm wirklich sehr, sehr dankbar sein!«
Jeden Werktag fuhr Johanna nun nach Schweinfurt, nur dienstags nicht, da hatte das Hofbräu Ruhetag. Sie musste sehr früh

aufstehn, der Arbeiterzug fuhr schon fünf vor sieben in Hesterhausen ab. Das einzig Angenehme dabei war, dass sie während der Eisenbahnfahrt neben Manni sitzen konnte.
Johanna hatte gehofft, sie könne sich in den Mittagspausen mit Manni treffen, mit ihm reden, ein bisschen durch die Stadt bummeln. Sie wurde schnell eines Besseren belehrt. An eine Pause war gar nicht zu denken. Mittagszeit bedeutete Essenszeit, also Hochbetrieb im Hofbräu. Johanna konnte froh sein, wenn sie sich gegen zwei Uhr endlich an den Tisch neben der Theke setzen und mit den Kellnerinnen zusammen das essen durfte, was noch übrig geblieben war.
Manni holte sie regelmäßig nach der Arbeit ab und sie gingen miteinander zum Stadtbahnhof. Meistens nahmen sie die schmale Straße am Main entlang. Das war ein Umweg, aber sie machten ihn gern, weil sie dabei ungestört reden konnten. Im Zug saßen immer andere Leute aus Hesterhausen um sie herum und mischten sich ungebeten ins Gespräch.
Manni war mit seiner Stelle recht zufrieden.
»Heute hat mich der Chef sogar gelobt«, erzählte er stolz, während er mit Johanna zum Bahnhof ging.
Die Sonne stand schon tief, ihre Schatten spazierten ihnen voraus und kletterten weit vor ihnen die flache Ufermauer hoch.
Unter Mannis Schuhen knirschte nasser Sand. Der war von den Lastwagen gerieselt, die tagsüber zwischen den Sandkähnen am Mainkai und den Baustellen in der Stadt hin- und herfuhren. An den dunklen Tropfspuren auf dem Straßenpflaster konnte man den Weg ablesen, den sie gewöhnlich nahmen. Es wurde wieder gebaut in Schweinfurt, die ersten neuen Häuser wuchsen aus den Trümmerfeldern hoch, die Mörtelmaschinen schluckten den Sand zentnerweise. Manchmal waren die Lastwagen bis in den Abend hinein unterwegs.

»Bei uns im Laden bin ich einfach nur der Manni. Oder sie rufen mich ›Stift‹. Das gefällt mir. Ich weiß nicht, ob du das verstehst«, sagte Manni.
Johanna fragte: »Wer solltest du denn sonst sein?«
»Emanuel. Der Emanuel von Verena!«
Johanna nickte. Sie begriff, was er meinte.
»Und wie ist es bei dir im Hofbräu? Immer noch so schlimm?«, erkundigte er sich.
»Schlimmer als schlimm. Den ganzen Tag nur Geschirr abwaschen, abwaschen, abwaschen. Wenn ich so was lernen will, muss ich doch nicht nach Schweinfurt fahren! Und das nennen sie auch noch Lehre.«
»Das ist bestimmt nur am Anfang so.« Manni versuchte sie zu trösten. »Bald wird es besser und du lernst kochen.«
»Und dann?«
»Dann bist du irgendwann Köchin.«
»Und dann?«
»Und dann, und dann! Du kannst einem die Haare vom Kopf fragen. Dann gehst du an ein großes Hotel, wirst Chefköchin, verdienst viel Geld und kaufst dir ein Auto …«
»Ich geh nirgendwohin, werd keine Chefköchin, und Geld krieg ich auch nicht besonders viel. Weil ich nämlich in Hesterhausen hocke, bis ich so alt bin wie Oma Mariechen. Und wer bleibt ein für alle Mal der Chefkoch und will alles bestimmen?«
»Dein Vater«, antwortete Manni überflüssigerweise.
»Manni, lass uns doch zusammen weit weggehn, in eine Großstadt oder sogar in ein anderes Land!«
»Und wovon willst du dort leben? Johanna, manchmal redest du noch wie ein Kind.«
»Es muss ja nicht gleich sein. Meinetwegen erst in sieben Jahren, wenn ich volljährig bin. Dann haben wir doch beide einen Beruf und können Geld verdienen. Ich will nur, dass ich den-

ken kann: In ein paar Jahren ist alles anders! Dann kann ich's im Hofbräu besser aushalten.«
Manni schwieg.
Johanna streckte ihre Hand aus und ließ deren Schatten hinüber zu Mannis langem Schatten wandern. Sie hob den Arm ein wenig: Meterweit vor ihnen streichelte ihr Schatten Mannis Schatten über den Rücken.
Manni merkte nichts davon, er ging mit gesenktem Kopf neben ihr her.
»Sag halt Ja!«, bat sie.
»Ich würde gern Ja sagen. Aber ich kann dich doch nicht anlügen, Johanna. Warum soll ich weg? Ich denk mir immer ganz andere Sachen aus, wenn ich mir so wie du was Schönes vorstellen will …«
»Was denkst du dann?«
»Ich stell mir vor, wir sind verheiratet, haben ein eigenes Haus in Hesterhausen …«
Johanna unterbrach ihn. »Ich will aber gar nicht heiraten!«
»Nie?«, fragte er bestürzt. »Warum? Was hast du dagegen?«
»Ich seh doch bei meiner Mutter und meinem Vater, wie das ist, verheiratet zu sein. Besonders an meiner Mutter.« Sie spürte, dass ihn ihre Ablehnung kränkte, lenkte ein und sagte versöhnlicher: »Jedenfalls will ich nicht gleich heiraten. Ganz später vielleicht mal. Was hast du überhaupt gegen das Wegziehen?«
»Ich kann meine Mutter doch nicht alleinlassen …«
»Warum nicht? Du kannst sie ja besuchen.«
»Du weißt nicht, was sie durchgemacht hat. Ich hab's dir nie erzählt. Als Sammy wieder zurückmusste und Fanni mit ihm gefahren ist, hat sie sich tagelang ins Zimmer eingeschlossen und geheult. Sie hat sogar gesagt, wenn ich nicht wäre, würde sie sich umbringen.«

»Alles wegen ihrer Freundin Fanni!«, sagte Johanna.
»Wegen Fanni und Sammy«, verbesserte Manni. »Da konnte sie doch vergleichen. Ihr Freund Dave hat nie daran gedacht, sie mitzunehmen. Der hat auf Wiedersehn gesagt und ist weggefahren. Meine Mutter hat noch nie einen Freund gehabt, der bei ihr geblieben ist. Sie sagt, jetzt ist sie zu alt für einen neuen Freund, sie will auch keinen mehr, die enttäuschen einen immer nur. Da kann ich sie doch nicht auch noch alleinlassen, wo sie jetzt nur noch mich hat. Das musst du doch verstehn.«
Johanna nickte langsam.
Sie fühlte sich ein bisschen wie Oma Mariechen, als man ihr das Schwein wegnahm und ihr Vater sagte: Du kannst das Tier doch nicht an Altersschwäche eingehen lassen. Jetzt ist der beste Zeitpunkt, es zu schlachten. Das musst du doch verstehn!
*Verstehen* konnte sie so was schon. Und trotzdem …

Die Dienstage verbrachte Johanna immer in Hesterhausen. Dann musste sie nur selten im Haushalt helfen, die meiste Zeit durfte sie tun, wozu sie Lust hatte. Schließlich war der Dienstag ihr einziger freier Tag. Sie nahm sich die Zeitungen der letzten Woche vor, setzte sich ins Nebenzimmer und las sie von der ersten bis zur letzten Seite. War das Wetter schön, ging sie spazieren oder arbeitete ein bisschen im Garten.
Oma Elsbeth war jetzt in Fannis ehemaliges Zimmer gezogen. Seitdem Johanna in Schweinfurt arbeitete und der großen Oma nicht mehr Gesellschaft leisten konnte, kam sie fast jeden Nachmittag aus dem ersten Stock heruntergehumpelt, guckte sich kurz in der Küche um, schaute in Töpfe und Schüsseln, nickte ihrem Sohn oder der Schwiegertochter zu, fragte, was es zu tun gäbe, und verzog sich ins Nebenzimmer zu ihrer Lieblingsfeindin. Dort saßen dann die beiden Großmütter an den entgegengesetzten Enden des großen Tisches, putzten

Bohnen oder schälten Kartoffeln für den Salat und fochten dabei ihre nutz- und endlosen Streitereien aus.
Anfangs war Oma Elsbeth bei den vielen kleinen Wortgefechten mit Oma Mariechen fast immer als Siegerin hervorgegangen. Aber Oma Mariechen lernte dazu und holte auf. Neuerdings musste sich die große Oma recht häufig geschlagen geben. Das ließ ihr natürlich keine Ruhe. Sie saß in ihrem Zimmer, blätterte in der Bibel und sann auf Rache.
Kam sie wieder herunter, hatte sie kleine Zettel vorbereitet, die sie bei Bedarf aus ihrer Schürzentasche zog, auf den Tisch legte und mit der Spitze ihres Stockes zum anderen Ende des Tisches schob.
Oma Mariechen schaffte es meistens sehr lange, den Zettel zu übersehen, der da vor ihrer Nase lag. Irgendwann siegte aber doch ihre Neugier, sie zog ihn heran, drehte ihn und las, was Oma Elsbeth in ihrer steifen, hohen Schrift geschrieben hatte: »Es ist besser, im Winkel auf dem Dach zu sitzen als bei einem zänkischen Weibe in einem Haus zusammen. (Sprüche Salomos, Kapitel 25, Vers 24)«
Oma Mariechen sagte: »Du kannst dich ruhig aufs Hausdach setzen, ich hindre dich nicht daran.« Nach einer kurzen Pause des Nachdenkens fügte sie hinzu: »Pass nur auf, dass man *dir* nicht mal aufs Dach steigt!«
Oma Elsbeth lief rot an vor Zorn, suchte in ihrer Schürzentasche nach einer neuen Botschaft und schob sie der kleinen Oma mit dem Stock zu: »Es ist aber ein törichtes, wildes Weib voll Schwätzens und weiß nichts! (Sprüche Salomos, Kapitel 9, Vers 13)«
Oma Mariechen faltete die beiden Zettel und steckte sie ein. Kam Johanna abends müde von der Arbeit heim, musste sie sich von der kleinen Oma auch noch vorlesen lassen, was Oma Elsbeth wieder Schlimmes über den Tisch geschoben hatte.

Auch am Dienstag, der dem Gespräch mit Manni folgte, versuchte jede der beiden Omas, die Enkelin auf ihre Seite zu ziehen.
Johanna hielt es im Nebenzimmer nicht lange aus. Immer schneller blätterte sie die Zeitung um, während sich am Nebentisch die große und die kleine Oma ohne Unterlass kippelten. Schließlich stand sie auf und sagte im Hinausgehen: »Mal sehen, ob die Äpfel schon reif sind. Ich bin im Garten, wenn Papa nach mir fragt!«
Sie stellte die kleine Leiter an den Apfelbaum, stieg hinauf, pflückte einen Apfel und biss hinein.
Früher hatte sie keine Leiter gebraucht, da war sie am Stamm hochgeklettert. Früher war sie auch einfach so über die Mauer gestiegen, ohne sich dabei was zu denken. Das würde sie sich heute nicht mehr zutraun! Ob das ein Zeichen dafür war, dass sie nun erwachsen wurde?
Johanna fasste nach einem Ast, hielt sich daran fest und sprang auf die Erde. Sie lief hinüber zur Mauer, kletterte hoch, ohne Leiter, und balancierte auf der Mauerkrone. Schließlich blieb sie stehen, ging in die Hocke und hüpfte auf der anderen Seite hinunter, in den Park.
Der Rote Baron war höchst erstaunt, als er nach so langer Zeit wieder Besuch von Johanna bekam.
»Ich wollte einfach nur mal vorbeigucken«, sagte sie. »Störe ich gerade?«
»Nein, nein.« Der Rote Baron erholte sich langsam von seiner Verblüffung. »Ich denke, ich werde uns erst mal einen Tee kochen, wie immer, Pfefferminztee.«
Sie unterhielten sich den halben Nachmittag.
Johanna musste erst eine kleine Scheu überwinden, eine Fremdheit, die sich einstellte, weil sie sich ein ganzes Jahr nicht mehr gesehen hatten. Doch bald war es wieder wie früher.

Sie erzählte von Manni, von Fanni, von ihrer neuen Stelle, der langweiligen Arbeit, von der Gastwirtschaft, von ihrem Vater und seinen Plänen.

»Letzten Donnerstag haben sie Herrn Adenauer zum ersten Bundeskanzler gewählt«, sagte sie.

»Mit einer Stimme Mehrheit!«, warf er ein.

»Mein Vater findet das gut. Er sagt, nun geht's schneller aufwärts. Ihnen gefällt das wahrscheinlich weniger. Wo Sie doch für die SPD sind.«

»So? Woher weißt du das?«, fragte er.

»Ich hab's gelesen«, antwortete sie stolz. »Ich lese jetzt auch jeden Tag die Zeitung. Nicht mehr so wie früher …«

»Und wie geht es deiner Oma?«, fragte er. »Ich darf doch weiter ›du‹ zu dir sagen, auch wenn du schon zur Arbeit gehst?«

Sie sagte »Ja«, das galt dem »Du«, und fragte: »Welche Oma meinen Sie?«

»Richtig, ich kenne ja inzwischen beide«, antwortete er. »Also: Wie geht es deinen Omas?«

»Die werden alle zwei immer merkwürdiger. Manni behauptet sogar, die große Oma spinnt und gehört nach Lohr.«

Der Rote Baron lachte. »Wenn man jeden, der ein bisschen merkwürdig ist, gleich dorthin schicken würde, wäre Lohr längst eine Millionenstadt!«

»Gelt, das finden Sie auch!«, sagte Johanna. »Ich glaube nämlich, dass Oma Elsbeth ganz normal ist. Die Dolle Kuni auch. Jedenfalls lange nicht so verrückt, wie alle immer behaupten …«

»Die Dolle Kuni? Ist das nicht die Frau mit den weißen Haaren, die man manchmal mit einem großen, schwarzen Hund sieht? In der Schlossbergsteige?«, fragte der Rote Baron. »Ist die nicht vor drei Wochen gestorben?«

»Gestorben?«, fragte Johanna entsetzt. »Und das Kind?!«

War es denn möglich, dass die Dolle Kuni tot war und Johanna es nur noch nicht erfahren hatte? Sie dachte an den Jungen, der vielleicht immer noch unentdeckt im Zimmer eingeschlossen war.
Nein, Mama oder Oma Mariechen hätten es ihr bestimmt erzählt. Der Rote Baron musste sich täuschen.
»Vielleicht meinen Sie Frau Firsching«, sagte Johanna. »Die ist vor drei Wochen beerdigt worden. Sie hat auch in der Schlossbergsteige gewohnt, ein paar Häuser weiter oben.«
»Firsching? Ist schon möglich. Hieß die nicht auch Kuni?«
»Kunigunde Firsching«, antwortete Johanna.
»Siehst du! Die war es«, sagte der Rote Baron. »Und wie ist das mit dem Kind? Hat die andere Kuni überhaupt Kinder?«
Johanna zögerte. »Das ist ein Geheimnis«, gestand sie schließlich. »Eigentlich darf ich es niemand sagen, ich hab's geschworen. Sie dürfen es bitte nicht weitererzählen. Versprechen Sie es?«
»Du machst mich neugierig. Gut, ich verspreche es!«
Sie erzählte ihm die ganze Geschichte. Von der Dollen Kuni, ihrem Sohn und ihrer übergroßen Angst, man könne dieses Kind abholen und ihr wegnehmen.
Der Rote Baron hatte eigentlich einen Schluck Tee nehmen wollen, als Johanna anfing zu reden, und seine Tasse am Henkel gefasst. Nun saß er die ganze Zeit da, die Tasse in der Hand, hörte gespannt zu und stellte sie endlich auf den Tisch zurück, ohne getrunken zu haben.
»Du bringst mich richtig in Verlegenheit mit deiner Geschichte«, sagte er. »Was soll ich da nur machen? Die Dolle Kuni hat offensichtlich einen behinderten Sohn. Er ist mongoloid, so wie du ihn beschreibst. Melde ich das der Gemeinde, weiß ich genau, was geschieht! Die Frau gilt im Dorf als verrückt, als geistesgestört. So eine lässt man doch hier kein Kind

aufziehn, und wenn sie noch so an ihm hängt. Die nehmen es ihr wirklich weg und geben es in ein Heim.«

»Sie ist nicht verrückt. Sie lässt nur niemand in ihr Haus, weil sie denkt, sie holen sonst ihr Kind ab!«

»Ich glaub's dir ja! Aber was für dich als Beweis dafür gilt, dass sie normal ist, nehmen die andern als Beweis fürs Gegenteil. Nur eine Verrückte sperrt ihr Kind jahrelang ein.

Wenn es wenigstens Schulen gäbe für solche Kinder. Aber die gibt's nur in der Stadt.

Ich kann es drehen und wenden, wie ich will: Das Kind ist bei seiner Mutter am besten aufgehoben. Ich muss wohl tun, was ich dir sowieso versprochen habe. Ich sag's nicht weiter.«

»Und wenn sie nun wirklich mal stirbt? Ich meine, wenn ich gerade in Schweinfurt bin, dann kann ich es doch nicht den andern im Dorf sagen, dass sie dem Kind was zu essen geben sollen ...«

»Oh, Johanna! Du machst es einem nicht gerade einfach«, beschwerte sich der Rote Baron. »Also gut: Dann kümmere ich mich darum.«

»Danke! Und wenn ich mal ganz weg bin? Nicht nur in Schweinfurt?«

»Dann meinetwegen auch!« Jetzt musste er schon lachen. »Hast du sonst noch eine Lebensaufgabe für mich?«

»Nein, das war alles«, sagte Johanna zufrieden.

»Was heißt eigentlich ›Wenn ich mal ganz weg bin‹?«, fragte er. »Hast du vor, von hier wegzuziehn?«

Johanna nickte.

Der Rote Baron nickte auch und für einen winzigen Moment bewegten sich ihre Köpfe im gleichen Takt auf und ab. Wie bei den beiden Mohrenknaben aus der Weihnachtskrippe in der Kirche, die dankbar mit dem Kopf nickten, wenn man einen Groschen ins Spendenkästchen für die Heidenmission warf.

»Es wäre schade, wenn du weggehst«, sagte er. »Wirklich schade. Aber ich kann es gut verstehn.« Er griff nach seiner Tasse, nahm endlich einen Schluck lauwarmen Tee und fügte dann hinzu: »Ich glaube, du machst es mal anders als deine Mutter!«

Fanni schrieb regelmäßig alle vier, fünf Wochen einen Brief. Der Dezemberbrief stürzte die Familie in einige Verwirrung, denn als Absenderin war eine »Frances Bone« angegeben.

Vater sagte: »Vielleicht schreibt uns hier die Schwester von Sammy, die aus … aus …«

»Arizona«, ergänzte seine Frau.

»Es ist aber Fannis Schrift!«, sagte Johanna.

»Die Schwester von Sammy kann es nicht sein, weil sie verheiratet ist«, stellte Oma Elsbeth logisch fest. »Also heißt sie nicht mehr ›Bone‹, sondern wie ihr Gemahl.«

»Dort drüben in Amerika lassen sie sich doch alle zwei Jahre scheiden«, sagte Oma Mariechen. »Das finden sie ›modern‹!«

»Seid doch mal einen Moment leise!«, rief Vater. »Der Brief ist wirklich von Fanni. Sie schreibt, dass sie ihren Namen geändert hat.«

»Warum denn das? Heißt sie jetzt nicht mehr Fanni?«, fragte Mutter.

Vater las vor: »Ihr wundert euch vielleicht, warum ich nicht mehr Fanni heiße. Aber ›Fanni‹ meint in Amerika so viel wie ›lustig‹ oder ›witzig‹. Sie schreiben es ›funny‹ hier …«

»Was schreibt sie nur für ein Kauderwelsch!«, beklagte sich Oma Mariechen. »Jetzt ist sie noch nicht einmal ein Dreivierteljahr drüben und hat schon ihr Deutsch verlernt.«

»… Sie schreiben es ›funny‹ hier«, wiederholte Vater und las weiter: »Und ›Fanni Bone‹ ist etwas Witziges, sie lachen immer, wenn ich so sage. So änderte ich meinen Vornamen. Das ist ganz einfach hier. Ich nenne mich jetzt ›Frances‹, das ist amerikanisch für ›Fanni‹ …«

Sie schrieb noch, dass sie sich immer besser eingewöhne und überhaupt keine Schwierigkeiten mehr mit der Sprache habe. Am Ende wünschte sie allen ein schönes Weihnachtsfest und »gutes Glück« für das Jahr 1950.

Im März schickte Frances-Fanni einen Brief an Johanna ganz persönlich. Er kam zwar erst am Montag nach ihrem 15. Geburtstag an, war aber trotzdem Johannas liebstes Geschenk. Sie las ihn mindestens dreimal, schob ihn unter das Kopfkissen und schlief nachts darauf.
Am Dienstag ging sie gleich nach dem Frühstück wieder hinauf in ihr Zimmer, schloss die Tür ab und schrieb den Antwortbrief.

*Hesterhausen, den 21. März 1950*

*Liebe Fanni-Frances!*
*Vielen Dank für Deinen lieben Geburtstagsbrief. Ich freue mich, dass es Euch gut geht und dass Du an mich gedacht hast. Uns geht es auch gut. Hier hat sich viel verändert. Du kennst Dich gar nicht mehr aus, wenn Du mal wiederkommst. Wir haben jetzt ein Schild SPEISEGASTSTÄTTE vorne am Haus. Wir haben angebaut. An der Seite ist jetzt ein neues Zimmer mit Platz für drei neue Tische. Den Schweinestall hat Papa auch vergrößert zum Garten hin. Jetzt haben wir vier Schweine. Papa sagt, es gibt genug Abfälle für sie. Die Wirtschaft läuft immer besser. Die Leute von früher kommen nicht mehr, die aus dem Dorf. Jetzt haben wir sogar werktags Gäste, die ein Mittagessen wollen. Es gibt ja keine Lebensmittelkarten mehr und man kann alles kaufen. Wenn man Geld hat.*
*Papa will, dass ich in Schweinfurt wieder aufhöre und daheim mithelfe. Er sagt, ich lerne sowieso nichts außer Abspülen und*

*Abtrocknen, und das konnte ich schon vorher. Ab April bin ich also wieder die ganze Zeit hier.*

Johanna hielt inne, kaute auf ihrem Füller, starrte die Wand an und dachte nach. Sie las durch, was sie bis jetzt geschrieben hatte, und strich den Satz »Uns geht es auch gut« mit einer energischen Bewegung durch. Dann schrieb sie weiter.

*Mama geht es nicht besonders gut. Sie weint manchmal. Ich weiß nicht genau, was sie hat, aber sie ist unglücklich. Ich bin auch unglücklich. Ich will nicht für immer hier bleiben müssen und in der Wirtschaft bedienen. Ich will weg wie Du. Liebe Fanni, Du hast doch damals gesagt, Du holst mich nach. War das ehrlich oder hast Du das nur so gesagt?*
*Bitte, Fanni, hol mich nach! Ich habe schon Geld gespart. Ich kann es Euch ja drüben abbezahlen, was das Schiff kostet. Ich kann gut arbeiten, Du wirst es sehen, das habe ich in Schweinfurt gelernt. Wenn Ihr mal ein Kind kriegt, kann ich darauf aufpassen. Ich helfe Dir auch gerne beim Putzen in den Häusern, wo die Studenten wohnen. Nur hole mich bitte!*
*Grüße Sammy von mir. Ganz viele Küsse von*
*Deiner Johanna*

Als Johanna den Brief schon gefaltet und ins Kuvert geschoben hatte, fiel ihr noch etwas ein. Sie schrieb hinter »von Deiner Johanna« noch einen Nachsatz:

*Wenn Manni mitwill, ginge das wohl auch? Brauchen sie Eisenwaren-Verkäufer in Amerika? Er weiß nichts davon. Das ist nur eine Frage!!!*

Nun steckte sie den Brief endgültig ins Kuvert, klebte es zu, adressierte es und ging gleich damit zu Frau Schumm.
Frau Schumm wog den Brief, klebte drei Marken auf und wollte ihn in den kleinen Postkorb auf dem Schreibtisch legen. Aber Johanna sagte: »Kann ich ihn wiederhaben? Ich werfe ihn lieber in den Briefkasten.«
»Du willst dir wohl noch einmal überlegen, ob du ihn überhaupt abschicken sollst?«, fragte Frau Schumm und kam damit der Wahrheit sehr nahe. »Du hast wohl Angst, dass zu viele Rechtschreibfehler drinnen sind?«
Johanna gab keine Antwort, nahm den Brief und ging hinaus. Eine Weile stand sie neben dem gelben Kasten, den Brief in der Hand. Es war ein schöner Frühlingstag, weiße Wölkchen schoben sich gegenseitig über den blauen Himmel. Unten lag das Flusstal. An den Weidenbüschen auf beiden Ufern knospten schon die hellen, pelzigen Kätzchen, dazwischen floss träge der Main. Der Walfischrücken des Steigerwalds schimmerte in einem zarten, fast durchsichtigen Grau.
Jemand sprach sie an. »He, Johanna! Du siehst aus wie bestellt und nicht abgeholt!« Es war Erna, die gerade mit Erwin Schellenberger vorüberkam und nun bei Johanna stehen blieb. »Auf wen wartest du denn? Dein Manni arbeitet doch heute!« Erwin ging stur weiter. »Kommst du, oder was ist los?!«, rief er, ohne sich umzudrehn.
»Ich komme schon, Erwin!«, antwortete Erna, rannte hinterher, bis sie auf seiner Höhe war, hängte sich bei ihm ein, machte einen kleinen Hüpfer und ging im Gleichschritt neben ihm die Straße entlang.
Johanna schob den Brief in den Kastenschlitz, gab ihm einen leichten Stoß und hörte, wie er innen auf den Blechboden fiel. Dann ging sie.